# 医生的美好时代

陈大伟 著

中国文联出版社

图书在版编目（CIP）数据

医生的美好时代 / 陈大伟著 . -- 北京：中国文联出版社 , 2023.7

ISBN 978-7-5190-5244-7

Ⅰ．①医… Ⅱ．①陈… Ⅲ．①长篇小说－中国－当代 Ⅳ．① I247.5

中国国家版本馆 CIP 数据核字（2023）第 114844 号

著　　者　陈大伟
责任编辑　袁　靖
责任校对　秀点校对
封面设计　吉　辰

出版发行　中国文联出版社有限公司
社　　址　北京市朝阳区农展馆南里 10 号　　　邮编　100125
电　　话　010-85923025（发行部）　010-85923091（总编室）
经　　销　全国新华书店等
印　　刷　廊坊佰利得印刷有限公司

开　　本　710 毫米 ×1000 毫米　　1/16
印　　张　17.25
字　　数　200 千字
版　　次　2023 年 7 月第 1 版第 1 次印刷
定　　价　69.00 元

版权所有·侵权必究
如有印装质量问题，请与本社发行部联系调换

# 序　言

新中国成立前，中国人均寿命只有35岁；2022年，中国人均寿命达到78岁，进入长寿国家行列。国家为了提高医疗水平和实现医学现代化，不断加大对医疗的投入，并派出优秀医生，到欧美国家进修学习。经过中国医务工作者数十年不懈的努力，中国医学已经进入世界医学先进行列，并涌现出一大批世界一流水平的医学专家，为14亿中国人民的健康保驾护航。

主人公陈德铭1977年考上滨海瑞慈医科大学。大学毕业后，陈德铭留在滨海瑞慈医科大学附属广仁医院工作。在攀登医学高峰理想的激励下，陈德铭先后攻读硕士研究生和博士研究生，并在博士毕业后，到美国做博士后研究。学成之后，陈德铭把先进的医学理念和医学技术带回国内，带领广仁医院消化科全体医护人员，努力学习、刻苦钻研业务，开展了大量的疗效好、深受病人欢迎的新技术，站在学科发展的最前沿。经过20余年的奋斗，广仁医院消化科已发展成为在国际上拥有巨大影响力，具有世界一流水平的科室，并引领全国消化科学术水平向前发展。

陈德铭非常欣赏"有时去治愈,常常去帮助,总是去安慰"的医学格言,并把它作为自己行医的座右铭。目前,医学不能治疗一切疾病,医生不能治愈每个病人,但医学之外还有人心,医疗替代不了人心的守望相助。虽然医生不能治愈每个病人,但医生总能给病人帮助和安慰。"有时去治愈,常常去帮助,总是去安慰"道出了医生工作的真谛,表达了医学对生命的敬畏和对人的尊重,散发出人性的光辉。

世界上最宝贵的东西是生命,拥有生命是我们拥有一切的前提。我们每一个人来到这个世界,是偶然,更是幸运。生命有其与生俱来的价值,每一个生命都值得珍惜和爱护。在多年的医学实践中,陈德铭认识到医学不仅仅是科学,更是人文和爱。要想成为一个好医生,不仅要有精湛的医术,还要有同情心和怜悯之心。因此在行医的过程中,陈德铭时常反思:"我这样做是否对得起病人,我这样做是否对病人最好?"

病人是一个社会人,有着复杂的社会关系,医生在治疗病人的同时,必须要考虑到许许多多的社会问题和人文问题。人不是众多的器官的简单堆砌,而是有复杂思想和丰富情感的有机整体。医生在看病的时候,不能只看到生病的器官,而忽视了病人。医生要关心病人、爱护病人,设身处地为病人着想,赢得病人的信任。医生要通过自己的言语和医疗活动,把爱和温暖带到病人的心中。

在医院,每天都有人世间最极致的意外和无常在上演。谁也不知道,意外和明天,哪个先到。活着是多么的不容易,生死之外,一切都是小事。看似平常的日子,其实都是劫后余生。活在当下,收获美好,认真过好每一天,不负自己宝贵的年华。

医生在急诊室和ICU病房,在这些距离死神最近的地方辛苦地工作，挽救病人的生命，同时也承受了巨大的生理和心理上的压力。虽然医生有时不被理解、不被尊重，甚至受过委屈，但在病人需要的时候，医生总会以天使般的面容出现在病人的面前。治病救人是医生的天职，每当看到病人经过他们的治疗转危为安，医生的脸上就会现出宽慰的笑容，再苦再累都值得了。

我们这代人有幸生活在一个美好的时代，见证并参与了中国医学的飞速向前发展。在这个美好时代里，国家为我们每一个人的发展提供了最好的条件，使我们每一个人的价值得到了最充分的实现。

| 目录 |

| | | |
|---|---|---|
| 第1章 | 参加工作 | 001 |
| 第2章 | 美国学习 | 018 |
| 第3章 | 人才培养 | 042 |
| 第4章 | ICU-1 | 053 |
| 第5章 | ICU-2 | 077 |
| 第6章 | 急诊病房 | 097 |
| 第7章 | 急诊室-1 | 115 |
| 第8章 | 急诊室-2 | 134 |
| 第9章 | 学成归来 | 155 |
| 第10章 | 担任院长 | 172 |
| 第11章 | 衰老 | 188 |
| 第12章 | 复评审 | 210 |
| 第13章 | 举办会议 | 224 |
| 第14章 | 为医之道 | 244 |
| 第15章 | 生命的意义 | 257 |

# 第 1 章　参加工作

相貌家境非常一般的陈德铭把校花肖瑞芬搞定,在滨海瑞慈医科大学引起巨大的轰动,校园里到处是一片惊讶、惋惜以及嫉妒的声音。

陈德铭 1958 年出生,1975 年高中毕业到农村插队落户,1977 年考入全国重点大学:滨海瑞慈医科大学。1982 年 12 月,陈德铭大学毕业,如愿以偿地被分配到滨海瑞慈医科大学附属广仁医院,他的女朋友分在滨海市第一人民医院眼科。

1983 年 1 月 3 日星期一下午两时,在医院大礼堂,广仁医院隆重举行欢迎新职工大会。院长潘曙明坐在主席台正中央致欢迎词。

"亲爱的同志们,请允许我代表广仁医院全体工作人员对你们的到来表示热烈的欢迎。我们广仁医院是一所历史悠久、高水平的大型综合性医院。从我们医院走出了一批又一批著名的医学专家和教授，引领着我国医学向前发展。

"你们在学校度过了五年的学习生涯。五年寒窗，就是为了有朝一日能成为一名治病救人的医生。从今天起，你们就是医生了。在医院、在病房、在门诊，人们将叫你张医生、李医生、王医生。

"医学是一门实践性很强的学科，需要终身学习的学科。从明天起，你们就要进入临床，以医生的身份进入病房，给病人看病、治病。从明天起，你们将是医院最年轻的医生。你们要从头学起，从点滴做起，认真询问每位病人的病史，认真做体格检查。遇到不懂的问题要翻书、查资料，要向同事、向上级医生请教，让自己尽快成长。

"你们是幸运的，走上工作岗位，便迎来祖国改革开放的春天。你们是初升的太阳，朝气蓬勃，党和国家对你们寄予殷切的期望，医院的未来寄托在你们的身上……"

由于历史的原因，医学人才的培养有个空白期，医院各个科室都缺人，大家都盼望新人的早日到来。根据医院统一安排，陈德铭被分配到内科，成为一名内科医生。内科分为内一科、内二科和内三科，各有两个病区。

陈德铭在内二科一病区，科主任是江仕翰教授，病区主任是章碧玉。章碧玉主任是20世纪60年代初期，从瑞慈医科大学毕业的。任志强是1978年毕业的工农兵大学生，参加工作近5年了，是陈德铭的顶头上司。

"陈医生，我们去查房。我们的床位是从38床开始，共13个病人，有时会加床。"早交班结束后，任志强带陈德铭查房。

来到 38 床，任志强和蔼地对病人说道："张先生，你今天感觉怎样？"

"和昨天差不多。"

"嗯，小便多吗？"

"不多。"

"陈医生，这个病人是肝炎后肝硬化，病史有 10 年了。1个多月前病人出现乏力，检查发现有中量的腹水，入院后经过饮食控制以及利尿和输入白蛋白等处理，腹水量已有明显减少。观察腹水，可以做 B 超，也可以测量腹围。测量腹围是老主任要求我们这样做的。"任志强给陈德铭介绍病人的病史。

"老主任是不是江仕翰教授？"

"是的。"

"江教授给我们上过课，课讲得非常好。"

"江教授是个人才，是我们医院内科的一面旗帜。"

任志强和陈德铭把所有病人看完，已经是 9 点 15 分，任志强开医嘱，陈德铭填写化验单和检查单，不到半小时，全部做好。

"我们现在把病历交给护士。再过几分钟，护士就要来催了。"

"我这就送过去。"陈德铭抱着病历快步来到护士站，问办公的护士，"病历放哪里？"

"嗯，就放这吧。"办公护士随手指着护士站吧台一处空着的地方。

陈德铭小心轻声地把病历放在护士站的吧台上，然后说了一声："就放这儿了。"

"好的，我马上来处理。"办公护士正忙于核查医生开的医嘱，其他护士眼睛集中在新来的医生身上。陈德铭明显感觉到了护士们的眼光，就像他在实习时去科里第一天一样，护士们把他从头到脚打量一遍。

参加工作的第 1 个月，陈德铭把所有的时间都用在病房。虽然他和肖瑞芬都在滨海市，但只有在星期天才能见上一次面，以至于陈德铭妈妈问他，是不是和肖瑞芬分手了。

"任志强，问你一件事。"一天下午，护士长蔡玉兰叫住任志强。

"什么事？"

"新来的医生，怎么样？"

"怎么样？很好啊。"

"我是想知道他有没有女朋友。"

"这，我倒真不知道。"

"按他的年龄和条件，应该有女朋友，但是看他整天待在医院里，又不像有女朋友。"

"护士长，你想把你女儿介绍给他？！"

"你就是'狗嘴里吐不出象牙'，我女儿是个中学生。我是想为我们科室的护士介绍对象。你看赵晓曼、李丽萍、顾敏慧长得都挺漂亮，家里条件也很好。"

"你真是个好护士长，还关心手下护士的个人大事。你直接问陈德铭不就行了吗？"

"我就知道问你没有用。我自己问他。"

进入 3 月，陈德铭还是跟在任志强的后面，没有单独值班。一天夜里，有个支气管扩张病人突然出现咯血，而且是大口大口地咯出鲜红色的血液。病人的年龄不大，只有 40 出头。陈德铭迅速来到病人床旁，见病人紧张恐惧，呼吸急促，就问道：

"有肚子痛吗？"

"没有。"

"有胸痛吗？"

"好像有点，透气有些吃力。"

"以前有过吗？"

"医生，赶快抢救吧。去年 11 月有过一次，这次比上次严重得多。"病人妻子在一旁催促。

病人妻子的这番话，让陈德铭很不爽，正要说"医生不把情况问清楚，怎能给病人治疗"，夜班护士郭兰兰拿着氧气的装置过来，对病人说道："不要紧张，安静一点儿，我把氧气给你接上。"

陈德铭心里暗暗为郭兰兰叫好，真是个有经验的好护士。这时陈德铭满脑子都是怎样给病人下医嘱。

"护士，护士在哪里？ 27 床盐水没有了。"有个病人家属在走廊上大喊。

"陈医生，我去给病人换盐水。这个病人是急性大出血，你一个人忙不过来，叫任医生，叫任志强。"

被护士提醒叫上级医生，陈德铭面子上有些挂不住。但病人出血来得太凶猛，抢救必须争分夺秒。于是陈德铭没有再想，就叫了任志强。

"不用紧张，放松一些。有这么多的医生在，你不用怕。"任志强安慰病人，"大口呼吸，好，就这样。"

"任老师，病人血压 130/81mmHg，心率 87 次 / 分。"

"好，我们去办公室开医嘱。"在办公室，任志强对陈德铭说道，"小陈，你首先给这个病人吸上氧气，做得很好。"

陈德铭脸立刻红了，诚实地说："是护士给病人用的氧气。"

"今天的值班护士郭兰兰是个有经验的护士。她知道处理支气管扩张引起的大出血,就要保持呼吸道通畅和给予吸氧。"

"郭兰兰很有经验,我还没有叫她,她自己就给病人吸氧。"

"支气管扩张出血是一种紧急情况,大出血可以引起病人休克甚至死亡。一般来说,因为出血多而死亡是极少数的,最主要的危险是血块堵塞气管,病人窒息而亡。"

陈德铭第一次遇到支气管扩张出血的病人,他耐心地听任志强讲解支气管扩张继发大出血的治疗。

"首先要保持呼吸道的通畅,给病人吸上氧气。如果病人有大量的血块在口腔内,我们要把口腔内的血块清理出来,以防血块堵住气管。另外,要判断出血对机体的影响,最简单的方法是测量心率和血压。治疗就是止血、化痰和消炎。"

"止血敏用3克可以吗?"陈德铭问任志强。

"可以,再加上点维生素C。"

"医嘱开好了。"陈德铭把开好的医嘱请任志强过目。

"就这样。"说完任志强又加了一句,"你要下个病危通知,告诉病人家属,病人很危险,随时有死亡的可能。"

"知道了,马上开病危通知书。"

5月,任志强结婚,请了两个星期的婚假。虽然陈德铭工作很努力,但是章碧玉主任还不敢放手让陈德铭独立处理病人的大小事。在任志强休假这两个星期里,章碧玉主任就亲自查房,和陈德铭一起管病人。

章碧玉主任有其鲜明的个性,来到病房总是戴口罩,给病人做检查时一定戴手套。一天,41床来了一个肝硬化腹水病人。章碧玉对陈德铭说,带上科室的实习医生和进修医生一起去看病人。

　　病人是个 60 出头的男性患者，头发虽是黑色，但比较稀疏，眼睛没有光彩，精神不振，一脸的疲惫。

　　章碧玉主任走在前面，来到病人的床边，非常和蔼地问病人："你这次为什么住院？"

　　"我最近老是提不上劲，没有力气。"

　　"嗯，大概有多少天了？"

　　"多少天，八九天吧。嗯，不对，一个多月前就出现了，只是刚开始的时候很轻，我没有当一回事，最近几天加重了，我老婆就催我到医院看看。"

　　"你以前得过什么病吗？"章碧玉主任问病人。

　　"没有。"病人答道。

　　"得过肝炎或血吸虫吗？"

　　"没有。"

　　"平时身体怎样？"

　　"平时身体很好。"

　　"抽烟喝酒吗？"

　　"一天一包烟，经常喝酒，每个星期都要喝两三次。"

　　"喝多少？"

　　"自己一个人在家，喝一到二两白酒；和朋友在一起那就多了。"

　　"具体多少？"章碧玉主任追问道。

　　"半斤应该有吧。"

　　"你在住院之前做过哪些检查？"

　　"验过血和做 B 超检查。检查单我都给医生了。"

　　"有没有吐过血或者解黑色大便？"

　　"没有。"

"有没有发热？"

"没有。"

"最近饭量有什么改变吗？"

"这倒有，就是吃一点儿就饱了。"

"体重有什么变化吗？"

"体重下降了大概五六斤。"

"我现在给你检查一下，你的眼睛向下看，好。"章主任给病人检查，动作十分轻柔，十分细致，不放过任何一个可疑之处。

体检结束后，章碧玉主任直起腰身对病人说道："你到医院就要听从医生和护士的安排，我们一定能把你的病治好。"

"谢谢，太感谢。"

"安心治疗，过几天就可以回家了。"

"嗯，回家太好了，不喜欢医院的饭菜，我有三天没有喝酒了。"

"先生，你以后可不能再喝酒了。如果你再喝酒，你还要来医院。"

"医生，不会吧？"

"肯定会！"

"哦，这样，好吧。"病人有些沮丧。

"我们回到办公室，把这个病人病情讨论一下。"在办公室，章碧玉对大伙说道："作为教学查房，住院医生要在病人床边汇报病史，并对病情进行初步分析。我们全体医生，开展讨论。但今天，我们把讨论放在办公室进行。首先请陈德铭医生汇报病史。"

"病人，男，62岁，因上腹部饱胀伴全身乏力8天入院……"陈德铭汇报病史。

"陈医生,你把病史做个小结。"

"病人的病史有以下三个特点:第一,病程较长;第二,以全身症状为主;第三,发病缓慢隐匿。"

"很好,总结得很好。你作为病人的床位医生,准备怎么处理?"

"第一是明确诊断,第二是做进一步的检查,第三是对症治疗。"

"今天是教学查房,每位实习医生、每位进修医生都可以说出自己的观点。该病人的诊断是什么?首先请同学回答。"

"因为这个病人有腹胀和食欲下降,一般考虑是肝脏或胃的问题。"

"思路是对的。"章碧玉立刻肯定,"请进修医生进一步说说,你们做过几年医生,有经验了。"

"我首先是考虑肝脏问题,因为这个病人没有呕吐,没有腹泻,基本可以排除胃肠炎。另外从病史来看,该病发病的时间较长。一般来说肝脏疾病进展,都是比较缓慢的。"

"这位进修医生讲得很好,毕竟做过医生,分析问题和同学就是不一样。陈医生,你把病人的诊断和具体治疗方案给大家说说。"

"这个病人的诊断首先应该考虑是肝硬化,理由是病人有腹胀,B超发现肝脏结构粗糙,回声粗乱,腹腔内有少量腹水。肝功能检查,虽然白蛋白仍处于正常水平,但球蛋白大量增加,白、球蛋白比例倒置,提示有肝硬化。"

"讲得很好,下一步你打算怎样治疗?"

"目前对肝硬化的治疗主要是保肝和对症处理。保肝主要是给予葡萄糖、白蛋白和维生素C,改善肝功能;对症处理主要是利尿、减少腹水等。"陈德铭就按平时处理病人的方法，予以回答。

"肝硬化是内科最常见、最难治的疾病之一。在我们国家，引起肝硬化的主要原因是：肝炎和喝酒。如果病人有肝炎，然后他又喜欢喝酒，那么他患肝硬化的几率就大大地增加，是1+1>2的效果。肝炎和饮酒造成肝细胞受损，肝脏内部结构被破坏后，肝脏发生硬变，门静脉流入肝脏的血流阻力增加，压力就增加，从而形成门静脉高压。

"肝硬化涉及的面非常广，今天我给大家讲讲肝硬化在诊断和治疗方面的进展。我上个月参加了一次会议，有个德国医生报道用CT诊断肝硬化。在CT片上能清清楚楚地看到肝脏的轮廓和结构，比B超还要好。我相信过不了几年，我们国家就会用CT机器来诊断腹部疾病。现在我们医院已经买了一台头颅CT。神经外科医生说，头颅CT的应用使神经外科的水平上了一个新台阶。

"肝硬化的治疗主要是用白蛋白和利尿剂。有文献报道干扰素、拉米夫定能有效地抑制病毒复制。我要提醒的是这些新的药物只能阻止病毒对肝脏的进一步损害，但不能把已经硬化的肝脏逆转为正常的肝脏。

"在临床上，我们有时会遇到非常严重的肝硬化病人，病人肝脏萎缩，腹部有大量的腹水，任何药物治疗都无效。肝移植治疗晚期肝硬化，近期的效果非常好，远期的效果怎样，还有待进一步观察。不管怎样，肝移植是我们人类在治疗肝硬化探索中，一个了不起、伟大的成就。

"今天的查房就到这里，提前给大家通报一下。这个星期六上午的业务学习是我讲课，讲课的内容是消化道溃疡治疗的新进展，希望这两天大家看看书，看看杂志。"

1985年7月6日星期六上午，江仕翰教授在医院大礼堂给全院医生举行学术讲座。为了能听江仕翰教授的学术讲座，这天陈德铭特意提早半小时到病房处理病人、处理医嘱，然后不慌不忙去医院大礼堂听江仕翰教授讲课。

潘曙明院长主持学术报告会，潘院长首先讲话："今天是我们医院今年的第4次全院学术讲座，我们每两个月举行一次全院性的学术讲座是一个很好的制度，一定要好好地坚持下去。今天我们请内科江仕翰教授给我们做学术报告，江仕翰教授是我们国家著名的内科学教授，是我们医院的一面旗帜。江教授不但学术水平高，而且有高尚的人格，在医院深受医生、护士以及病人的喜爱。江教授虽然在学术上功成名就，但他仍一刻不放松业务学习，积极追踪学科的发展。下面我们请江仕翰教授给大家做学术报告，大家欢迎。"

"谢谢潘院长给我一次和大家在一起分享学习的机会。学习如逆水行舟，不进则退。通过学习我们发现我们存在的不足，和欧美国家以及我们邻居日本的差距。今年5月我去日本东京参加了一次世界消化道疾病大会，收获很大，感触颇多。下面，我从以下三个方面，向大家做一下汇报。

"第一，医疗器械。内科用的最多的医疗器械是胃镜和肠镜。在我们国家胃镜已经普及，但肠镜在现阶段只是在大医院才开展，而且我们用的胃镜和肠镜都是纤维胃镜和纤维肠镜。目前在日本，纤维胃镜和纤维肠镜已被淘汰，升级为电子胃镜和电子肠镜。电子胃镜和电子肠镜比我们现在用的纤维胃镜和纤维肠镜要纤细、柔软，做胃镜和肠镜时，病人的痛苦就能大大地减少。我们国家的胃镜和肠镜只是检查，但日本已将胃镜和肠镜用于治疗。大家看这张照片。在降结肠上有两枚大小约5毫米的息肉，在肠镜下用电刀将息肉破坏。3个月后病人复查，原先的息肉看不到了。

"第二，药物。瑞典阿斯特拉公司生产的洛赛克是治疗胃十二指肠溃疡的特效药。由于洛赛克的出现，使胃十二指肠溃疡的治疗发生了革命性的变化。洛赛克是氢离子的抑制剂，抑制胃酸分泌，从而治疗、治愈胃十二指肠溃疡。自从洛赛克在临床上应用以来，胃十二指肠溃疡发生出血和穿孔的情况大幅度减少。

"在我们消化科，过去治疗门静脉高压病引起的出血都是用垂体后叶素。垂体后叶素治疗门静脉高压症引起的出血效果不好，副作用又多。现在瑞士山德士公司生产的生长抑制素类似物奥曲肽能显著降低门静脉血流，降低门静脉压力，能十分有效地减少门静脉高压引起的出血，而且几乎没有什么副作用。奥曲肽还有一个神奇的功能，就是减少胃液、肠液和胰液的分泌，是治疗胰腺炎以及治疗肠瘘的特效药。

"在临床治疗上，外国人还是领先我们一些，不是我们的医生不勤奋，人不聪明，而是我们在临床研究上投入较少，没有太多人搞研究工作。下面我就讲科研工作。

"说起科研，也可以说是我们和国外最大的差距所在。国外的一些医学中心做了大量的临床和基础性研究，这些研究反过来促进临床医学向前发展。我对科研不懂，但我知道我们一定要开展科研工作，否则我们就一直跟在别人的后面。将来的医生一定要会看病，同时要会做科学研究，我们的研究是研究临床问题，是我们在临床上发现问题，然后再开展研究。

"当下，医学在突飞猛进地向前发展，时不我待。未来属于你们，属于奋斗向上、刻苦钻研的年轻人。"

江仕翰教授的讲座极大地激发了陈德铭对消化科的热情。陈德铭知道大内科迟早要被专科取代，他自己必须要在大内科下面的专科选一个专业。现在，陈德铭决定了他以后的奋斗目标，做一个消化科医生。

1985年9月，为了内科水平的提高、专业更好地发展，医院将传统的大内科分为心内科、消化科、呼吸科、肾脏科、内分泌科等。消化科和心内科各有一个半病区，是内科系统两个最大的科室。

江仕翰教授是我们国家在20世纪80年代公布的第一批硕士研究生和博士研究生导师。早在去年，陈德铭就萌发了读研究生的念头，只是欲望不很强烈，就埋在心底了。听了江仕翰教授的讲座后，考研的想法，又在陈德铭心中燃起。于是在1986年2月，陈德铭参加了全国研究生入学考试，成为江仕翰教授的硕士研究生。1989年硕士研究生毕业，陈德铭一鼓作气继续攻读江仕翰教授的博士研究生，并于1992年7月拿到博士学位，陈德铭成为消化科第一位博士研究生。陈德铭博士一毕业，就到消化科上班，职称从住院医师自动晋升为主治医师。在陈德铭读博士研究生期间，肖瑞芬生了一个女儿，女儿的带养全靠岳父母，所以陈德铭在他的博士研究生论文中，特别致谢妻子以及岳父母。

1992年年底，由于年龄的原因，江仕翰教授从消化科主任位子退下来，医院授予江仕翰教授"终身教授"的荣誉称号。章碧玉教授出任消化科主任，任志强担任临床助理，陈德铭担任科研助理。任志强和陈德铭,各负责一个治疗组。

改革开放后,国家引进了很多国外先进的医疗技术,打开了医生的眼界。洛赛克和奥曲肽来到了中国,极大地降低了消化道溃疡和急性胰腺炎病人的并发症和死亡率,造福了广大的病人。治疗严重感染的抗生素"菌必治"也深受病人和医生的喜欢。此后,常有西装革履、仪表端庄的office先生或小姐,在医院各科室出入。

1993年4月的一天,瑞典阿斯特拉公司医药代表来到消化科,在医生办公室举行产品介绍会,会议由章碧玉主任主持。

"今天下午,我们抽出一个小时的时间进行业务学习。今天业务学习内容是消化道溃疡的治疗。大家都知道没有酸就没有溃疡,酸是形成溃疡的主要原因。因此在近100年的时间里,不论是外科或是内科,治疗消化道溃疡都是瞄准胃酸,试图通过减少胃酸分泌或中和胃酸的方法来治疗消化道溃疡。我自从参加工作第一天起,就用雷尼替丁治疗消化道溃疡,但这个药物效果不理想。每年有大量的消化道溃疡病人发生消化道穿孔或大出血,到外科接受手术治疗。洛赛克能极大地减少胃酸的分泌,使胃液中的胃酸处于一个低水平状态,从而治疗消化道溃疡。下面我们就请阿斯特拉公司的李经理给大家介绍洛赛克,大家欢迎。"

"谢谢章教授对洛赛克的高度评价,一听章教授的讲话就知道章教授是个在消化道溃疡治疗方面有造诣的专家。非常感谢章教授、感谢消化科给我这个机会,让我介绍我们公司研发、生产的洛赛克。我是阿斯特拉公司滨海地区的经理,姓李名志刚。各位老师叫我小李即可。首先给大家介绍我们的公司,我们公司……"

陈德铭生平第一次看到投影仪在白色墙壁上放出的彩色幻灯片,有文字、有照片,照片也可以和文字混合在一起。用电脑软件生成的彩色幻灯片比用手写的单色幻灯片,不知要好看、醒目多少倍。

"现在洛赛克已经进了医院,而且这个药进了滨海市的医保。张兰兰和郭大年是负责我们医院的学术代表,下面就请张兰兰和郭大年把洛赛克的资料派发给大家。"

此后,瑞士山德士公司和美国罗氏制药公司来科室介绍他们的产品。实事求是地说,这些药物也确实提高了疾病的治疗效果。

5月中旬的一天下午,陈德铭见黄旭辉和孙东平在医生办公室闲聊,就嘱咐孙东平把所有的病历抱过来,过一遍。

"38床是胆囊炎,说说你是怎样诊断病人是胆囊炎的?"陈德铭对孙东平说道。

"病人有右上腹疼痛,B超检查提示胆囊增大,胆囊有结石,还有白细胞超过1万。"

"目前用什么药物治疗?"

"每天两支菌必治,再加上甲硝唑。"

"黄旭辉,你觉得孙东平回答得怎样?"

"孙东平回答得很好。因为病人有右上腹疼痛,B超发现胆囊结石,基本上确诊为胆囊炎,所以入院后就给予消炎治疗。"

"B超检查是诊断胆囊炎、胆囊结石的主要方法之一,但我们不能依赖B超。刚才孙东平在回答问题时遗漏了重要的一个诊断依据，就是病人有右上腹压痛。在诊断中，特别是病史小结中，一定要有体格检查的内容，病人今天的腹痛怎样了？"

"早晨查房时，我问过病人，病人说疼痛轻了一点。"

"你检查过病人腹部吗？"陈德铭问孙东平。

"没有。"

"为什么没有？"陈德铭脸色马上沉下来。

"嗯……"孙东平十分紧张。

"黄旭辉，你检查过吗？"

"上午查房时，病人说比昨天好多了，就没有检查腹部了。"黄旭辉为自己辩解。

"该病人是以腹痛进来的。因此，观察病人的腹痛是我们工作的重点。观察病人的腹痛，一是症状，二是体征。症状就是你们查房时问病人腹痛怎样了，体征就是要查一下腹部，看看病人右上腹的压痛情况。治疗有没有效果，主要就是看病人的腹痛有无减轻。"

"病情好转，右上腹压痛就会明显减轻。"黄旭辉说道。

"你知道，为什么不检查病人的腹部？"陈德铭问道。

"下次一定要检查。"

"当医生不能偷懒，工作一定要认真仔细，同时还要关心爱护病人。这方面江教授做得特别好，给我们树立了好的榜样。我们给病人做检查，病人就会觉得你关心他，就会增加对你的信任，就会把什么话都告诉你。

"江教授曾经对我说过，做医生一定要有如履薄冰的感觉，脑子里这根弦始终要绷得很紧，千万不要对自己说没关系、差不多。我们要时刻记住，我们医生任何一个小差错，代价可能就是病人的一条生命。

"医药公司到我们科室介绍药品，替代不了我们自己看书学习。我们自己平时要多看书、多学习。我有个想法，每两个星期在科室搞个读书报告会，每次报告会讲一个内容。"

"我也需要讲吗？"黄旭辉问道。

"要，所有的人都要讲。你现在就可以准备起来。这是为大家好，逼大家看看书，不要浑浑噩噩地把时间过了。我们要把心思全都用在工作上，要把上班作为一项事业来做，而不是完成任务。"

16个病人过完后，进修医生小张对孙东平说道："孙医生，陈博士很厉害，将来一定有大出息。"

"是的。陈博士非常优秀，是我学习的榜样。"

# 第 2 章　美国学习

1994年1月10日星期一下午两时。消化科借用门诊小会议室，举行1993年年终总结大会，除了值班医生和病区两个留守的护士，其他人全部参加，章碧玉主任主持会议。

"今天下午，我们消化科在门诊会议室召开1993年消化科年终总结大会。关于去年的工作，我准备从临床和科研两个方面来讲；临床又从门诊、内镜室和病房三个方面来讲。首先讲我们科室的门诊量，1993年门诊人次比1992年门诊人次增加17%……"章碧玉主任罗列了一大堆数字，说明刚过去的一年临床工作取得了很大的成绩。讲完临床工作，章碧玉主任开始讲科研工作，"今天我们第一次对科研工作进行总结。去年全科总共发表论文6篇，申请科研基金3项。陈德铭拿到国家自然科学基金和滨海市科委的科研基金各一项，孙东平拿到市卫生局课题一项，我们在科研方面取得了大丰收。所以，在全院年终的综合实力排名中，我们科第一次获得第1名。成绩是我们消化科全体人员共同努力的结果。在这里，我向消化科全体工作人员表示感谢。下面，我们请德高望重的江仕翰教授讲话。"

江教授今天特意穿了一件挺括的西装，还打了领带，十分精神。江教授来到讲台，高兴地说道：

"听了章主任的总结报告，我很激动。过去的一年我们消化科在章主任的领导下，在全体医护人员的共同努力下，取得了非常大的成绩，得到了医院领导的肯定。去年是我们科室大发展的一年，门诊人数和住院人数都有大幅提高。去年我们增加了一台胃镜和一台肠镜，肠镜检查从一、三、五的下午，增加到一、二、三、四、五下午。由于空间因素的限制，我们临床工作已经达到了饱和。章主任已经向医院打了报告，要求增加胃肠镜的房间，再增加两台胃镜和一台肠镜，以满足医疗需要。

"我有一个建议，以后年终总结由各部门负责人上台发言。比如门诊负责人讲门诊的一年情况，每个病区治疗小组汇报自己治疗组的情况，最后由章主任对每位发言人的讲话进行总结、点评。

"去年我们做得很好，希望今年比去年做得更好。"

1994年11月，陈德铭顺利通过副主任医师职称评审。成为一名消化科副主任医师，是他职业生涯的一个重要的里程碑。

陈德铭晋升副高的消息很快就在同学中传开了。在家中，陈德铭对肖瑞芬说道："郭昌明上午给我打电话，让我请客，我没有立刻答应他，我想低调一点。"

"今天中午,我在医院食堂吃饭时,赵益民对我说:'你们家陈德铭当副主任医师,一定要请客。'我说:'好,一定请客。'你是我们这届同学中第一个升副主任医师的人,请就请吧。"肖瑞芬说道。

"请客倒没什么,我怕引起别人嫉妒。"

"就是同班同学小聚聚,没有什么。"

"你看在哪天?"

"就这个星期天。"

星期天晚上,1977级2班部分在滨海市的同学聚在一起,庆贺陈德铭晋升副主任医师。

"1982年年底大学毕业,到今天已有12年了。如果不是陈德铭当上副主任医师,我们不知道什么时候才能聚在一起。陈德铭,你给我们讲几句话。"

"时间过得真快,一转眼就是12年。今天大家聚在一起就是碰碰头,聊聊天。"

"陈主任说得对,我们今天在这里就是碰碰头,聊聊天。但我们还是要恭喜陈德铭当上了副主任医师。陈德铭是我们这届同学中第一个晋升副高的,是我们的骄傲。"

"什么骄傲,大家都一样。"陈德铭谦虚地说道。

"其实在大学的时候,陈德铭就表现出特别的本领。"

"你越说越玄乎了,我在大学,连小组长都不是。"

"那是辅导员眼光差,或者说你对班干部根本没有兴趣。肖瑞芬,你说是不是?"

"我不知道。"肖瑞芬故作糊涂。

"我说啊,肖瑞芬的眼光就是好。班上、年级、学校那么多男生追求她,她正眼都不看一眼,就单单看上陈德铭。你们说肖瑞芬的眼光好不好？"

"当时还有人说我傻，说陈德铭家庭条件很普通，又没有什么钱。不过我们那个时候非常的单纯，我就是看中陈德铭人老实、爱学习。"肖瑞芬自豪地说道。

"陈德铭当时是没有钱，条件一般，但他是个潜力股、优质股，是股市中的大黑马。我敢打赌，要不了几年，陈德铭就是科主任，或许还能当上院长。"

"郭昌明，你不要给我灌迷魂汤，我能把副主任医师做好就谢天谢地了。"

"陈德铭一贯谦虚低调，但他心中有个非常明确的目标。我们在临床埋头苦干的时候，只有陈德铭一声不响地把博士学位拿到手，又拿到国家自然科学基金，他看得比我们远。"

"我在科室只是干活儿的，按主任要求，做好自己的工作。拿到基金和发表文章都是运气好，老天照顾我。"

"陈德铭老实、好讲话，所以科室领导把别人不愿做的事让他去做。"肖瑞芬替陈德铭说话。

"今天我当上副主任医师还是个干活儿的，只是肩上担子更重了一点。"

"你年纪轻轻的就当上了副主任医师，对科室的某些人构成了威胁。他们把你看成威胁，就是怕你抢了他们手中的一点小权力。只要不抢他们手中的权力，你就会和他们和平相处。"赵益民喝了一点酒，话多了起来。

"这没什么，陈德铭还年轻，再熬几年，这些人就要退休了，到时就是陈德铭的天下。"

"我可没有这些想法，我现在只想把我这个治疗组搞好就行了。"陈德铭连忙说。

1995年元旦刚过，江仕翰对陈德铭说道："我最近有个想法一直想对你说。"

"什么想法？"

"你去年升上了副主任医师，而且又拿到一项国家自然科学基金。目前，我们医院科研条件不够。为了今后的发展，我想你最好到美国去学习几年。"

"江老师，我一直有到美国学习的想法，可我在美国那边没有人。"

"我所认识的美国医生绝大部分都退下来了，只有极个别的人还在医院工作。前些日子，我和霍普金斯大学医学院的William医生取得联系，推荐你到他那里做博士后研究。"

"太好了。谢谢江老师。"

"如果你同意，我就请他把邀请函寄过来。拿到邀请信，你就可以办理出国手续。"

"肯定同意。"

"美国是医学发达、先进的地方。我们以学生的姿态去学习，学成回国之后，我们自己努力，把我们的水平提高。只有我们的水平高了，别人才会对我们尊重。现在，开国际会议，都是我们听别人做报告。但我们要有这样一个决心，就是若干年后，我们自己在大会上发言，我们给世界同行介绍我们的经验。我老了，希望寄托在你们这一代人身上。"

"江老师，我们年轻人都没有你这样志向远大，实在是惭愧。"

"今后中国对外开放的大门会越开越大，与世界之间的交流也随之越来越多。但你的英语只能是阅读，在听、写、说方面还需要很大的提高。"

"是的，江老师，我只能看英文文献，写个英文摘要都吃力。"陈德铭实事求是地说道。

"去了美国，你的眼界就会开阔。回国后，争取在中华医学会，还有杂志做个委员。这样你在全国范围就有了影响，带领全国的同行向前走，提高中国消化科的水平。"

1995年10月中旬，陈德铭经过长途飞行来到美国东端马里兰州最大的城市巴尔的摩的霍普金斯大学医学院做博士后研究。

霍普金斯大学医学中心实验室条件是广仁医院无法比拟的。动物中心、病理中心、生化分析中心，把陈德铭看得眼花缭乱。尤其是动物中心，那个条件比人住的地方还要讲究。24小时恒温，光亮和黑暗各12小时，定时提供食物和饮水，每个动物必须有一定的空间。在这以前，陈德铭根本没有这些概念。还有一个什么动物保护协会，定期或不定期地来实验室检查实验动物的居住和饲养条件。如有哪一条没有做好，就要罚款，罚的款比一个人一年的工资还要多。

陈德铭一头扎进实验室，不分白天与黑夜。只有在每周二和周四晚上，国际交流中心有免费的英语课，陈德铭才离开实验室。

2个月后，陈德铭掌握了实验室所有的实验室方法。自己一个人去超市或餐馆，不再需要用手比画。

半年后，陈德铭完全知道了美国实验室的运作。实验室的老板很多都是医院的医生。这些美国医生都是有强烈事业心的人，在做好医生工作的同时，绞尽脑汁考虑疾病的发病机理和新的治疗方法。他们申请到研究经费后，就招人来做具体的研究。实验完成后，老板可以向上面交差，又可以申请新的课题。

做实验的人在实验室上班年数久，就会发表一批论文，他就是这个行业的专家，自己就能申请科研基金。一旦拿到基金，他自己就成为小老板，就可以招人来做。

在霍普金斯大学医学中心实验室，中国人约占四分之一。这些人本来在国内就是做医生的，因此产生考美国医师执照的想法。少数毅力坚强的人，通过了美国医生执照考试，拿到了美国行医执照。工资从每年的两三万美元，猛然涨到了十几万美元。然而这些人在美国做的都是放射科、麻醉科或者病理科医生。

放射科、病理科以及麻醉科医生不需要和人打交道，工作相对比较单调、枯燥。放射科、麻醉科以及病理科医生的工资，一点也不比内科和外科医生的工资少。

1996年年底，陈德铭去实验室负责人Edward的办公室，Edward和两个美国人兴致正浓地聊一个电影明星的八卦故事，不时发出大笑声。陈德铭虽然和Edward很熟了，平时关系也很好，但对他们谈论的内容一点也插不进去。

陈德铭目标很明确，就是要利用美国的条件，做一些高水平的医学研究，争取有所成果。陈德铭不仅完成Edward教授的课题，而且在研究中有新的发现，陈德铭把它写成论文，投给了杂志社。

Edward在原来科研的基础上，又申请了新的基金，陈德铭聪明、高效的研究使Edward的科研基金越滚越大。到1997年9月，在签署新合同时，Edward给陈德铭每月的工资增加了350美元，增加的幅度是巨大的。

10月，是巴尔的摩最美的季节。树叶已经转黄，仍挂在树上，呈现出五彩斑斓的颜色。一天，有位在巴尔的摩医院病理科的华人医生，请部分在巴尔的摩的中国访问学者到他家做客。

汽车开了1个多小时，才从霍普金斯大学医学中心开到他的家。他家是林场、农场或是马场，这是陈德铭看到他家后的第一印象。这位华人医生的家，盖在郊区的一座山上。他的房子和市区的人家单独的别墅差不多大，他家特别之处是"院子"。他家背后的一座山是他的，站在屋前向远处眺望，眼睛能看到的草地也是他家的。他家还有个马棚，马棚里养了3匹马。

男主人叫郭华军，1962年出生，河南医学院毕业，1984年大学毕业后被分到河南省一家县医院工作，他老婆是这家医院的护士。1987年因亲属移民，他一个人先来到美国，刚来时在中餐馆打杂，5个月后到西部一家大医院做 research assistant（研究助理）。1989年，他老婆带着儿子来到美国和他团聚，后又生了两个女儿。

郭华军从1988年起，就开始准备美国医生执照的考试，终于在1992年拿到医生执业执照，并在1996年完成病理科医生轮转，成为病理科一名主治医生，收入从2万美元蹦到16万美元一年。

当众人来到郭华军家时，郭华军早已站在门口等候。和大部分美国人家一样，郭华军的房子为两层结构，一楼除了客厅和厨房外，还有一间15平方米的卧室。给陈德铭印象最深的是洗衣房，洗衣房内有两台洗衣机，小洗衣机和国内的洗衣机差不多，大洗衣机占半壁墙，用来洗地毯之类。

"大家请坐，喝茶还是喝咖啡？"郭华军太太问道。

"喝茶。"几乎所有的人都说喝茶。

"郭华军，你这房子真大啊！"郭华军老乡羡慕地说道。

"你这房子一定很贵吧。"陈德铭接着说道。

"我这里是郊区，不贵。"

"这房子很新啊！"

"是的，搬进来不到半年的时间。"

"住在这里，感觉就像一个大地主，大庄园主似的。"

"平时上班很累，下班后就想好好休息，安静一下。"郭华军说道。

"这里远离城市的喧嚣，可以安静地看书、学习。"陈德铭首先想到的是看书和学习。

"他下班比上班还要忙。"郭华军妻子说道。

"带孩子？"

"他带过什么孩子？都是我爸妈帮我带孩子，他一回家就养他的马。他对马比对儿子、女儿都亲。"

"郭医生，还养马？"

"是的，养了3匹马。大家看到没有，那边有个房子，就是马棚。"

"马好养吗？"

"养马既花钱，又花精力。"郭华军回答道。

"他一回家就要带马出去走走，给马喂草、洗刷。"他太太马上说道。

"马不能整天关着，一定要带它们出来走走，这样马才健康。每天下班，我都带马出去走走，就像遛狗一样。"郭华军说道。

"我多次劝他把马卖了，他舍不得。"

"舍不得，只是一个方面。骑在马上，在漫山遍野的草地中散步，看着自己的领地，有一种国王的感觉。"

"楼上有五间卧室，我岳父母一间，我们一间，3个孩子各一间。楼下这间是为老人准备的，等人老了，爬不动楼梯了，就睡在一楼。我岳父岳母现在腿脚都很好，我们一家都住在楼上。"

"张娟，你们这是过的神仙的日子！"郭华军同乡对郭华军的太太说道。

"你不知道，在他做医生之前，我们的日子有多苦，有多艰难！"

"我能做医生完全靠太太的支持。"郭华军表扬自己的太太，但也是实话。

"在我怀孕4个月的时候，他一个人来到美国，在中餐馆打零工。大概在我生孩子的时候，他才在医院实验室找到工作。医院实验室工作虽然稳定，但收入也不高。我生老大时，全靠我父母帮忙。"

"全靠你一人，真是够辛苦。"

"我是1989年来到美国的，我来的时候他还在医院的实验室工作，一个月不到两千。"

"不管怎么说，你们现在是苦尽甘来了！"

这天中午，陈德铭吃到了久违的中国菜：辣子鸡块、油炸带鱼、红烧鸡、麻辣豆腐、红烧鱼块、番茄炒蛋、榨菜肉丝汤等。像郭华军这样能在美国做医生的中国人毕竟是少数，郭华军算是众多的中国学者中的成功人士。虽然郭华军当了医生，但还是融入不了美国文化。他的思维方式、他的文化是地地道道的中国人的。他平时和美国人的交流仅限于工作，就像郭华军所说，他虽然是个医生，仍然觉得自己是个外来人。下班之后，同事没有人约他去看电影、看体育比赛，同事也不和他聊明星的八卦新闻。所以他在很偏的郊区盖了这么个大房子,成为一名牧马人,这也成为他的一个生活乐趣。

离开郭华军家,陈德铭的内心中掀起巨大的波浪。他的确很羡慕郭华军的大房子。但陈德铭想要按自己的理想建设和发展一个学科,这是他在美国怎样也实现不了的。在美国,他可以很努力工作,多出一些好的论文,他的签证从访问学者签证改为工作签证,然后再去申请绿卡。凭陈德铭的能力,这一切他都能做到,但这不是他追求的目标。

江仕翰教授曾多次跟他说过,一定要去一次美国,对人一生大有帮助,但一定要回来。中国人的事业还是在国内。现在美国医学很发达、很先进,但中国人很聪明,工作又勤奋,早晚有一日,中国能赶上美国。

陈德铭心想现在中国已经开始改革开放,走在阳光大道上,再加上中国人既聪明又勤奋,中国一定会在不远的将来赶上美国。于是陈德铭分别给医院和江仕翰教授写信,告诉他们自己打算回国的想法。

陈德铭把自己打算回中国的想法告诉 Edward,Edward 表示十分的遗憾。他说陈德铭是他遇到的最有才华的外国人,他正打算过几年把实验室交给陈德铭管理,后来陈德铭和 Edward 商量到明年(1998 年)5 月,陈德铭把这些实验全部做完后,再离开霍普金斯大学医学中心,双方好聚好散。

陈德铭来美国两年多的时间,他整天待在实验室,除了巴尔的摩,美国其他地方,他哪也没有去过。他想在离开美国之前在美国旅游一次。陈德铭找到一家华人旅行社,参加了一个美国东部 8 日游的旅行团。

1998 年 5 月中旬,陈德铭就把所有的实验做完,向 Edward

进行移交，6月2日开始参加8天7晚的美国东部旅游。

陈德铭和肖瑞芬从巴尔的摩来到纽约，开始纽约的两日游。陈德铭夫妇俩中午到达纽约，吃过午饭，导游就带他们游览时代广场、华尔街、中央公园和美国大都会博物馆。第二天上午导游带他们在海滨码头上船，去自由女神像参观。当游船接近自由女神像时，船上的人几乎全部站出来欢呼。自由女神像是美国的象征。

离开纽约，汽车一路北上，来到康宁玻璃中心，参观美国最大的玻璃制作中心，观看玻璃工艺品的制作和各种精美的玻璃工艺品。离开康宁玻璃中心3小时后，汽车来到美国最大的巧克力厂——Hershey Chocolate Factory。巨大的展厅摆放着各种各样的巧克力，游客们可以随便拿。Hershey翻译成中文叫作好时，在滨海市商业中心地带，有好时巧克力的巨幅广告。好时巧克力工厂建在好时镇上，镇上的居民几乎都是好时巧克力工厂的员工。在1903年，好时巧克力创始人Milton Hershey在这里创业时，这里还是一片荒地，后来好时公司为小镇修了道路、医院、体育馆、剧场和游乐场。

陈德铭也随游客们随手拿了一块巧克力放入口中，丝滑入口，一股浓郁的香味在口中漫溢。这是陈德铭第一次吃巧克力，他立即拿了一块递给肖瑞芬，肖瑞芬连声说好吃。肖瑞芬建议陈德铭买两盒回去送人，陈德铭问价钱，价格非常低，只有一杯水的钱，就买了6小盒，不足10美元。

当汽车来到尼亚加拉大瀑布附近的希尔顿宾馆时，天色已晚。在希尔顿酒店，就能听到大瀑布轰隆的水声。办完入住手续后，导游带领游客前往大瀑布。

"我们酒店的位置非常好，步行 15 分钟就能到大瀑布。我们今晚去只是感受一下夜景。明天天晴，出太阳。这次大家的运气很好，出发。"

大家跟着导游，兴高采烈地向大瀑布走去。越接近瀑布，水的轰鸣声越大。如果晚上一个人走在这里，一定十分瘆人。

"游客们，我们现在到了大瀑布的观景台，由于是晚上，我建议大家不要走远，明天上午我们还要来这里。我们现在的位置是美国的尼亚加拉城，是美国东北边境的一座小城市，在我们这条河的对面是加拿大，加拿大城市的名字也叫作尼亚加拉，瀑布位于美国和加拿大之间。不像很多地方的瀑布是从高山、高处往下流，这里是河道突然垂直降低 50 米或 100 米，这是在世界上非常少见的地质现象，所以，形成的瀑布就非常壮观。我们现在能看到从加拿大一侧打来的灯光照在瀑布的水面上，大家抓紧时间拍照，不要离开这里，明天早餐后我们还要来。"

陈德铭站在栏杆旁，伸头向前方远看，只见有一条河在这里突然断头，陷入峡谷，水从高处流入谷底，掀起巨大的浪花和水雾。对岸的探照灯发出红、黄、蓝色的光照在瀑布、照在水面上，给人亦真亦幻的感觉。在陈德铭和肖瑞芬欣赏尼亚加拉大瀑布的夜景时，对岸突然燃放烟花，本来已经十分美丽的尼亚加拉大瀑布更加绚丽多彩，美丽无比。陈德铭赶紧让肖瑞芬站好，用相机记录下这美好的时刻，又请人帮他们俩照了一张合影。

第二天，蔚蓝的天空一碧如洗，非常纯净，一点杂质也没有。巨大的水流从河道倾泻到峡谷底部，形成巨大的轰鸣声，溅起巨大的浪花，整个峡谷一片茫茫的白色水雾。金色的阳光照耀在瀑布上方，形成一条横跨峡谷的彩虹，形成一种壮丽、震撼人心的美丽。陈德铭和肖瑞芬先是单独照相后又合影，在大自然鬼斧神工的创造之处，留下他俩的身影。

他们离开大瀑布后就前往波士顿。波士顿是一个美丽的海滨城市，更是个名副其实的大学城。世界最负盛名的哈佛大学和麻省理工大学就坐落在这座城市。世界闻名的哈佛大学的校园和美国其他大学的校园别无二致。学校的建筑普遍不高，被繁茂的树木遮盖，每幢建筑前后总会有如茵的草坪。

"我们现在在哈佛大学校园内，不知大家有没有注意到，校园非常的安静，偶尔看到行色匆匆的老师或学生。夜晚，所有房间的灯都是亮的，老师和学生们都在看书或在做实验。哈佛大学的老师和学生都是非常勤奋和辛苦的，正是他们比常人付出多，哈佛才获得那么多的荣誉。哈佛大学是世界上获得诺贝尔奖最多的大学，有100多人获得诺贝尔奖；哈佛大学也是出总统最多的大学。我们现在去看哈佛大学创始人——哈佛先生的铜像。"

哈佛先生的铜像放在一个约一人高的大理石底座上，铜像有可能就是按本人真实大小建的。大理石的底座上刻有约翰·哈佛先生的名字：John Harvard。约翰·哈佛先生坐在一把椅子上，目光看向正前方，身着风衣，一身英国绅士的打扮。哈佛先生的左脚锃锃发亮，导游说摸哈佛先生左脚，能给学生带来好运。

从哈佛大学出来时，导游指着校门说道："哈佛大学的校门非常普通，似乎与哈佛大学的名声不相配。在美国学习或工作过的人都知道，很多美国大学没有围墙，也就没有校门了。上一批的游客问我校门正上方的Veritas是什么意思。Veritas是拉丁语，和英语的 truth 意思一样，翻译成中文就是真理。哈佛大学的校训就是真理，学习的目的就是追求真理。"

最后，陈德铭夫妇去了普林斯顿大学参观。普林斯顿大学坐落在距首都华盛顿不远的普林斯顿小镇上，谁也想不到这所世界著名的大学就静悄悄地坐落在一个远离尘嚣的乡村。旅游大巴沿着弯曲狭窄的马路开进普林斯顿大学，大学没有门，随便进出。由于放暑假，学校的人不多，学校的面积也不大，导游看很多人心有疑惑，就说道：

"我们现在进入美国著名的普林斯顿大学，普林斯顿大学最近几年大学排名噌噌上蹿，紧跟在哈佛后面。爱因斯坦是普林斯顿大学物理系老师，最近有位数学教授获得了诺贝尔经济学奖，他的名字叫约翰·纳什。美国有部电影叫作 *A Beautiful Mind*，翻译成中文叫作《美丽心灵》，就是以约翰·纳什为原型拍摄的电影。"

陈德铭和肖瑞芬在导游的带领下参观了普林斯顿大学的办公楼和教室，都是非常普通的两三层楼高的建筑。陈德铭心想，为什么这么一所了不起的大学，放在偏僻的农村？在旅游车上，很多游客也提出同样的问题。

"做学问、搞科研需要一个安静的环境。做学问的人，要能沉下心、专注科研，要做到：两耳不闻窗外事，一心只读圣贤书。如果是在大城市，灯红酒绿、纸醉金迷，到处是诱惑，怎样安心做学问？"导游回答游客的问题。

回国前，陈德铭挤出两个星期时间到霍普金斯医院，看他们内科的运作和医院的管理。陈德铭跟着美国医生一起查房、参加病例讨论，还抽空到内镜中心参观。细心的陈德铭发现美国年轻医生培养制度非常好。医学生毕业后，用 5 年左右的时间在相关的科室轮转，全面系统地掌握临床医学知识。

陈德铭想起在20世纪80年代中期，广仁医院实施专科化时，一些老医生反对专科化，说专科化会使医生知识面窄，不利于医生成长。如果采用轮转制度，就可以克服专科化这个缺点。在消化科的内镜中心，陈德铭发现美国的内镜已经从内镜诊断开始转向内镜治疗。内镜治疗并不复杂，只要条件许可，陈德铭认为自己一定能够开展。

回国之前，陈德铭把他准备买钻石、金银首饰的钱，买了一台笔记本电脑。1998年6月20日星期六，陈德铭结束了在美国为期三年的实验室研究工作，怀着回到国内大干一场的远大抱负，坐飞机回到了中国。

陈德铭一回国就到科室上班。上班刚两天，院办小刘给陈德铭打电话说叶院长要见他。叶院长全名叫作叶振道，是当年年初坐上院长这个位置的。在院长办公室，叶院长耐心地听陈德铭讲在美国的学习情况以及对消化科和医院发展的想法，最后叶院长要陈德铭写个文字稿。

国庆节后的第一个全院大会上，叶院长宣布一条人事任命：陈德铭为医院科研处处长和消化科副主任。

医院科研大楼于当年5月完工，计划11月投入使用。陈德铭担任科研处处长第一个任务就是分配科研大楼的实验室。在分配房间前，陈德铭对全院每个科室的科研现状，做了调查，根据每个科室报上来的需求以及打算开展的科研活动，把所有的房间分出去了。消化科拿到10间实验室，是全院实验室最多的科室。陈德铭对消化科10间房间，做了认真的规划。

由于孙东平在读江仕翰教授的博士研究生，陈德铭就让孙东平负责消化科实验室的管理。场地有了,科研的想法也有了,现在就是缺钱了。所以1999年元月,在科室的年终总结大会上,陈德铭制订了医生的科研考核方案,申请课题1分,拿到市级课题3分,拿到国家自然科学基金5分;发表论文每篇1分,英文文章每篇3分。科研评分纳入每个人的年终考核,直接关系到每个人的收入、晋升和聘任。

章碧玉作为科室主任,放手让陈德铭管理科研,还到叶院长那里说陈德铭是个有思路、有干劲的人。

1999年年底,在职称晋升的考评中,陈德铭顺利从副主任医师晋升为主任医师,随后申报博士研究生导师,成为广仁医院当时最年轻的博士研究生导师之一。

1997年大学毕业的骆新民工作很认真,每次陈德铭给他布置的任务,骆新民都能很好地去完成。陈德铭想培养他,把他变成自己的一个帮手,就鼓励他考研究生。陈德铭要把骆新民培养成一名优秀的医生,同时又是一名优秀的科研人员。骆新民稍作准备,在1999年的研究生入学考试中,以第一名的成绩考取消化科的研究生,而且幸运的是从这年起,可以硕博连读。

骆新民1975年出生,3岁的时候,父母因车祸双双身亡,骆新民从小是由外婆带大的。骆新民和外婆、舅舅一家3口住在通运路石库门一套三室一厅的房子里。骆新民自己有一间单独的房间,这在当时的滨海已是相当不错的了。自从1992年骆新民考上大学后,家里发生了很大的变化。骆新民的舅舅和舅妈先后从滨海市仪表厂和缝纫机厂下岗,再后来骆新民的表妹考上了大学,家里的经济顿时紧张起来。只有在周末,当外孙和孙女从大学回来,骆新民的外婆才到菜市场买些鱼肉,改善全家伙食。

在学生期间，骆新民一直是班上品学兼优的好学生，高中毕业后，进入滨海瑞慈医科大学读书。虽然家里的经济条件差些，但喜欢骆新民的女生不少。骆新民大学同学张宜红是个有眼光的人，她认为骆新民勤奋好学、有思想，将来一定有前途。后来的事实证明，张宜红看人很准。

骆新民参加工作后，回家次数越来越少，在家的时间也越来越短。每次回家，他隐约感到他的舅舅和舅妈想把他往外赶。在骆新民小的时候，他舅舅带他玩，并且处处保护着他。骆新民心里明白，他舅舅变化的原因是房子。房子的户主是外婆，里面有5个户口。

1999年，骆新民以优异的成绩，考入消化科的研究生。在学校完成半年的基础课程后，骆新民回到科室上班。由于骆新民读的是陈德铭带的研究生，自然在陈德铭这组。陈德铭是科室的行政副主任、病区组长，他的治疗小组下面有黄旭辉、骆新民和一个进修医生。黄旭辉比骆新民高10届，是个有一定经验的消化科医生。陈德铭对黄旭辉的临床工作是很放心的，医疗小组的事经常交给黄旭辉负责。

"骆新民表现怎样？"一天陈德铭问黄旭辉。

"挺好的。"

"我让他来病房上班就是让他好好地做个医生，我们要向江教授对我们的要求那样要求他，要严格管理。不能你好、我好、大家好。"

"严格要求。"

"我们要从最基础的地方开始严格要求他，从年轻时就培养成一个好习惯，不管他是硕士还是博士，在我们科室他就是一名住院医师。你作为上级医生就要按医院和我们科室的要求来管他。首先从写病历、贴化验单做起，给你们两个星期的时间，两个星期后我来检查他的病历。"

"好的，我一定会盯着他好好写病历，做好临床基础工作。"

"还有要学会正规的体格检查和病情分析。"

"知道了。"黄旭辉和陈德铭共事多年，他对陈德铭太了解了，陈德铭是个搞事业的人，做事太认真。无论如何，对年轻医生严格是好事，有利于年轻医生的成长。

虽然骆新民已经有女朋友了，但这并不妨碍年轻护士喜欢他。护士们喜欢他，是因为骆新民人好，长得也帅气。骆新民在和护士相处时，总是客客气气，保持着一定的距离。

5月的一天，骆新民值班，办公室只有他和一个实习医生。突然电话响了，骆新民以为是来新病人了，就拿起电话说道："喂。"

"喂什么，快过来。"电话那头是朱丽叶的声音。

"来病人了？"

"来什么病人？你和陈主任一样，整天就想着病人，快过来。"

"马上过来。"

"我上个星期到北京玩了4天，这是北京的特产。"朱丽叶把一个装有北京零食的大纸袋，递给骆新民。里面有驴打滚、茯苓膏、北京酥糖等。

"这些零食挺好吃的，和滨海产的零食有些不一样。"骆新民一边往嘴里塞零食一边说道。

"每个地方有每个地方的特色。"朱丽叶说道。

"你们两个去的北京?"

"四个人。"朱丽叶说着把一张照片递给骆新民看。

"在天坛照的?"骆新民虽然没有去过北京,但他在电视中看到过天坛公园,是北京标志性建筑之一。

"是的。"

"这是你丈夫?"

"是的。"

"这一对是谁?"

"女的是我护校同学,在外科上班,男的是她老公。"

"不认识。医院护士太多,我把消化科所有的护士都能记得住,叫出名字就不错了。"

"你的精力就应该放在工作和学习上。"

"陈主任平时要求很严,没有办法。"

"你一定要按陈主任的要求做,按时、按质、按量地完成陈主任交给你的任务。"

"朱丽叶,我怎么突然觉得你像我大学辅导员一样。"

"怎么啦?难道护士就不能做辅导员吗?"

"我不是那个意思。"骆新民连忙解释。

"你注意到我们护士长了吗?"

"注意什么?"

"我们护士长是个心气非常高傲的一个人。"

"护士长临床经验很丰富,医学知识一点不比我们医生少。"

"在我们科室,甚至在我们医院,护士长能看上的医生只有陈主任。护士长多次在我们护士中间说过,陈主任是继江主任之后,我们科室唯一一位真正的医生。"

"护士长对陈主任评价很高。"

"护士长是真心喜欢陈主任。"

"陈主任的确很优秀。"

"你每天说什么话,表现怎样,每天都有人向陈主任汇报,你要小心。"

骆新民心里一惊:"谁汇报?"

"你这么聪明还要问吗?"

"哦,明白了。"

"上次我舅舅颈椎病,谢谢你帮我找骨科医生。"

"这点小事不用感谢,完全是应该的,英语叫作 my pleasure。"

"你不要用英语欺负我一个中专生。"

"意思是说能为你效劳我万分荣幸,说着玩玩。"

"好的,以后我多给你 my pleasure 的机会。"朱丽叶向骆新民妩媚一笑。

一天,16床来了一个反复上腹部疼痛的病人,先是做 B 超检查,排除肝胆疾病,最后做胃镜检查,确诊为反流性食管炎。该病人是个急性子,到病房见没有医生来看他,就急吼吼地质问护士:"怎么还没有医生来看我?"

"老先生?你吵什么?这里是病房,需要安静,有事好好讲。"朱丽叶严肃地说道。

"护士小姐,我肚子痛好几天了,怎么半天还没有人来看我?"

"你到我们科室,我们立即给你测体温、测血压、称体重,并问了你的身体情况。"朱丽叶回答道。

"我是慕名来这里，我是希望找个好医生。对不起，我心情急了一点。"

"人生毛病，心总会急一点，可以理解。"朱丽叶也给病人一个台阶下，"你到我们这里，是来对地方了。我们这里的医生都是治疗你这种病的高手。骆医生是你的床位医生，刚刚到医院开会了，我估计他马上就回来了。骆医生人非常好，你碰到他，算你运气好。"

6月，天气已经炎热，消化科病房病人激增，走廊上的加床都住满了病人。医生和护士，特别是护士，每天都是超负荷工作。中午，科室来了一位解黑便的老年病人，该病人除了黑便外，还有心脏病、肺病、肾病。骆新民担心消化道出血诱发连锁反应，会危及病人生命，就拉着黄旭辉一起看这个病人。从医生办公室来到病房时，有个病人家属在护士站大声嚷。骆新民立即上前对病人家属说道："什么事？不要在医院吵闹。"

"我要找院长，护士把盐水搞错了。"

"什么事，好好地讲。"骆新民心想先把这个病人家属的情绪稳住。

"护士把别人的盐水……"

黄旭辉悄悄地问护士长赵晓曼事情的经过。赵晓曼告诉黄旭辉，护士舒琪琪把36床的葡萄糖给26床输上了，病人发现名字不对，就跑到护士站大吵，说要找院长。

"26床今天有葡萄糖吗？"黄旭辉问护士长。

"有。"

"知道了，我来解决。"

"我正准备叫你过来，处理这件事。这点小事，怎么会难倒我们的黄大医生。"

"护士长有事就把我抬得高高的。"

"赶快去处理，一定要处理好。"赵晓曼给黄旭辉下死命令。

黄旭辉来到病人旁边，和气地对病人说道："今天是你住院的第4天了，胃口怎么样了？"

"黄医生，谢谢你，我现在好多了。昨天晚上吃了小半碗面条，吃得很香。"

"很好。今天再吃多一点，过几天就可以回家了。"

"黄医生，真是谢谢你了。你们医生不但技术好，人也好，我们遇上好医生了。"

"刚才护士长跟我说，护士把别的病人的葡萄糖给你用上了。"

"是的。黄医生，我刚刚还向护士长反映。"病人和病人家属情绪缓和多了。

"你父亲吃得不够，从静脉中补充一些葡萄糖，增加一些能量，希望恢复快一点。用葡萄糖，对你父亲，只有好处，没有坏处。"黄旭辉对病人儿子说道。

"黄医生，我看到护士把别人的药用到我父亲的身上就急了，经你这么一解释，我就放心了。"

"你父亲住在我们这里，我们就有责任把你父亲的病治好。"

"谢谢黄医生。"

"不用谢，应该的。"

平息病人家属的怒气后，黄旭辉对护士长说道："护士长，搞定了，这个病人家属还是比较好说话的。"

"还是我们的黄主任厉害。"

"我们帮护士是天经地义的,但是舒琪琪也太粗心了。"

"舒琪琪一定要认真检讨,以后科室绝不能出现这种低级错误。"

# 第 3 章　人才培养

实验室平时是研究生的天下，他们的导师是临床科主任或副主任，精力主要用在临床工作上，研究生的管理，基本上处于"放鸭子"状态。消化科有硕士和博士研究生共9人，陈德铭心想别的科室，他管不到，消化科这9个研究生，一定要严格管理。首先，从最基本的作息制度抓起，最重要的是学习制度，每两个星期必须要有一次读书报告会。读书报告会的内容可以是医学上的新发现，也可以是汇报实验进展。陈德铭规定每一位研究生，不论是硕士或博士，必须申请课题，作为毕业分配的一项重要指标。一年下来，成绩斐然。消化科研究生共写了15份科研申请书，拿到各类科研基金共8项，其中国家自然科学基金两项，一举成为全院基金大户。

消化科实验室的场地有了，国家自然科

学基金的课题也有了,就是缺乏高端实验仪器和设备。在消化科实验室完成国家自然科学基金的课题有很大的难度,一句话就是实验室条件不够。

2000年年初,霍普金斯大学实验室Edward教授,调到匹兹堡大学医学中心做消化科实验室负责人。匹兹堡大学的排名虽然不及霍普金斯大学,但匹兹堡大学医学院以及医学中心,在美国是进入前10名的。于是,陈德铭产生了把孙东平送到匹兹堡大学医学中心做实验的想法。

2000年10月中旬,匹兹堡大学医学中心消化科实验室负责人Edward给陈德铭来信,欢迎陈德铭派人来实验室工作。

2001年2月1日,孙东平飞到美国匹兹堡大学医学中心,做实验研究。2001年2月16日,章碧玉主任退休,医院任命陈德铭为消化科主任,仍然兼职医院科研处处长。3月1日,医院内科新大楼启用,消化科由以前的一个半病区,扩大为两个病区。经过陈德铭找叶振道院长和相关部门的人员多次交涉,医院最终给消化科内镜室18间办公室,占据医技楼一层楼面。经过医院同意,陈德铭在内镜室大门外贴上"内镜中心"四个大字。内镜中心每天胃肠镜量可达100台至150台,大大地缩短了病人等候的时间。

科室规模扩大和发展,需要做事的人越来越多。仅有孙东平一个人不够,所以,陈德铭还要培养人。3月15日,陈德铭把骆新民叫到主任办公室。

"陈主任,你找我?"

"坐,请坐。"

"谢谢陈主任。"

"你是1999年考的研究生,是5年制的硕博连读的研究生。"

"是的。"

"大学研究生处，刚刚发了一个文件，要求带研究生的教研室和科室，特别是指导老师，要对研究生做一个阶段性总结，决定是否在第3年进入博士学习。"

骆新民立即紧张起来。如果陈德铭说他不能硕博连读，他就惨了。他现在天天在病房上班，根本没有准备硕士毕业的事。

"我想这是我们科室第一次进行硕博连读研究生培养，很多人都会关注我们硕博连读研究生质量。所以，我们一定要把好质量关。"

"是的，是的。"骆新民紧张地不置可否地说道。

"我想你明年在美国匹兹堡完成你的博士课题。孙东平说那里的实验室条件非常好。你去那里，做一些高水平的研究，再发表几篇英文文章。博士毕业前回国，参加博士毕业论文答辩。"

"太谢谢陈老师了。如果能到美国做实验实在是太好了。我们科室实验室的规模已经够了，凭现有的实验条件，做高水平的研究，还是不行。如果能到美国，我一定能做出很多好的研究。我前段时间看了不少文章，有很多的想法。"

"你还年轻，就应该有远大的志向。我们在医院工作，首先要做个好医生，同时又要懂科研。我们做的科学研究都是来自临床，为解决临床问题而展开的研究。你作为一个医生，年资还是比较低的，在临床磨炼的时间不够，知识面也比较窄。我想你去美国之前，先去ICU和急诊科轮转。博士毕业后，就要专注专科的发展，而且博士毕业，很快就是副主任医师，那个时候，去别的科室轮转就不合适了。"

"是的。我是大学一毕业，就在消化科工作，整天就是和消化科病人打交道，知识面是比较窄。现在老年病人越来越多，病人常常合并有心脏病、高血压。"

"那你就从下个月起，到ICU和急诊科，各轮转半年。轮转结束后，去美国做实验。"

"谢谢陈老师为我想得这么周到，安排得这么好。我一定要好好地学习，好好地工作。"

"另外，工作之余要看书，至少要写一篇综述。"

"知道。革命生产两不误。"

"好的，就这样。你去忙吧。"

2000年参加工作的祝向平，一如既往地在办公室为收入低而发牢骚："我们这么忙，每个月的奖金只有1500元，加上工资不到3000元，干得一点劲都没有。"

"是的。上班忙得要命，下班时间也被盯上。还要求我们看这看那，写文章。我有时都不想做了。"同是2000年大学毕业的李明亮说道。

"骆新民，你向陈主任反映一下，我们收入太低。"祝向平说道。

"陈主任肯定是知道的，其他科室也是这个数。在全市范围内，我们医院的奖金属于中等偏上一点。"骆新民说道。

"中等偏上？我看中等就不错了。"祝向平不服气地说道。

"既然做了医生，只能这样了。但我相信医生收入低是暂时的。过不了几年，医生的收入会上去的。"骆新民信心满满地说道。

"我们大家都托你的吉言，希望在不远的将来，收入涨上去。我们每个人买一辆汽车，或者是先买一个汽车轮子。"祝向平说道。

"不至于吧。"

"我说得一点不夸张。我们4年的收入只能买一辆帕萨特，是不是一年的收入，只能买一个车轮子。"

"我们大家一人买一个轮子，拼凑一辆小汽车。我的驾照都考出来3年了，一次方向盘都没有摸过。在驾校学的那点技术恐怕全忘了。"李明亮说道。

"这个没有关系，拿起来很快。关键是我们没有money。你要是怕开，我来开，我给你做驾驶员。"祝向平说道。

"你开车，谁敢坐？还不如我自己开呢。"

"祝向平，后天就是星期五了。你的读书报告会？"骆新民提醒祝向平。

"上个星期就准备好了。"

"祝向平虽然发些牢骚，但应该做的事，还是知道的。"

"兄弟啊，没有办法，要混口饭吃。"

"大家听着，5天一档班不行了。"黄旭辉来到办公室，告诉大家下个月排班。

"为什么？"

"因为骆新民下个月，即4月，要到ICU轮转。5天一档班，估计要到8月以后了，新人来后才可以。"

"轮转？！怎么这么突然，我们一点不知道。"李明亮说道。

"陈主任说了，以后所有的人都要到相关科室轮转，轮转将成为一项制度，我只是第一个。"

"你们大医院医生一辈子都是做专科医生，花个半年或1年的时间去轮转是值得的。"进修医生说道。

3月20日，病区唯一的单人房间，收了一位73岁肝硬化呕血的老干部病人。病人有肝硬化病史10余年，肝功能平时维持在正常范围。因为在住院前10天，他的小儿子要和老婆离婚，并说只要能离婚，女方什么条件都可以提。老干部知道儿子要离婚的消息后，气得胃痛。后来又喝了三两闷酒，急剧加重了肝硬化，出现了呕血。

肝硬化出现呕血，是消化科比较紧急严重的病症。肝硬化并发出血，首先是药物保守治疗，如果药物控制不住出血，还需要外科手术干预。

由于是老干部，医院对该病人很重视，叶院长特地打电话给陈德铭，请陈德铭关心这个病人。陈德铭在第一时间来看这位病人，和蔼地对病人说道："林局长，你这次犯的病还是和上次一样，在我们这里治疗几天，你就能出院回家。"

"谢谢陈主任。我也想早点回家。老太婆毕竟上了年纪，天天在医院陪我，身体吃不消了。"

"他啊，在医院还惦记着家里的事。"老太婆抱怨道。

"林局长，我们定会尽最大努力，尽快治好你的病。如果你有任何要求，可以给医生说，或给护士说。"

"谢谢陈主任。"

星期四上午是陈德铭作为科主任查房的日子。星期四早交班后，陈德铭开始了主任查房。20多个医生浩浩荡荡地跟在陈德铭的后面，从医生办公室来到肝硬化病人的床边。

陈德铭站在病人的右侧，骆新民作为床位医生站在病人的左侧。在骆新民旁边的是黄旭辉副主任医师。自从陈德铭担任科主任以来，陈德铭每次查房，护士长赵晓曼都会放下手中的活儿，跟着陈德铭一起查房。

"林局长你好。今天感觉怎样?"陈德铭非常礼貌地问道。

"今天比昨天又好了一点,开始想吃东西了。"

"很好。想吃东西表示你的胃肠道功能已经恢复了。今天我们全科医生都来看你。我们会问你几个问题,你如实回答就行了。"

"骆医生昨天对我说了,今天你要大查房,要我配合,我说没有问题。"病人说道。

"好,我们现在开始查房。首先由床位医生汇报病史。"

"病人,男,73岁,因为右上腹饱胀呕血1天入院……"骆新民汇报病史。

"刚才,骆医生汇报了病人的病史。黄主任,你作为骆新民医生的上级医生,有什么要补充的吗?"

"骆医生把病史作了完整的汇报。该病人的特点是:1.有肝硬化病史10余年;2.除了B超和CT检查发现肝硬化外,肝功能各项指标维持得很好,均在正常范围;3.这次出血是在有明确的外界诱因情况下发生的。"

"黄医生刚才把病人的情况作了总结。该病人就是一个具有10年病史、肝功能正常的肝硬化病人。因为情绪波动和喝酒,病人出现了一次呕血,就立即住院治疗。入院后,呕血被控制住,没有再出现。骆医生,请你把这位病人的诊断和鉴别诊断做一下分析。"

"诊断肝硬化的理由有以下3点:第一,有肝硬化病史10年;第二,B超显示肝脏回声增粗,CT显示肝脏边缘变钝;第三,胃镜检查看到曲张的血管。目前的治疗主要就是止血和保肝。"

"很好。把病历给我。"陈德铭接过病历,看完化验单,问病人,"你以前有过呕血吗?"

"没有。"

"这次呕血之前有胃痛吗？"

"胃不舒服有好几天了。"

"呕血的时候，有没有气急，透不过气？"

"没有。"

"骆医生，你给病人做一个体检。"

骆新民迅速来到病人右侧，赵晓曼把血压计递给骆新民。骆新民首先给病人测量血压和脉搏。

"病人的血压130/80mmHg，心率81次/分。"

陈德铭点点头，骆新民开始给病人做全身体检……整个体检操作非常娴熟，动作规范。在骆新民给病人做检查的过程中，病人配合得很好。很明显，昨天骆新民和病人有很好的沟通。查体结束后，骆新民回到病人的左侧，说道："该病人巩膜、皮肤无黄染，颈静脉无怒张，腹壁软、无压痛，肝脾肋下没有触及……"

"林局长，你虽然是因为呕血来医院，但你呕血后，立即得到了及时的治疗。现在，出血止住了。你现在一切指标都正常，再巩固几天，就可以回家了。"陈德铭安抚病人后，对其他医生说道，"我们现在回医生办公室。"

"过去，我们讲病情分析和治疗方案都在病人床边。现在情况变了，有些话不能在病人床边讲，不能让病人听见，以免引起不必要的医疗纠纷。

"这位病人是呕血来医院的。首先，我们需要判断：是呕血，还是咯血。咯血是肺部疾病引起的，从症状和检查上，和呕血有所不同。咯血的病人有气急、胸痛。病人往往有肺结核、支气管扩张病史。另外，晚期肺癌病人，也会有咯血。胸片和肺部CT，基本就可以明确诊断。

"呕血是我们消化科的急症，引起呕血的原因有多种。骆医生，你说说，呕血的原因有哪些。"

"一般来说，上消化道出血都有引起呕血的可能。胃溃疡出血，十二指肠溃疡出血，肝硬化造成的胃底曲张静脉破裂出血，还有少数病人是胃肠道血管畸形，引起的消化道出血。"骆新民回答道。

"讲得很好。呕血主要是上消化道疾病引起的。今天，我想重点讲肝硬化呕血的治疗。病人因为呕血住院，我们首先是止血。我来问问实习医生。消化道疾病出血入院，你怎样开医嘱。"

"如果病人明确消化道出血，对症治疗就是止血。止血就是给予止血药，同时给予抑酸药。我们现在用的最多的抑酸药是洛赛克。洛赛克能抑制胃酸分泌，减少胃酸对血管的腐蚀作用。还有常规给予维生素 K1，增加病人的凝血功能。"

"回答得很好，是个优秀的实习医生。谁是你的上级医师？"

"骆老师。"

"实习医生在我们科室实习，我们要关心他们，关心他们的成长。对实习医生的带教，要有个规划、计划，即实习医生在消化科结束后，要掌握哪些技能。我们以后要对实习医生进行考核，如果实习医生考核成绩不好，板子将打在带教医生的身上。这位实习医生讲得不错，带教老师应该受到表扬。"

骆新民紧张的脸松弛下来了。

"病人入院后，我们首先给予药物治疗，在药物治疗上，我补充一下就是生长抑素。生长抑素治疗肝硬化门静脉高压症出血，是一个非常好的药物。生长抑素的另一个重要作用，就是治疗急性胰腺炎。

"我在这里给大家提醒一下,肝硬化病人出血,不能只想到是胃底食道静脉曲张引起的出血。肝硬化病人可以同时合并有胃溃疡。最近有篇文章呼吁大家重视肝硬化病人胃黏膜病变。祝医生,你看过这篇文章吗?"

"没有。"

"骆医生,你看了吗?"

"没有。"

"都没有看文献,都没有学习。这不行。我们是大学附属医院,我们要带领全国同行向前发展,就必须掌握最新的知识和最新的诊断和治疗方法。所以,我们要有压力,要有紧迫感。

"造成肝硬化常见的病因有两点:一是肝炎;二是喝酒。如果病人患有肝炎,又爱喝酒,无疑是慢性自杀。肝硬化是肝脏对肝炎病毒和酒精的一种炎症反应,肝脏纤维组织增生修复,导致正常肝脏组织的破坏。目前,在乙肝治疗上,干扰素和恩替卡韦,特别是恩替卡韦,能使乙肝病人的病毒数量大幅度下降。

"个别肝硬化病人,到晚期出现肝脏萎缩,肝功能衰竭,病人表现为大量的腹水和门静脉高压症,唯一的治疗手段就是肝移植。香港玛丽医院在肝移植的临床和科研做得都非常好,在国际上非常有名。"

进修医生和实习医生,聚精会神地听陈德铭讲课,有人还做笔记。他们的眼神透露出敬佩。

"我利用今天主任查房的时间再讲一下内镜治疗。内镜从检查向治疗方向发展是医学发展的必然结果。我们要敏感,站在历史的前沿开展新技术。我们开展内镜下黏膜病变的切除,最担心的就是胃肠道穿孔。怕什么?不用怕。日本医生能做,韩国医生能做，为什么我们中国医生不能做？不能墨守成规，不思进取，要有闯劲。

"以后所有新来的医生，都要参与轮转，即心内科医生到消化科、肾内科、内分泌科轮转；消化科医生到心内科、肾内科以及 ICU 轮转，轮转对增加医生的知识面，综合处理病人的能力很有帮助。从下个月起，骆新民就要去 ICU 轮转。

"最后，我再次强调，我们要关心病人、爱护病人，多到病房观察病情，到病人的床边和病人聊聊天，这是做医生非常重要的一个部分。好了，今天就到这里。"

# 第 4 章　ICU-1

2001 年 3 月，嫩绿的小草钻出地面，探头张望这美丽的世界，同时给大地披上绿装。桃花、杏花、梨花竞相开放，柳树发出新芽抽出嫩枝。大地一片春意盎然，生机勃勃。

和大自然蓬勃的生命相比，ICU 里的生命晦暗无比，在死亡的边缘痛苦地挣扎着。ICU 病房的空气是压抑和沉重的，医生和护士走路很轻，说话声音也很小。医生和护士不时地观察心电监护仪所显示出来的呼吸、心跳、血压的数值，随时准备处理各种异常情况。

4 月的第一天，骆新民到 ICU，开始为期半年的轮转。交班结束后，ICU 耿明华主任讲话："ICU 重症监护室，是当代医学的重大成就之一。在 10 年前，哪怕是 5 年前，全国也没有几家大医院有 ICU 病房。现在 ICU

如雨后春笋般出现在大江南北各大医院，ICU 集中了医院最好的资源，汇集了当今世界最先进的医疗设备和仪器，给生命最强烈的支持。过去认为是必死无疑的病人，在 ICU 被我们救活了，许多危重病人在我们这里获得了新的生命。ICU 代表了一家医院危重病人的救治水平。

"ICU 病人的病情重，病情变化快，抢救及时，方法正确，就能挽救一条人命。我希望大家掌握各种抢救方法，特别是中心静脉置管、气管插管、呼吸机的使用等，同时要看书，关注 ICU 的进展，要与时俱进，提高 ICU 抢救成功率。"

耿明华主任讲完话后，安排周永昌主治医师带骆新民，治疗小组组长是徐卫芳副主任医师。

"骆博士，我们去看病人。"周永昌领骆新民看他管的病人。

骆新民 1997 年大学毕业，到医院上班有近 4 年的时间了，这是他第一次进入 ICU 病房，进入广仁医院最复杂、最先进的病房。

ICU 病区的设计和普通病房完全不同。整个病房像个大厅，16 张床位摆放在长方形的大厅的两侧，中间则是护士站。护士站有 4 个小房间，护士站中央有个大显示器，可以显示 16 个病人的生命体征。

每个病房的床头上方有一串插头或接口，比如氧气接口、负压接口，每个病人头顶正上方是一台心电监护仪，床头右侧有一台呼吸机。骆新民就像刘姥姥进大观园一样，看得眼花缭乱。

"骆博士，我们管的病人是 6—10 床，共 5 个病人。和普通病房相比，虽然我们管的病人不多，但工作量却很大。因为住在 ICU 的病人，个个都是危重病人。要时刻关注病人病情的变化，需要及时处理。每天有大量的文字工作要做，还要和家属沟通。我们现在从 6 床开始查房。"周永昌给骆新民介绍 ICU 工作的特点。

5 个病人中只有 1 个病人能够说话。该病人是一位 86 岁的胃癌患者，从手术室出来，直接来到 ICU，请 ICU 的医生和护士帮助病人度过手术后最危险的 3 天。如果没有 ICU 给予该病人术后强力的生命支持和 24 小时监测，普外科医生可能不敢给这位 86 岁患者做这种大手术。这种风险不是手术本身，而是手术打击对心、肺、肾、肝功能的影响。平时这种人靠药物勉强将生命体征维持在正常水平，一有风吹草动，生命体征随时就会出现问题。今天是手术后的第 3 天，病人心率、呼吸和血压均正常。周永昌打算把该病人转回普外科，空出一张床位留给今天可能来的危重病人。另外 4 个病人，有 3 个气管切开和 1 个气管插管，都在接受呼吸机治疗，而且这 4 个病人，有 2 个是昏迷病人，可能不会醒来或已经就是植物人了。

"呼吸机是 ICU 宝贝，抢救病人主要靠它了。呼吸机的功能很多，使用起来比较复杂。有很多种模式，这个需要花一段时间才能了解。另外，在 ICU 的知识面要广，在消化内科，你只要看消化科的书和文章就可以了。在 ICU 不行，必须要懂，而且要精通心脏病、肺部疾病的病理生理和治疗。同时还要掌握神经科和内分泌科的知识，也就是说每个科室的知识都必须知道。"周永昌继续给骆新民介绍 ICU 的特点。

紧挨着 ICU 病房的是医生办公室。在 30 多平方米的房间里，摆放着 8 张办公桌，每个办公桌上有台电脑。靠近病房一侧是一块大玻璃，拉开窗帘就可以看到病床和护士站。医生办公室往里还有 4 个房间，两个房间是办公室，主任单独一间，两个副主任是一间。另外两间，一间作为科室的会议室，另一间是 ICU 的特色，专门和病人家属谈话的接待室。

周永昌埋头在医嘱单上沙沙地快速写着一行又一行的医嘱。6 床病人医嘱开好后，周永昌把 6 床病历交给骆新民，说道："你帮我把这个病人的化验单和检查单开出来。"

"好的，我来开。"骆新民接过病历一看，今天要做的化验有 12 项：血常规、尿常规、肝功能、肾功能、电解质、凝血功能、BMP、DIC、血气分析、血脂、淋巴细胞分析、血培养。检查项目有床旁 B 超和胸片。骆新民迅速把这些化验和检查单开好，开好后又仔细核对一遍，确认没有错误，就把它们夹到病历里。

"骆博士，床旁胸片开好后，我们要关心放射科什么时候来做。"

"知道了，我给放射科打电话，催他们快点来。"骆新民回答道。

周永昌在开 7 床医嘱时皱着眉头，思考了一会儿，对骆新民说道："你给肾内科写张会诊单，会诊理由是病人肾功能有问题，肌酐高。7 床病人连续两天肌酐都比较高，虽然没有达到肾功能衰竭的标准，我正在考虑要不要先按肾衰治起来。"

"这个病人，为什么有肾功能不好？"

"发病前，病人的肾功能是好的。我想是不是细菌或药物影响了该病人的肾功能。先请肾内科医生会诊再说吧。8 床病人今天转普外科，你写个转科录。"

周永昌和骆新民把 5 个病人的医嘱处理好，已是 9 点 50 分了。这时，护士来到医生办公室要病历。骆新民心想，如果有主任查房，那不是要到 11 点，医嘱才能出来。

"拿去吧。"骆新民把病历交给护士，护士要在短时间内把医嘱处理好，然后根据修改后的医嘱给病人进行治疗。如果医生把医嘱交给护士的时间晚了，就会影响病人的治疗。

午饭后，骆新民来到护理部把 6 床、7 床、9 床和 10 床的病人病历抱到医生办公室，从头到尾看一遍后，对这 4 个病人有了基本了解，然后再到病床边了解病情。

6 床病人 83 岁，因为高血压导致脑血管破裂出血，出血量较大，导致大面积脑组织毁损。病人送到急诊室时，处于深昏迷状态。急诊进行颅脑血肿清理后，送到 ICU，虽然保住了性命，但呼吸和血压不平稳，靠升压药物维持血压，呼吸机维持呼吸。

病人四肢全部固定，下身插了一根导尿管。胸壁上有 3 个电极片，引出病人的心电图；左手臂上有一路输液，使用输液泵控制使用升压药；右手臂绑上测血压的袖带；右手食指夹了一个测血氧饱和度的探头；右侧颈内静脉有根中心静脉导管，病人每天所需要的营养、水分以及各种药物都是通过这根导管输到病人的体内。在颈部正前方有个气管切开的套管，套管的一端放入气管内，另一端通过管道和呼吸机相连，由呼吸机通过此通道，把氧气注入病人的肺部。

病人的眼睛半睁着，无神无光。骆新民小心地对着病人耳朵喊道："喂，我是你的医生。"看病人没有反应，又补充了一句，"我是骆医生，你今天好点了吗？"病人依然没有反应。骆新民用手指掐病人的手臂，继而用手电筒照射病人的眼睛，病人均没有反应。骆新民在心里想这个病人恐是个植物人了。

医生和护士每天只是看看他的心率、血压和呼吸，也就是医学上的生命体征，确认他是否活着。

　　病人躺在病床上完全不能自主自己的抢救方式，不能按自己想要的方式和这个世界进行告别。他要对这个世界说怎样的最后一句话，想和谁见最后一面，或想了却怎样的最后一桩心事，没有人知道，也没有人想知道。病人就像一个生物体，由医生和护士治疗，一旦生命力燃烧完之后，任何药物也不能起作用，原来高低不平的心电图慢慢变成一条毫无波澜的直线，一切就归于寂静。或在哪天，病人家属在病历上签上放弃抢救，几分钟或几小时后，病人的生命就会停止。想到这些，骆新民在心里对躺在 ICU 的病人泛起了无限的同情。

　　7 床是位 41 岁的男性患者，也是因高血压引起的脑出血，从病史上知道，该病人平时喜欢喝酒，体重超标，在 ICU 已经有一个多月了，看不到任何恢复的希望，而且升压药的剂量在逐渐加大，才能维持血压。

　　"骆博士，我们现在去看看呼吸机。一刻钟后，我要和 7 床病人家属谈话。"周永昌和骆新民来到呼吸机前，周永昌说道，"到 ICU，一定要学会使用呼吸机。首先，我们要认识呼吸机的面板。在呼吸机的前面有个圆形出口，这是氧气出口，通过管道把氧气送到病人肺里。在呼吸机的后背有个氧气进口，就是通过这根管道和墙壁的氧气出口相连接。呼吸机的模式是呼吸机中最重要的，也是最难掌握的一项。这台呼吸机有 4 种支持模式，现在病人用的是压力模式。这个指标是吸氧浓度，现在这个病人吸氧浓度是 70%。这个旋转按钮任意调节供给病人的吸氧浓度。"

　　"为什么现在给病人的吸氧浓度是 70%？低一点可以吗？"骆新民问道。

"不行，昨天我曾想往下调吸氧浓度，调到65%，但不到15分钟呼吸机就报警，病人的氧饱和度从97%下降至90%。如果一个病人的吸氧浓度在不断增加，说明病人肺部情况在变差。"

"知道了。"

"我们现在和这个病人的母亲去谈话。"周永昌说道。

ICU有一间房间的门直接开于外面的走廊，病人家属不需要换衣服和换鞋就可以进入，这个房间是ICU医生和病人家属谈话的地方。

病人的母亲71岁，看上去非常疲倦，面相倒是很和善。

"阿婆，今天你一个人来的？"周永昌客气地和7床病人母亲说道。

"是的。"

"这是骆医生，以后由我和骆医生负责你儿子的治疗。"

"骆医生好，我儿子就拜托你了。"

"应该的，我是医生。"

"阿婆，你儿子到ICU已经35天了，一直处于昏迷状态，没有任何的神经反射，很可能是脑死亡了。虽然呼吸和心跳都有，但都是在用呼吸机和升压药物支持下的数据，而且从前天起升压药的剂量增大了，一但停用升压药或停用呼吸机，病人马上就不行。还有每天用的神经营养因子和白蛋白都是自费的，是否考虑不用了？救活的可能性非常小。"周永昌和病人母亲沟通。

"周医生，谢谢你，为抢救我儿子所做的一切。如果没有你们的抢救，我儿子早就走了。现在既然还有呼吸和心跳，我就再努力一下，还不想放弃。"

"阿婆，你的心情我能理解。每天花几千块钱，代价蛮大的。你再好好想想。"周永昌好心劝道。

"周医生,你是个好医生,我和我儿子很幸运遇到你这样一个好医生。你说的我都听明白了,我想再试一段时间。"

"阿婆,你真是个伟大的母亲。医院有规定,每次谈话后要签字,麻烦你和上次一样,在这里写上你的名字。"

"既然是医院的规定,那我就签吧。"

"阿婆,现在探视时间到了,你去看你儿子吧。"

"张奶奶,你又来看儿子啦!"护士袁益芳看到7床病人的母亲,就主动打招呼。

"小袁,你好,今天又碰到你了,昨天是你休息?"

"是的,我前天上晚班,昨天在家呢。张奶奶,你一天也不休息,每天都来。"

"不来不放心啊。"

"张奶奶,你不用天天来。如果病情有变化,我们会给你打电话的。"

"我在家里也没有什么事。如果不来看他,我心里就不踏实,心里就会空落落的。"

"张奶奶,你真了不起,是个伟大的母亲。"

"不是伟大的母亲,我就是来看看我的儿子。"

"张奶奶,你儿子今天的病情挺稳定的,我们刚给他翻过背,还给他做过全身护理。"

"谢谢小袁,谢谢你照顾我儿子。"老太太说完就来到病人的床头,无限慈爱地看着躺在病床上的儿子,说道,"儿子啊,妈妈又来看你来了,家里一切都很好,小明学习很用功,成绩也很好,你在这里放心治疗就行了。刚才医生和护士都给我说了，你的病在一天天地好转，再坚持一天，妈妈明天接你回家。"说完，老太太给儿子擦脸、剪指甲，最后把覆盖在儿子身上的被子扯扯平，并把身体盖严实，对她儿子说道，"儿子，我回去了，明天接你回家。"

这一幕完完全全被骆新民看到，骆新民眼睛湿润，泪水在眼眶里打转。

"小袁，这位病人的妈妈天天来吗？"骆新民问道。

"是的，每天都来。我们都认识她，真是个好妈妈、伟大的母亲。"

"他儿子基本上是植物人了，她每次来和他说话，她儿子也听不到。"

"张奶奶可不这么认为。她认为她说的每句话她儿子都能听到，她儿子能出院回家。"

"别的病人家人也是这样吗？"骆新民问道。

"少，很少。大部分病人家属是隔三岔五来一次，或病情出现变化，才来医院。"

"来的都是什么人？"

"起初家里什么人都来看，到最后只剩下母亲了。不过这也很难说，你自己留心一下就知道了。"

"谢谢。"骆新民心情沉重地离开ICU病房，回到医生办公室，陷入深深的沉思之中。骆新民在想给一个必死无疑的人进行治疗，从而使一个家庭倾家荡产，背上一辈子都还不清的债务，值不值。就在这时，护士通知他8床来病人了。

周永昌和骆新民快速来到8床床边，袁益芳正在给病人清理口腔，已经把氧气和心电监护仪用上了。

"这个病人是从急诊室送来的，年龄不大，重症胰腺炎，好像是喝酒引起的。"袁益芳一边给病人做护理，一边说道。

病人的年龄在 20 岁到 25 岁之间，头发蓬乱，面色消瘦苍白，两眼凹陷，呼吸急促。骆新民一看就知道这个病人生病有一段时间了，估计是在下面的医院处理不了，就转到广仁医院。心电监护仪显示，心率 112 次 / 分，呼吸 26 次 / 分，氧饱和度 91%，血压 87/60mmHg，病人处于呼吸功能不全和休克的边缘。

"小伙子，你多大了？"周永昌问病人。

"23 岁。"病人吃力地迸出几个字。

"到我们这里来，我们一定能治好你的病。"周永昌安慰病人。

"谢谢。"病人干涸内陷的眼睛里流出几颗眼泪。

周永昌先检查病人心肺，然后揭开病人的被子，检查病人的腹部。好家伙，腹部有个 30 厘米长的手术切口，切口上下左右共有 4 个引流管。

"周永昌，我来把这些引流管接上引流袋，你赶快去开医嘱。"袁益芳又补充道，"病人在外院的住院病史，在护士办公桌上，厚厚的一本。"

在医生办公桌上，周永昌一口气写出 7 页的医嘱，然后又和骆新民一起开出一叠化验单、检查单。周永昌和骆新民刚把这些活做好，袁益芳向他们要病历。

"医嘱开好了，你拿去吧。"周永昌把开好的医嘱连同各种化验单、检查单递给袁益芳。

"我们刚把医嘱开出来，护士就来催要病历了。"骆新民对周永昌说道。

"ICU 都是急诊，我们处理任何一件事都要快，看病人快，治疗措施上去也要快。"

"ICU 护士比病房的护士要积极主动得多。"

"多是逼出来的，多年工作培养出的习惯。ICU 护士在医生还没有看病人以前，就已经开展了抢救。比如 8 床病人，在我们看病人之前，护士已给病人吸上氧气，上心电监护，清理口腔，防止吸入。"

"在病房，护士都是等医嘱出来再处理，做护士的活。"

"ICU 护士对危重病人很敏感。ICU 的护士有非常好的理论和抢救能力，一点不逊于医生。"周永昌直夸 ICU 的护士。

听了周永昌的讲话，骆新民对 ICU 护士肃然起敬，ICU 护士的形象在他的心中瞬间高大起来。

"ICU 护士长不论是业务能力，还是管理能力，都非常出色。经过她多年的调教，现在的 ICU 护士正如她要求的一样，不仅仅是护理，而且参与到病人的整个抢救治疗过程。医嘱开好了，我们现在就给病人做中心静脉置管。"

"为什么现在就要做？"

"病人一入院，需要立即建立一条可以快速输液的静脉通道，所以在医嘱完成后，医生就立刻给病人做中心静脉置管。"

"哦，明白了。"骆新民随周永昌来到病人的床边，袁益芳把做中心静脉置管所需要的物品全部准备好了。

"袁益芳是我们这里能干的年轻老护士。她知道病人入院，医生要做哪些治疗工作，所以她在第一时间把中心静脉置管需要的东西全部准备好了。骆医生，我们 ICU 护士优秀吧？"

"优秀，绝对优秀。"

骆新民随周永昌站在病人的床头，周永昌把病人的头偏向左侧，消毒右侧颈部。在用手指确认穿刺部位后，用专门的中心静脉穿刺针向右侧颈内静脉刺入，一针见血。随后将中心静脉导管送入颈内静脉，固定连接好。整个操作过程，十分娴熟，一气呵成。

"中心静脉置管完成后，下一步就是要和病人家属谈话。在ICU，和病人家属谈话非常重要。我们现在去谈话室。"

"8床张维卫家属请进来。"周永昌推开谈话室的大门，对走廊的病人家属喊道。

"我们是张维卫的家属。"

"请坐，我是周医生，这是骆医生。我们是负责张维卫治疗的医生。"

"周医生、骆医生好。我儿子现在怎么样？"病人的母亲急迫地问道。

"病人住到我们科室，我们作为床位医生有责任告诉病人家属，我们将采用哪些治疗方法，以及治疗后可能出现哪些结果。"

病人家属没有说话，等待周永昌的下文。

"病人是急性坏死性胰腺炎，也就是我们常说的重症胰腺炎，送到我们ICU的重症胰腺炎更是重中之重，非常危险，死亡率非常高。"

"外面人都说你们医院水平高。再重、再危险的病人，你们这里都能救活。"

"我们这里没有外面说得那么神。我们ICU救治危重病人的水平的确不错，的确救活过一些濒临死亡的病人，但不是所有的病人都能救活。重症胰腺炎在我们科室抢救的成功率是85%—90%，即10个重症胰腺炎病人有一个将死亡。"

"我们相信你们，你们一定能救活我儿子。"病人母亲眼泪都要流出来了。

"他才 23 岁。"病人的父亲说道。

"不管你儿子病有多重,我们将尽我们最大努力去救治你的儿子。"

"谢谢医生,你们是我们全家的大救星。"

"大救星不敢当。但我敢向你们保证,我们会尽最大的努力救治你们的儿子,这点请你们放心。"

"我们正是相信你们,才从老家冒着风险把我儿子送到这里。"

"现在我们谈谈你儿子的病情和治疗。病人 23 岁,患重症胰腺炎 26 天,在 12 天前曾行胰腺坏死组织清除术、腹腔引流术。病人来到我们医院时的血压 86/60mmHg,心率 112 次/分,呼吸 26 次/分,氧饱和度是 91%,处于休克边缘。如果胰腺炎继续发展,随时会发生急性呼吸衰竭,以及多器官功能衰竭。"

"医生,给我儿子用些好药,使胰腺炎停止。"

"目前的治疗都是对症和支持治疗,帮助病人度过急性胰腺炎危险阶段。在这个治疗过程中可能有并发症的发生,比如急性呼吸衰竭、肾功能衰竭、急性大出血,每一个并发症都是致命的。"

"我的儿呀,你的命好苦啊,你为什么不听妈妈的话,非要喝酒啊?"病人母亲伤心地哭起来。

周永昌等病人母亲哭泣的声音小点后,继续说道:"现在我们用的是面罩吸氧,而且氧流量开到最大,氧饱和度勉强维持在 92%。如果氧饱和度再出现下滑,就需要用气管插管、呼吸机辅助呼吸。"

"该怎么治,就怎么治。请你们一定要救活他,他才 23 岁。"

"还有一点就是治疗的费用,这点我们必须和你们说清楚。

ICU 的费用是巨大的，每天都要 3000 元至 5000 元。有些药品和医疗材料是不能报销的，需要病人家属自己购买，10 万、20 万没几天就用完了，这是一个很大的数字。"

病人进了 ICU，医疗费用将是病人及病人家庭一辈子的沉重经济负担，能使一个小康家庭迅速回到贫困时代。

"关于 ICU 的开销，我们都听说了。周医生该用什么药就用什么药，一切以救人要紧，不要考虑钱。"病人母亲坚定地说道。

"我知道你们家属的态度了，尽全力抢救病人。今天是你儿子入院的第一天，也是我们和你们的第一次谈话，请你们在这里签个名。"

"为什么要签字？"病人父亲问道。

"医院有规定，每次和病人家属谈话，都要有记录和签字。"

"还有这种规定？"病人的父亲很不情愿地写上自己的名字。

"以后我们每次和你们谈话，重大的治疗措施都要签字。这样做是有些麻烦，但这是医院制定的制度，我必须要执行。"

"好的，签就签吧，我全部签好了。"

"病人住到我们科室，我们会尽全力救治病人。在治疗过程中，我们会与你们保持沟通。另外如果你们有什么想法，随时可以跟我们说。"

"谢谢两位医生，我儿子还年轻，只有 23 岁。请你们一定要救活我的儿子。"病人的母亲给周永昌和骆新民跪下，眼泪哗哗地往下流。

"起来，起来。我们医生会尽最大的努力，救治你的儿子。"

结束和8床病人父母的谈话后，骆新民对周永昌说道："如果省掉一些谈话签字的内容，对我们以及病人家属都能省些事。"

"在ICU签字是非常必要的。签字既是医院的规章制度，更重要的是对我们自己的保护。"

"嗯。"骆新民等待周永昌解释原因。

"病人来到ICU，我们要和病人家属谈话签字的原因有两点：第一，虽然我们的医疗条件是全国最好的，但还是有些病人的最后结局不好或是死亡。不要让病人家属以为进入ICU就是进入了保险箱。第二，就是费用问题。ICU花费太大，而且有些药品是自费的。我们一定要告诉病人家属，治疗费用是天价的。一是防止治疗一半，因为没有钱而治疗不下去，还有万一病人死了，家属背上几十万甚至上百万的债务。绝大部分病人家属无力偿还，他们有可能做出过激行为。

"前年我们遇到这样的一个病人，和我们今天的病人很相似，家中唯一的儿子得了胰腺炎。病人父母说只要能救活人，不管花多少钱都可以。在我们用了20万元的时候，病人父母每天都问每一分钱是怎么用的。后来这个病人家属找到院长，要求减免医疗费用，又是给相关部门反映，说医院治疗费用太高。幸亏最后这个病人活下来了。如果死了，这个病人的父母真有可能做出不理智的行为。"

"这让医生怎么治病啊。"

"你可能想象不到，出院时病人父母的表现。"

"怎样的表现？！感谢我们救活了他唯一的儿子。"

"我就猜出你肯定想不到。出院那天，病人父亲在走廊破口大骂，说什么黑医院，什么医德、什么良心，全叫狗吃了。还说只知道向病人要钱,掉到钱眼里了,老天一定会报应我们的。"

"这家人怎么这么说话?一点道理也不讲,一点良心也没有,真是狼心狗肺了。"

"为了救这个病人,有两个晚上我从家里赶到医院。一次是为了治疗急性大出血,另一次是治疗急性呼吸衰竭。在这个病人身上,我和徐主任花了很多的时间。最终,病人家属不但不感谢,还骂我们医生,你说这些签字重要不重要?要防患于未然。"

"唉。"骆新民摇头道,表示不可理喻。

4月8日,星期天,骆新民和周永昌在ICU病房值班,下午3点钟ICU探视时间,7床病人母亲张奶奶带着孙子来看病人,和往常一样,张奶奶和ICU护士客气地打个招呼。

"张奶奶,你又来看你儿子啦。"

"我在家里待着挺无聊,还不如来看看他,心里也踏实点。今天把孙子带来了,让他看看他爸,跟他爸爸说几句话。"

"张奶奶,好长时间没有看到你儿媳妇了?"

"在我儿子生病之前,家里的家务事都是我做的。自儿子住院以后,家里的事主要是儿媳妇做了,忙里忙外,真不容易。"

"是的,大家都不容易,还要管孩子读书。"

"儿子,我和小明来看你来了,小明很好,学习很用功,你就放心好了。一家人都盼你早点回家。小明,你靠近一点,和你爸爸说说话。"

小家伙估计是个五六年级的学生,从来没有见过医院ICU的这阵势,不免有些紧张和害怕,扭扭捏捏地来到病床旁边,声音在喉咙里转动,嘴唇在嚅动,眼睛噙满了泪水。

"小明,我们在家里不是说好了吗。我们要坚强,要让你爸爸坚强。"

病人儿子用手抹了眼泪，哽咽地对躺在病床上的父亲说道："爸爸，我和奶奶来看你来了，妈妈让你要好好地治病，你病好后就回家，家里一切都很好。"

病人躺在床上可能听见了，也许什么也没有听见，但病人的母亲坚持认为他的儿子能听到她的话，而且她的话能给儿子以鼓励，坚定信念，战胜疾病。

"儿子，今天我和小明来看你，你要坚持住，你的病一定能好。过会儿我和小明离开这里，明天妈来接你回家。"

张奶奶把被子拉平盖严，就离开病床回家。在离开之前还深情地拥抱了袁益芳："孩子，谢谢你，你辛苦了！"

星期二上午，护士顾雪莉来到医生办公室，催促医生们开医嘱。

"各位医生请把开好医嘱的病历给我，没开好的抓紧时间。刘晓宁，你抓抓紧。"

"急什么，都是重症病人，总得小心点。"刘晓宁说道。

"你就是磨叽，做事像老太婆似的，一点也不干脆利落。"

"顾雪莉，你催也没有用。医嘱开好后，我立即给你送过去。"刘晓宁说道。

"还有，你又给病人买什么神经营养因子和白蛋白，自费就要2000多元。"顾雪莉对张小军说道。

"我们每次找他们家属谈话，都说得清清楚楚。这两种药理论上对病人的治疗有帮助，但最终的结果可能是竹篮打水一场空。但这个病人家属坚持我们要采用一切可能的方法来救治。顾雪莉，你想想，病人家属坚持要用，如果我们没有给病人用，病人死了，病人家属告我怎么办？说我没有用神经营养因子和白蛋白而导致病人死亡。所以，有时候，我们医生的自我保护也是被逼的。"张小军辩解道。

"是啊，我们这么做都是有原因的。我们要在安全有保障的情况下，全心全意为人民服务。"刘晓宁说道。

"算了，我不和你们说这些话，快把医嘱开好。"

"知道了，亲爱的顾小姐。"张小军老脸皮厚、开玩笑地说道。

"张小军请不要随便用'亲爱的'。"刘晓宁说道。

"刘晓宁同志，不就是说了一声亲爱的，看把你嫉妒的。"张小军反击道。

"张小军，你不能说亲爱的。刘晓宁倒可以说，因为他是单身。"周永昌说道。

"这个和结婚不结婚，一点关系都没有。都是什么年代了，只是嘴上说说而已。"张小军表示不服。

"总之，把亲爱的挂在嘴边，或作为一种口头禅，不好。说不定哪天，会给自己带来麻烦。"周永昌好意提醒。

"没有那么复杂。"张小军对周永昌的话不屑一顾。

"喂，讲话的时候，工作不能停，抓紧时间，把医嘱开好。"周永昌说道，似是这间办公室的老大。

"骆博士，你把这张处方交给7床病人的母亲，让她去医院自费药房把这两个药买回来。"周永昌让骆新民把处方交给病人家属。

在病房外的长椅上，张奶奶正吃她的中午饭，一个馒头和一包榨菜。旁边坐着一位中年男子，在吃方便面。看到病人家属的中餐，骆新民不免心头一酸。病人家属为了给家人治病，几千元、几万元眼睛眨都不眨，立刻拿出来，而他们自己的一日三餐，极其简单，一分一厘地省出钱来。

到 ICU 的第一个月，是骆新民最忙的一个月。不仅是工作忙，晚上回家一分钟也不敢乱用，全部用在看书学习上。以前在消化科上班，只需要关注消化专业的进展就可以了。现在在 ICU，危重病专业要从头学起，老年病人常合并心脏病、肺病、糖尿病等疾病。所以骆新民要在最短的时间内，把这些知识补上，才能在 ICU 做好医生工作，才能自己单独处理病人。在 ICU 还要学会中心静脉置管、呼吸机使用等操作。这些操作非常实用，在任何一个科室抢救病人都可以用得着。为此，骆新民特地买了两本书：一本书是《现代呼吸机的原理和操作》；另一本书是《现代肠内和肠外营养的临床实践》。营养支持是 ICU 病人救治的重要组成部分，《现代肠内和肠外营养的临床实践》有一个章节，专门讲中心静脉置管。

在骆新民向周永昌说出自己想学习中心静脉置管的想法后，周永昌一口答应，并说："中心静脉置管有三个穿刺部位，我们一般是选择风险最小的股静脉开始练习穿刺置管。嗯，在做之前，要看书，要把操作步骤和注意事项背下来。"

"我看了好几遍了，都背熟了。"

"好，这就好。你聪明，很快就能学会。"

7 床颈内静脉导管最近越来越不通畅，而且近两天出现高热，徐主任认为可能是导管引起的败血症，建议拔除中心静脉导管。果然，在拔除中心静脉导管后的第二天，病人的体温就恢复了正常。

外围静脉输液根本不能满足病人治疗的需要，于是周永昌带着骆新民给 7 床病人再次做中心静脉穿刺置管。

"一般来说，我们首选颈内静脉或锁骨下静脉作为穿刺点，做中心静脉置管。为什么选择这两根静脉作为穿刺点，是因为这两个部位护理方便，病人也可以下床活动。股静脉由于是在大腿根部，接近会阴部，护理不方便，还有病人要是下床、行走，也不方便。因为7床病人整天躺在床上，而且原先的颈内静脉中心导管出现了感染，现在我们用股静脉。股静脉穿刺的优点就是安全，我学习中心静脉穿刺，都是从股静脉开始的。"

"周永昌，东西都准备好了。"袁益芳说道。

"Arrow中心静脉穿刺针一套、两副手套、小手术包。好的，东西齐全，开始穿刺。骆博士，你来，首先是消毒铺巾。"

骆新民迅速消毒铺巾，为静脉穿刺做好了准备。骆新民用右手食指在腹股沟韧带的内下方，触摸到股动脉的搏动，问周永昌："这里可以吗？"

"可以，紧贴股动脉的内侧进针。"

骆新民将穿刺针从股动脉的内侧进针，刚进去一点，往外回抽，没有见到回血，立即紧张起来，抬头向周永昌求助。

"股静脉在股动脉的内侧，不是距离股动脉0.5厘米或1厘米，两根血管是紧紧挨在一起的，你就紧贴着股动脉的内侧进针，多进0.2厘米就可以了。"

骆新民按周永昌讲的方法，又穿刺一次，果然穿中股静脉。骆新民高速把中心静脉穿刺置管的手术步骤在大脑中回放一遍，按步骤把中心静脉导管送入股静脉，固定好后，连接输液，整个操作结束。虽然是5月，骆新民弯腰操作加上紧张，还是出了一头汗。

"骆博士，这种操作对你来说就是小菜一碟，多练几次就行了。"袁益芳鼓励骆新民。

"第一次做有些紧张，还需要练习。"骆新民实事求是地说。

"你们走吧，我来收拾。"

"谢谢益芳。"

9床病人出院后，从神经内科转来一个重度昏迷的病人。周永昌带骆新民准备给病人做中心静脉置管。周永昌站在旁边，让骆新民操作。就在骆新民消毒好后，刘晓宁在医生办公室扯着嗓子对周永昌喊道："周永昌，新来病人的家属在门口，要见医生，你去见见他们。"

"不行，我马上要给病人做中心静脉穿刺，你让病人家属先等一会儿。"

"不行，病人家属情绪挺激动的，我看你还是马上见他们。"

"骆博士，你自己做吧，我去接待病人家属。"

"我做？"骆新民张大嘴巴问道。以前做中心静脉穿刺，周永昌都站在旁边。现在周永昌有事离开，他要一个人做，他不免有些紧张，心里没底。

"骆博士，我给你帮忙。"袁益芳热情鼓励骆新民，"不要怕，就像你上次穿刺一样，就可以了。"

在护士袁益芳帮助下，骆新民单独做了中心静脉置管术。整个操作过程十分顺利，骆新民很开心。

"现在你掌握了股静脉穿刺置管，以后多练练颈内静脉和锁骨下静脉穿刺。下次，你做中心静脉穿刺置管的时候叫上我，我给你帮忙，就像今天这样。"

"如果不是你给我鼓励，我今天不敢独立给病人做中心静脉穿刺置管，谢谢你，袁老师。"

"止住，止住。我就是个护士，哪敢做大博士的老师。"

"你今天指导我做中心静脉穿刺置管，就是我的老师。"

"骆博士，你千万不要叫我老师。那可是要杀了我，我给你帮忙完全应该的。"

"我以后一定再请你帮忙。"

7床病人情况在恶化，升压药的剂量越来越大，但病人血压还是往下方走。没过几天，病人肝功能和肾功能出现损害，疾病向着不可逆的方向发展。骆新民小心翼翼地把病人的情况，告诉病人的母亲。出乎骆新民的意外，在7床病人呼吸心跳停止后，张奶奶异常安静地站在床旁边，说道："儿子，我们终于可以回家了。"

袁益芳安慰张奶奶说道："张奶奶。这么多天以来，你尽了最大的努力，你是我见过的最伟大的母亲。"

"我儿子住在这里给你添麻烦了，你辛苦了。我代表我们全家谢谢你。"张奶奶说完向袁益芳深深鞠一躬。

8床病人出现了肺部感染，面罩吸氧已经不管用了，需要用呼吸机来帮助病人呼吸，渡过难关。用呼吸机就必须要气管插管，任何病人要做气管插管都要告诉病人家属，要说明气管插管的必要性以及可能的副作用。

下午一点半，在ICU的接待室，周永昌和骆新民向8床病人父母通报病人的最新情况。

"病人出现了肺部感染，面罩吸氧维持不了正常的氧饱和度，病人需要接受气管插管，通过呼吸机供给氧气。"周永昌告诉病人父母，病人需要用呼吸机维持生命。

"我儿子来你们这里有两个星期了，已经花了7万多元，怎么没有效果，反而病情恶化了？你们要给我讲清楚。"病人的父亲情绪有些激动。

"周医生，我们是冲着你们医院的水平高来的，如果我们吃了这么多苦，花了这么多的钱，治疗的结果还是和我们当地医院一样，我们跑到这里干什么呀？"病人母亲说得似乎有道理。

"病人住院的第一天，我就和你们讲了，重症胰腺炎病情复杂、死亡率高。如果肺部受到影响，就要用呼吸机给病人提供氧气，维持病人的生命。疾病的发生发展有一定的规律，目前胰腺炎的炎症还没有停止，我们做的工作就是在重症胰腺炎期间给重要的器官提供强力的支持，渡过生命的难关。"

"周医生，我们不是学医的，有些医学上的事，我们听不懂。我们最关心的和最想知道的是：你们还需要多少天，我们还要用多少钱，才能救活我的儿子。"

"你们把病人送到我们这里，目的就是救活病人，这个目标和我们一致。病人年纪轻轻的，我们总要尽医学上所有方法挽救病人的生命。但是急性坏死性胰腺炎病情复杂、病情重、死亡率高，谁也无法保证治疗需要多少天，还需要花多少钱，可能10万、20万元。还有一点，就像你们刚来的时候，我给你们说的，最后有可能是人财两空。"

"医生，这不行，一定要救活我的儿子。"病人母亲着急道。

"你现在和我们说要人财两空，如果早知道，我们就不在这里治疗了。"

"先生，你儿子住院的第一天就在这里，我和你们俩谈话，谈话结束后你们还签了字。"周永昌回应病人父亲的话。

"我最关心的是还有多少天，另外，还需要用多少钱。这两点你就是不给我们明确的答复。我们是普通的老百姓，每个月的收入只有1000元多一点，在你们这里，我们每天要用四五千元，我们实在是承受不起。"

"我今天请你们过来，主要是和你们讲气管插管、呼吸机的事。由于病人肺部有炎症，病人自己呼吸解决不了机体对氧的需要。在过去，如果出现这种情况，病人很快就死了。现在我们可以通过人工手段，用呼吸机给病人的肺里注入高浓度氧气，满足病人大脑、心脏、脾脏、肾脏等重要器官对氧气的需要，这样病人就能活下来。这种治疗方法我们叫作支持或替代疗法，待病人肺好后，我们就停止使用呼吸机。"周永昌给病人父母讲解使用呼吸机的必要性。

"只能用呼吸机？"

"是的。"

"那也只能是这样了。"

"呼吸机是现代化治疗的一个重要手段，你儿子还年轻，心肺没有基础疾病，应该还是有希望的，所以，用呼吸机是值得的。"

"医生，我最希望、最期盼听到你说这句话，毕竟我儿子只有 23 岁啊。"病人母亲又哭了。

"我刚才把做气管插管使用呼吸机的必要性，还有可能的并发症都给你们说了，现在就请你们在这里签字。"

签完字，病人母亲哭着离开了接待室。周永昌对骆新民说："你看签字是多么重要，一开始病人家属说，早知道花这么多的钱还治不好就不治了。我立刻把他们的话也回应过去了，说从住院的第一天我就告诉他们儿子的病情。指出病重、治疗时间长、花费大，而且他们签了字，所以他们就没话可说了。我们现在准备给病人做气管插管，通知袁益芳。"

# 第 5 章　ICU-2

气管插管前，医护人员先把病人的手足全部固定好，并从静脉给予镇定剂。骆新民、袁益芳还有护工，三个人死命摁住病人身体。周永昌戴好手套，用喉镜挑起会厌部看到声门，把涂有润滑剂的气管插管，在喉镜的直视下，顺利地插入气管。在气管插管过程中，病人身体剧烈、痛苦地扭动，并发出嚎叫声，为治疗付出了代价。

骆新民帮助周永昌固定好气管插管。袁益芳迅速把气管插管和呼吸机连接上，并给病人的吸氧浓度设定为 60%。

骆新民觉得奇怪，一个护士怎么不问一声就擅作主张。于是，骆新民小声问周永昌："现在的吸氧浓度是 60%，怎样？"

"先给予 60%，过几分钟之后看病人的氧饱和度，以及血气分析的结果再作调整。"

"哦，知道了。"

在呼吸机的帮助下，病人缺氧情况立即得到改善。胰腺炎产生大量毒性物质，通过血液循环对心、肺、肝、肾造成严重的损害，必须要清除血液中的毒性物质以及人体代谢所产生的废物。现在病人自己的肾脏已无法胜任这项任务，因此必须要采用替代疗法，用血透机将病人体内的毒素排出体外。

"目前，滨海市只有我们医院能在病人床边进行血液透析，这也是我们医院的条件，正如同他人所说的，大医院条件好，这就是条件。"周永昌在和8床病人母亲谈话。

病人母亲流着泪哭道："我命苦的儿子啊，你的命为什么这么苦啊？我要是能代替你受这个罪该多好啊。"

"该说的都说了，你就签字吧。"

"周医生，我们到这里来，把我儿子的命以及我们全家人的命交给你了。你一定要救我的儿子。"

"我们一定尽全力抢救你的儿子。"周永昌感到身上压力巨大。

家属签完字后，周永昌、骆新民配合血透室医生给8床病人做了床旁血透。在病床的左侧，竖起一个近一人高的血透机。两根粗大的管道和病人体内的大血管相通。一根管子是把病人血液引到血透机，通过血透机把血液中的毒性物质排出体外；另一个管子则是把过滤干净的血液输回到病人体内。

下午3时，8床病人母亲看到他儿子床左侧的一台大机器，有鲜红色的血液在流动，当时就蒙了，两眼一黑就倒下了。

袁益芳立即把病人母亲扶起，让她坐在椅子上，并给她吸上氧气。

"怎样，有什么不舒服？"袁益芳焦急地问道。

"怎么回事？"骆新民跑过来。

"病人母亲刚进来，就晕倒。会不会是看到这么多的机器吓的？"

"完全有可能。上午和她谈话时，她完全正常。"

过了一会儿，病人母亲苍白的脸上出现了血色，缓慢地睁开了眼睛，说道："我刚才看到血就晕过去了。"

"现在怎么样？"

"现在缓过来了，没事了。谢谢你，小袁。"

"你看，做了血透，你儿子脸色好看多了，全身水肿也退了不少。你一定不能泄气悲观，一定要给你儿子鼓励，增强你儿子战胜疾病的信心。"

"知道了。谢谢你，袁护士。"病人母亲调整了一下情绪，来到儿子的床头。

当病人母亲看着满身管子的儿子，禁不住哭起来，而且哭得很伤心："我作了什么孽啊，使我儿子遭受这么大的罪。"

病人头微微地动了动，病人眼睛不停地眨巴着，满脸都是眼泪。他想对母亲说什么？是安慰母亲，还是想告诉他的母亲，他太痛苦了，生不如死。

"儿子啊，我多次劝你不要喝酒，你就是不听。这酒要你的命啊！"

本来病人的眼泪快止住了，母亲这么一说，病人眼睛又流出了眼泪。

袁益芳站在旁边看到这一幕，对病人说道："自从用了血透机后，你的指标在好转，过两天就可以停用血透机。再过几天，停用呼吸机后，你就可以回家了。"

病人病情的演变果真就像袁益芳说的那样，一天天地好转。病人肺和肾脏功能一天天在恢复，先是停止用血透机，过了几日后停用呼吸机。

一天下午，难得准时下班，骆新民去女朋友张宜红家吃晚饭。刚进丈母娘家门，ICU护士给他打来电话，说8床病人情况不好。骆新民问："什么情况？"护士说："可能是出血。"

"请值班医生看看啊。"骆新民不假思索地说道。

"病房同时来了3个病人，值班医生护士忙不过来。徐主任都从家里赶来了，周医生一会儿也会来，你看着办吧。"

一下子来了3个病人，而且原先在病房的病人，又出现新的问题，仅仅靠晚上值班的医生和护士，肯定忙不过来。抢救都是争分夺秒地进行，病情不允许等。下班在家的医生和护士必须赶到医院，支援上晚班的同事。

"小红……"骆新民为难地看着张宜红。

"去吧，反正家里什么事都不能指望你。"

"我去了，争取早点回。"

"不急，你把病人全部处理好再回家。和病人家属谈话要小心，注意保护自己。"张宜红嘱咐道。

20分钟后，骆新民气喘吁吁地赶到ICU病房，徐主任在指挥抢救："骆新民，你和周永昌处理8床病人。刘晓宁，你过来和我一起处理新来的病人。12床准备气管插管，15床要准备中心静脉置管。"

"我们下班时病人还挺好。我还和病人说，出院后千万不要再喝酒了。"骆新民对周永昌说道。

"重症胰腺炎的复杂性就是这样，谁也不知道什么时候会出现一个并发症。不到出院那一刻,绝不能对病人及家属说没事了。"

"知道了。"

"你写个会诊单加在病历里,我给普外科和血库打电话。"

"好的。"

几分钟后,普外科值班医生来看 8 床病人,对周永昌和骆新民说道:"现在病人腹腔内有出血,做个腹部的血管 CT,看看是哪根血管出血。"

"谢谢刘医生,一打电话立即就来了。我马上安排病人做血管 CT。"

"刘文娴,给 8 床病人家属打过电话吗?"

"打过一次,没有人接。"

"再打啊!"

"说得简单,我能打电话把你们这些医生找到就不错了。病房这么忙,我不可能一直打电话。"

"对不起。"周永昌向护士道歉,然后对骆新民说道,"你给病人母亲打个电话。"

骆新民从病历里找到病人母亲住的旅馆的电话号码,这次旅馆服务员找到了病人的母亲。骆新民只是简单地说:"病人出现了变化,请立即到医院。"

"电话打通了,病人母亲马上过来。"骆新民向周永昌汇报电话结果。

"我们俩现在送病人去 CT 室,做腹腔血管 CT。今晚只有我们俩陪病人做 CT 检查,其他的人都忙得不可开交。"周永昌和骆新民把病人送到 CT 室,做腹部血管 CT。

"喂,是血管外科吗?"做完腹部血管 CT,周永昌在 ICU

第 5 章 ICU-2 | 081

办公室给血管外科医生办公室打电话。

"是。"

"是王小平啊，我这里有个病人在下班后出现了腹腔大出血。"

"血管CT做了吗？"

"刚做。想请你血管外科专家过来看看。"

"好嘞，我马上就到。"

"周医生，我儿子怎么样了？"病人母亲焦急地问道。

"现在已经不用血透机和呼吸机，自己呼吸挺好的。只是今天下班后，突然腹腔出现了出血。"

"这几天不是在好转吗，怎么又出血了？"病人母亲表示不可理解。

"腹腔出血大多发生在重症胰腺炎的中后期。"周永昌简单回答道。

"危险吗？"

"当然有危险，大出血会引起休克死人的。你知道，今天晚上，我和骆医生都是在家休息，听说你儿子不好，二话没说就立刻从家里赶到医院，而且徐主任也从家里赶到病房。过去，这种出血是要立即开刀止血的。"

"要开刀吗？"病人母亲脸色瞬间变得煞白。

"我说过去是要做手术的，但现在在我们医院，血管外科采取非手术方法就能止血。"就在这时，血管外科王小平医生来了。

"周永昌，病历在你这里吗？"

"在我这里。"

"我看看。"王小平医师快速浏览病人的病历，对病人母亲说道:"你是病人家属?"

"是的,我是病人母亲。"

"你儿子肚子里有根血管破裂出血,我们必须要把这个破裂的血管给堵住。"

"求求你们,赶快救我儿子的命。"

"我们所有的医生都很抓紧,一分钟也没有耽误你儿子的抢救时间。但是做血管栓塞有一定的风险。"

"什么风险?"病人母亲害怕地问道。

"这些是血管栓塞治疗腹腔血管破裂出血的各种并发症,你先大致看看,然后我逐条给你解释。"王小平医生把手术签字同意书,递给病人母亲。

病人母亲越看越迷糊,眉头越皱越紧:"医生,介入手术有这么多的并发症,那我们还不如不做。"

"你儿子腹腔内血管破裂出血,如果任其出血,就要死人。我们现在,特别是周医生和骆医生下班了还从家里赶回医院,就是为了抢救你儿子。如果你不同意做,那我们也就没有办法,我就回去了。"

"医生,你不能走,我是说为什么有这么多的并发症?"

"我刚才说了,目前采用血管栓塞是治疗你儿子腹腔出血最好的选择,我们希望通过栓塞堵住出血的血管,使出血停止。但在少数情况下,栓塞治疗后,仍有出血,这就是我们说的治疗失败,我们不能保证100%成功。还有,我们希望栓塞出血的部位,有时没有栓住出血的部位,反而把肾脏或脾脏的动脉给栓了,这就造成脾脏坏死或肾脏坏死。动脉栓塞的并发症发生的概率不大,但是在手术前,我们必须要给你讲清楚。"王小平给病人母亲讲解血管介入手术。

"现在别无选择，只能行血管介入治疗，止血。"骆新民看到病人母亲犹豫，有些着急。

"这些天，我看到我儿子在一天天地好转，我以为再过几天，就能出院回家了。哪晓得，又遇到出血。我的命为什么这么苦啊。"说着她就哭起来。

"不要哭了，赶快签字，抓紧时间救人。"

病人母亲颤抖地签好字，突然扑通一声，跪在王小平的脚前："医生，求你一定要救活我的儿子。"

"喂，喂，你快起来。我马上给你儿子做血管介入手术。"

王小平在DSA室给8床病人做血管介入手术。周永昌、骆新民还有病人的母亲在DSA室门外焦急地等着。骆新民真心希望这个病人不要再出现任何并发症，千万不要在本来就千疮百孔、痛苦不堪的生命上又撒上一把盐。万一这个病人死了，病人家属会不会闹？巨额的医疗费用让这个普通家庭今后怎么生活？这些问题使骆新民很困惑。

大约过了40分钟，DSA室的大门打开，王小平和DSA工作人员将病人推出来。

"王小平辛苦了，做得怎么样？"

"做得很好，出血的血管给堵住了，现在出血停止了。"

"太好了，谢谢你。我们把病人送回ICU病房。"

周永昌和骆新民把病人送回ICU病房，心电监护仪显示心率、呼吸、氧饱和度均正常，病人的血压也正常。但周永昌和骆新民并没有相应的高兴和兴奋，而是一脸的沉重、阴郁。他们俩不知道这个病人在以后的治疗过程中，再出现什么严重并发症。病人已经花了很多钱了，几乎是倾家荡产了，如果最终病人死了，后果不堪设想。

好在上天有眼，病人在后续的治疗过程中再也没有出现什么幺蛾子。10天后，病人竟奇迹般痊愈了。病人数次与死神擦肩而过，最后竟然奇迹般地活下来。病人父母一点没有表现出应有的兴奋和喜悦，而是绷着脸离开ICU。

"8床出院了，他的父母怎么一点也不高兴啊？"骆新民问袁益芳。

"高兴什么呀？！我刚才从药房领药回来，看到病人父母在走廊上吵架。"

"吵什么？"骆新民觉得奇怪。

"女的说就是男的经常喝酒，带着儿子也喝酒，把命差点都送了。"

"男的没有说话吗？"

"说了。男的说就是女的太宠儿子，把儿子宠坏了，现在报应来了。"

"这两个人怎么这样？"

"他们把房子卖了，大概是卖了12万元，还借了9万元。他们夫妻俩的工资一个月不到3000元。"

"本来我治疗好这么一个重症病人挺开心的，很有成就感。现在经你这么一说，好像我做错了什么，有负罪感似的。"

"骆博士，没有你说的那么严重，作为一个医生尽力就可以了，更何况这个病人最终活下来了。"

救死扶伤是医生的天职。但治疗一个病人，让病人以及病人的家人承受巨大的精神和物质上的负担，甚至是倾家荡产，是一个非常现实的问题。骆新民觉得左右两难。

5月中旬，ICU来了一位慢性阻塞性肺气肿、肺心病病人。该病人是ICU的常客，病人每年冬季都要到ICU住个10来天，每次住院时都是上气不接下气，脸憋得像猪肝似的。

这次却在初夏的时候，住到医院，是因为高血压诱发急性心力衰竭。两个儿子和一个女儿，把老先生给送到医院。

护士已经把氧气给病人用上，生命体征的数值在心电监护仪上清晰地显示出来。

骆新民来到病人床位前，只见病人花白的头发乱蓬蓬地堆在头上，额头和眼角堆满了皱纹，眼睛浑浊、充满惊恐。给病人做完体检后，骆新民准备和病人家属谈话。

"10床家属，10床病人家属。"骆新民站在接待室门口，叫病人家属到接待室。

"来了，来了。"病人小儿子不耐烦地说道。

"请坐。"骆新民示意他们坐下，"我请你们来接待室，就是要向你们讲讲病人的病情。首先，我要确认你们几个都是10床刘悦胜病人的家人。"

"不是家人跑到医院来干什么，吃饱了撑的。"病人小儿子很没有礼貌。

"我们都是10床病人的儿女。"病人女儿意识到她兄弟说话不妥。

"病人患有老慢支和肺心病10年了，每年冬天都有一次急性发作来到ICU治疗。这次发作是由高血压诱发心力衰竭，病很重的。这是病危通知书，你们要在这上面签字。"

"每次住院都要签字。"

"这是医院的规章制度，必须要签字。"

"签就签吧。"

"治疗方法：我们首先给予降压、减轻心脏负担，增强心脏收缩力，治疗心力衰竭。"

"治疗越简单越好，差不多就行了。"病人小儿子不耐烦地说道。

"我刚才和你们讲了，如果出现呼吸衰竭，就需要用呼吸机。"

"骆医生，你是医生，治疗方面我们听你的，该怎么治疗就怎么治，一切以抢救我父亲生命为中心，把救人放在第一位。"病人女儿说道。

"小红，你不要'猪鼻子插根葱装象'。老爷子本来身体就不好，全身各处没有一个好的器官，随便治治就可以了。老爷子来这里至少3次了，每次花多少钱，你不是不知道。医生，我把话说在先，老爷子有医保，超过医保的钱，我一分也不出。"病人小儿子说道。

"爸爸为了我们这个家辛苦了一辈子，现在爸爸得了重病，如果我们因为怕花钱，而不给爸爸积极治疗，我们良心过不去啊。"

"小红说得对，爸爸年龄大了，或许没有几年的时间。如果因为这次我们不给爸爸积极治疗，爸爸走了的话，我也不会安心的。"病人大儿子终于说话了。

"骆医生，我们是普通人家，经济条件不是很好，希望你能理解我们的难处。"病人女儿诚恳地说道。

"我们会严格按照适应证给病人用药，绝不乱用药。"

"医生，我申明在先，如果你们乱用药，弄得我们家倾家荡产，我就睡到你家里去。"病人小儿子威胁骆新民。

"你这人怎么这样说话？"

"我一贯就这样说话。"

"医生,你不要和我弟弟计较,其实他人还是很好的,就是不会说话。该用多少钱就用多少钱,需要自费药,我来付钱。"还是女儿孝顺。

"你父亲住了3次医院,医院的情况,你们也是知道的。先把这些字签了,这是医院的制度。"

"我来签吧,内容和前次住院一样吗?"病人女儿问道。

"是的。不理解的地方可以问我,我给你解释。"

"骆医生,希望你能把我父亲救过来,我父亲这一辈子也不容易,现在我们家的情况刚好,刚刚过上好日子,我希望让我父亲能多活几年。"

"哼,你讲话好像你多伟大、多崇高似的。希望在老爷子出院付钱时,你不要斤斤计较,痛快地把钱拿出来。"病人小儿子讥讽道。

"老三,你的收入本来不少,就是你自己胡来,把几个钱折腾掉了。"

"我的钱是怎么用的,不关你的事。我没有用过你一分钱。"

"不要讲了,这种事情有什么好讲的,讲出来还不怕丢人。"老大说道。

"什么丢人,我前段时间向你借钱,你说没有钱。现在老爷子住院要用钱,你说不差钱,哼!"小儿子越来越不像话。

"这情况一样吗?爸爸现在是病重,要救人。"

"算了,我不和你说了。"

"我把病情向你们说了,该签的字也签了,谈话到这里就结束了。"骆新民不想听这一家子乱七八糟的事,就结束了这次家属谈话。

到了 7 月，骆新民在 ICU 可以独当一面工作了。在 ICU 获得的知识和技能，使骆新民能从容不迫地处理任何的危重病人。在 ICU 工作，压力比消化科要大，也要忙得多，但每每看到经他抢救活过来的人，骆新民从内心深处有一种巨大的成就感。以前，在消化科，他每天只关心消化科的进展。现在，他在 ICU 每天和生命打交道，帮助病人和死神赛跑。在 ICU，骆新民看到人性的美好和丑恶，偶尔有过反思医疗以及生命的意义。

7 月底，ICU 病房住进一位 81 岁老年男性患者。这位病人在退休之前是大学老师，76 岁以后是医院的常客，主要是在心内科、呼吸内科以及肾内科看病住院。虽然每次住院终以痊愈出院，但每次发病对他的身体都是一次打击。这次肺炎使勉强处于代偿的组织和器官不堪重负，心内科、肾内科和呼吸内科都不愿收，ICU 就成了老先生唯一的去处。

骆新民先是给病人用鼻导管吸氧，并把氧气流量开到最大，两天后，病人的氧饱和度出现了下降，于是换成面罩吸氧，氧饱和度勉强维持在 95%。

"郭老师，你大口吸氧，面罩吸氧里有化痰的药物。肾脏问题你不用担心，我会请肾内科医生来会诊。如果需要血透，我们可以到床旁为你开展血透。"

"骆医生，你真是个好医生，谢谢你。"病人含着泪真诚地感谢。

"郭老师。今天我们准备给你做个胸部 CT 检查。"

"胸部 CT 要去放射科？"郭老师对自己能否去放射科做 CT 表示担忧。

"我们把床推过去，同时路上带上一个氧气包，供你吸氧。"

"你考虑得真周全。"

"这是我们医生应该想到的事。"

现在，骆新民能像呼吸科医生一样，看懂胸部的 CT 片了。10 床病人胸部 CT 不乐观，结合化验检查结果，该病人已经有肺功能的损害，处于代偿的边缘，需要用呼吸机治疗。

骆新民给病人儿子打电话，告诉他父亲的情况。

病人儿子稍微沉默后，说道：他对他父亲的身体情况是了解的。能活一天就是赚一天。如果不是医院的救治，3 年前他父亲就走了。现在病情更加复杂了，全身器官快散架了。该怎么治就怎么治，家属全力配合。

一听就是个文化人、通情达理的人。骆新民请他尽快到医院，把字签了。

呼吸机用了 7 天，病人的肺部感染还没有得到有效的控制。徐主任建议用气管切开代替气管插管。气管切开的优点第一是可以长时间进行呼吸机通气；第二便于吸痰和呼吸道管理。

在做气管切开的过程中，病人非常配合，只是两只眼睛不停地流泪。骆新民看了很难过，不做气管切开，病人肯定要死掉；做气管切开又给病人的心理和生理，增添一次打击。人性有很多方面，其中最根本就是求生、活下去。就是因为病人自己想活下去，才接受这一次又一次的创伤性治疗。骆新民常想把病人从死亡的边缘拉回来就是伟大的医生吗？因为治疗本身给病人带来的生理和心理上的伤害，在病人出院后，还将继续延续。

气管切开后，病人的肺部感染没有进一步加重，护工耐心地一点一滴地喂给病人吃。袁益芳站在床边，总是竖起大拇指给予热情的鼓励。

为了和病人更好地交流，袁益芳给病人提供一支笔和一个本子，病人可以把他想要说的话写出来。由于疾病的原因，病人写的字一次比一次难认，周永昌和骆新民不认识，病人儿子也不认识，只有袁益芳能猜出是什么意思。

一周后，病人的病情似乎有好转，呼吸机供给病人的氧浓度在下降，床旁胸片提示肺部的情况在好转。一天下午，病人的妻子在儿子的陪同下来到病房。病人妻子年龄也有80岁了，左脚不能行走，儿子用轮椅把她推到病房。

病人妻子来到病人床边，看到老先生一身的管子，抱着老先生悲伤地哭起来。

"妈妈，你不要哭。爸爸的情况，一天比一天好了。"儿子劝母亲，"再治疗几天，爸爸就可以回家了。"

"你爸爸现在都不能讲话了。"

"爸爸的肺不好，医生给爸爸用呼吸机。"

"老头子，你受苦了，儿子说再治疗几天，就可以回家了。"

"爸爸，你有什么话要说吗？"儿子把笔和本子递给父亲。

病人哆哆嗦嗦地在本子上写上一行让人无法辨认的字，病人儿子只得求助袁益芳："袁护士，麻烦你看看我父亲写的是什么意思？"

袁益芳看后，想了一会儿说道："你爸爸说，不要让你妈妈来。"

"谢谢袁护士，我知道了。"病人儿子谢过袁益芳后，转身对病人说道，"妈妈不放心你一个人在医院，非要来医院看你。"

病人眨眼睛，表示知道了。病人妻子又在病人床头唠唠叨叨讲了很多话。一会儿探视的时间就要结束，病人妻子对袁益芳辛勤的工作表示衷心感谢。

病人的肺部情况似乎有所好转，但病人的肾功能却不乐观，肌酐每天都在向上爬升，脸色变深了。于是，骆新民把肾内科医生请来给病人做床边血透。

一天,袁益芳在给该病人做护理时,病人拼命地眨眼睛。袁益芳知道病人有话要对她说,就把笔和本子拿给病人。病人颤抖的手,勉强写出让人无法辨认的字。

袁益芳瞪大眼睛,双眉紧皱,无奈地摇了摇头:"郭老师,你写的字我无法认,麻烦你再写一遍。"

郭老师又写了一遍,袁益芳仍然不能辨认。袁益芳耐着心对病人说道:"郭老师,你前几天的字不是写得很好吗?你不要急,不要紧张,你能把字写好。"

袁益芳再次把笔和本子交给病人。这次更糟糕,这次病人连笔都拿不住。袁益芳在心里重重地叹了一口气,看来病人的神经系统也受到了影响,手不听大脑指挥了。

"郭老师,是不是不喜欢吃医院的饭菜?"

病人摇摇头。

"是不是想知道什么时候能把气管套管拿掉?"

病人又否定。

"是不是想知道什么时候能够回家?"

病人再次否定。

病人的多次否定,让袁益芳很沮丧。病人到底想做什么?不能说话,又不能写字,真是让人着急。就在袁益芳陷入绝望的时候,突然,一个念头在袁益芳的脑袋里一闪,袁益芳十分兴奋。

"郭老师,你是不是想让你的爱人来?"

袁益芳的话让病人瞬间流出激动的眼泪,还不停眨眼睛,示意袁益芳讲得对。

"郭老师,我马上给你家里打个电话。"

下午上班时间，袁益芳把病人的脸擦得干干净净，把病人的胡子也刮了。

"袁益芳，你在做什么？"骆新民不解地问道。

"病人家属今天下午要来，我把老先生弄得干净一点，看上去精神些。"

骆新民赞赏地看着袁益芳，向她竖起大拇指。

到了下午 2 点 50 分，10 床病人突然开始急躁，两只手在不停地扯着被子。

"病人为什么着急呢？还有 10 分钟，他的家人就要来看他了，他应该高兴才对。"袁益芳在心里说道。

见袁益芳还没有理解，病人就用手指着气管切开的地方。

"有什么不舒服吗？"袁益芳指着气管插管的地方问道。

病人否定，用手挡住气管切开处，联想到前面病人拼命想把被子往上拉，袁益芳突然明白病人的意图。

"郭老师，是不是要用被子把颈部盖住？"

病人眨了一下眼睛，表示肯定。袁益芳把被子轻轻地往上拉，把气管切开处盖住。袁益芳对病人竖起大拇指，说道："郭老师，很好，这样看上去就好多了。"

下午 3 点，探视时间一到，10 床病人的妻子、儿子、儿媳妇还有病人最喜欢的孙子一起来到 ICU 病房。

"爷爷，我们全家来看你来了。"

"老头子，我们全家都来看你来了，你最喜欢的孙子今天也来了。"老太太用自己一双苍老的手触摸病人瘦骨嶙峋的手。

老人眼里噙满了幸福的泪水。

"爸爸、妈妈，你们俩站在床头，我来照张照片。"

ICU 的护士和医生都停下了脚步，看着让人动容的一幕。

"你站在你奶奶的对面,我帮你们照张全家福。"袁益芳让病人的孙子出现在画面中。

老先生躺在床上,居画面的中央,在床头的后面,是老先生的儿子和儿媳,在病床右边是病人的老伴儿,在病床的左边是病人的孙子。

"很好,大家都看我这里,一、二、三,OK。"袁益芳帮病人全家照了一张非常有意义的全家福。在场的护士也纷纷拿出手机,记录下这感人的一幕。

4天后,10床病人的病情向着不可逆的方向发展。又过了两天,病人心电图变成一条直线,一切归于寂静。此刻,袁益芳突然明白,老人一定是意识到自己的时间不多了,所以特别想和家人见最后一面。袁益芳为自己帮助这位老人实现了他人生最后的愿望而倍感高兴。

9月中旬的一天上午,ICU医生刚查完房,在办公室开医嘱时,突然有位60多岁的女性闯进医生办公室。

"喂,你怎么这个时候到医生办公室来?下午3点钟是探视时间。"刘晓宁很不高兴地对这位不速之客说道。

"刘医生,对不起;各位医生,对不起。我今天来就是为了找所有的医生,和你们所有的医生说一句。"老妈妈诚恳地说着。

"说吧。"

"我是12床张小兰的母亲,我女儿是两个星期前被汽车撞伤的。从进入ICU第一天起,到现在一直没有醒。"

骆新民心想这位病人母亲是来找医院的麻烦,但从外表上看又不像。

"入院后,刘医生和护士对我女儿非常关心,积极为我女儿治疗。如果不是你们ICU医生的医术高明,我女儿早就走了。"听到这里,骆新民松了一口气,心想,这位老妈妈到底想来做什么?

"你女儿住在我们这里,我们一定会尽最大的努力去抢救、去救治,但是她脑组织损伤太严重,醒不过来,我们也没有办法。"刘晓宁说道。

"我今天上午来,和你们说说我家里的情况。我女婿怕花钱,不想给我女儿继续治疗,他要存钱准备再娶。所以我就怕他给你们说不抢救了,你们不要听他的话。我女儿的治疗,我做主。该用什么药就用什么药,我把房子卖了,也要救我女儿。"

"老妈妈,我们知道了。你女儿的治疗,我们听你的意见。"

"对,我就是这个意思,拜托各位医生了。"说完她向办公室的医生们深深地鞠一躬就离开了。

"我说呀,男的就是靠不住,老婆还没死就想着再娶。"ICU唯一的女医生钱丽珠说道,"女人要对自己好一点,不能指望男人。"

"我想这和男的没什么关系,要看人品。"刘晓宁说道。

"我们在ICU也看到过不少好的夫妻,像12床丈夫这样的人毕竟是少数。"周永昌说道。

"天底下最伟大的就是母爱,不但能卖房子救儿女,割个肾脏救儿女也是有可能的。但病人的丈夫年龄不大,不能总让他一个人吧。"

"张小军,你这话就不对了,配偶死了再找一个天经地义,没有什么可以指责的。但总不能人还没有死,尸骨未寒就要结婚,这总不对吧。"

"病人丈夫也没有马上要结婚,我们不能听病人母亲的一面之词。"张小军不服气。

"不管这个病人丈夫的人品怎样,我们不可能去调查,也没有兴趣去调查。但有一点是肯定的,任何情况下,任何时候,母亲是最靠得住的。"周永昌说道。

半年的ICU工作很快就要过去了,骆新民掌握了很多危重疾病救治的知识和本领。他参与很多危重病人的急救工作,把一些病人从悬崖边缘拉了回来。在ICU骆新民还有一个收获,就是他开始关注思考生命和人性。什么是治疗?仅仅是维持病人的呼吸和心跳吗?或许,有尊严地活着,比单纯的心跳更有意义。

不管怎么说,ICU是一个让人敬畏的地方,原因不仅仅是ICU集中了医院最复杂昂贵的医疗设备,更重要的是这里的医生和护士。正是他们的日夜坚守,超常规的付出,才使ICU成为产生生命奇迹最多的地方。

骆新民站在医生办公室的落地玻璃前,看着ICU病房,ICU病房里躺着全是全身插满管子的病人,监护仪、呼吸机以及输液泵的报警声此起彼伏,不绝于耳,还有24小时不灭的灯光。

# 第 6 章　急诊病房

广仁医院位于长江中路和瑞建路的交叉口，医院大门位于长江中路。长江中路有 4 个公交车站，瑞建路有 2 个公交车站，规划中的地铁 6 号线，在广仁医院有个站点。广仁医院交通便捷，医院附近的居民又多，所以医院的每个角落，都挤满了人。

广仁医院大门的右侧是门诊大楼，左侧是新落成的、高 7 层的、号称亚洲第一的急诊大楼。在急诊大楼设计时，设计人员参照世界各地著名急诊中心的设计，结合广仁医院的地理位置，拿出 3 套方案供医院选择。最后由领导选用目前使用的急诊大楼方案。

进入急诊大楼 1 楼，是宽大明亮的大厅。1 楼设有内科诊区、外科诊区、抢救室，还有护士服务台、挂号收费室、药房、化验室、B 超室、心电图室、X 线以及专门用于急诊的 CT 机房，俨然是个迷你小型医院。

急诊大楼的 2 楼和 3 楼是输液室，病人躺在躺椅上接受输液治疗。4 楼是急诊的留观病房，5 楼是还没有投入使用的急诊 ICU，6 楼是 DSA 室和急诊手术室。DSA 室用于心脏病紧急救治，为心肌梗塞的抢救赢得时间。7 楼是急诊行政和会议中心。

2001 年 10 月 1 日，骆新民在完成 ICU 轮转后，向急诊科潘勇辉主任报到。潘勇辉主任安排骆新民先到急诊科 4 楼的急诊病房工作 3 个月，然后到 1 楼的急诊室上班 3 个月。

由于骆新民第一天来到急诊病房，4 楼负责人赵海丽副主任医师带骆新民熟悉急诊病房。

"痛轻一点了吗？"赵主任问 1 床的病人。

"好多了。"

"肋骨骨折，不需要打石膏，更不需要做手术治疗，就是休息。你今天可以出院了。"

"太好了，在这里睡不好。回家后多吃点骨头汤，让骨头长得快一点。"

"今天看上去比昨天好一点了。"赵主任查第 2 个病人。

"昨天晚上基本上能平睡了。"

"很好，今天继续昨天的治疗。"

"好的，谢谢。"

"你以后自己一定要注意控制血压。你这次就是因为血压高引起的心脏病。"

"我记住了，我家里有电子血压计，我一定要多多测量。"

接着，他们来到 3 床。赵主任问道："今天早上血抽了吗？"

"抽了。"

"你住在这里就要听从医生护士的安排,不能自说自话。"

"赵主任,我对自己的身体很了解,就是肌酐高一些。"

"我们必须要掌握你的肌酐数值。否则,我们怎样和肾内科医生说你的病情。"

"是的,是的。"病人马上赔笑。

"等到今天肌酐检查结果出来后,我就和肾内科联系。"

"谢谢赵主任。"

4床是肺炎病人,症状不重,又由于呼吸内科床位满了,就在急诊接受抗生素治疗。

"这个病人是肺炎发热住进来的,没有呼吸困难,氧饱和度完全正常。住在我们这里和呼吸科治疗都一样,都是给予抗生素治疗。"赵主任给骆新民介绍病人的情况。查看所有的病人后,赵主任总结道:"急诊科的住院病人特点就是'杂':环境杂、病种杂、人杂。病人在我们这里,也是需要密切观察病情的。如果病人在我们这里治疗没有好转或病情突然加重,我们要在第一时间和住院病房联系,把病人转入专科抢救治疗。赶紧把医嘱处理好,交给护士,过会儿楼下就会把病人送上来了。"

"楼下把病人送上来?"骆新民问道。

"急诊室医生处理病人一般有四种结果:第一回家,第二住院,第三输液,第四就是到我们这里。"

"知道了。"由于是第一天,骆新民开医嘱的时间比其他医生要多一些。

"骆医生,医嘱开好了吗?"护士肖梦兰认识骆新民。

"哦,对不起,开医嘱慢了一点,还需要几分钟。"骆新民态度很好。

"不急,不急。"肖梦兰十分友好地说道。

"仔细一点，不要写错。"骆新民在心里不断地提醒自己。

"肖梦兰，你今天很温柔啊！换了个人似的。"年龄和骆新民相仿的刘长青医生俏皮地说道，"我一直认为你就是个急性子，今天看来不是啊！"

"刘长青，你这是自不量力，你能和骆博士比吗？骆博士一表人才，多招人喜爱啊！"女医生张迎春拿刘长青开玩笑说道。

"人家是第一天来我们科室，不熟悉情况。不像你开个医嘱磨叽半天，像个老太婆似的。"肖梦兰把刘长青的话给挡回去。

"肖小姐，医嘱开好了。"刘长青把病历递给肖梦兰。

"不错，表现很好。"肖梦兰嘴角向上一扬，一副胜利得意的样子，昂首挺胸地走出医生办公室。

一天下午，骆新民坐在医生办公室，在电脑上书写病史。和住院病房一样，下午是相对轻松的时刻，医生在一边写医疗文书，一边东家长西家短地聊天。

"骆博士，你来我们这里有半个月了，感觉怎样？"张迎春笑着问道。

"挺好的。和消化内科相比，这里病种多，能锻炼人。"

"病种多是事实，但能锻炼人就看怎么说了。"刘长青说道。

"为什么？"骆新民问道。

"我们这里病种多、病人杂，其实风险是很大的。"刘长青说道。

"风险的确很大。"骆新民同意道。

"骆博士，我们这里的确能锻炼人。现在，老年病人越来越多，比如肺部感染病人就可能合并有高血压、心脏病，同时还有可能合并糖尿病，在我们这里做医生可以增加医生的知识面，和处理复杂疾病的能力。"张迎春说道。

"张迎春，你讲得一点不错。在我们科工作几个月，对专科医生成长是绝对有帮助的。"

"所以我们陈主任安排我到急诊科轮转。"

"你们陈主任做得绝对正确。"张迎春说道。

"你们陈主任在培养你。"刘长青说道。

"哪里，哪里。我们科室能人多得是，我只是陈主任手下的一名小卒而已。"骆新民没有把陈德铭准备把他派到匹兹堡大学医学中心一事说给他们听。

"急诊科虽然很忙，但医学水平很难得到提高。"刘长青唉声说道。

"急诊科就是给别人做嫁衣。比如，今天我给肾内科转了一个肾衰的病人，还有把一个冠状动脉狭窄病人转到心内科。"张迎春说道。

张迎春和刘长青说的全是大实话。但是医院需要急诊科，病人需要急诊科医生。

11月3日，骆新民值班。6点钟上晚班的肖梦兰说15床病人出现剧烈胸痛，让他马上过去看看。

病人额头冒着冷汗，眼睛充满恐惧，张着嘴，大口喘气。

"医生，医生。"病人吃力地说着。

"你安静，不要急，大口吸气。很好，就这样。"骆新民指导病人呼吸。

"今天中午老头出现胸痛。大概1点钟，我们坐出租车来到医院。"病人老伴儿向骆新民介绍发病情况。

"你这种情况以前有过吗？"

"没有。只是近半个月胸部一直不舒服。"

"有没有发热？"

"没有。"

"有没有咳嗽？"

"没有。"

"我知道了。"询问病人情况后，骆新民翻阅病人的病历。病人是1点钟以胸痛、胸部不适来到急诊室的。急诊室医生立即给病人做了心电图并同时抽血查心肌酶谱，心电图提示ST段轻度压低，提示供血不足，没有心肌梗塞的表现。心肌酶谱的结果是在3点半出来的，结果正常。当时病人要求开些心脏病的药带回家，急诊室医生没有同意，开了张住院证，让病人住到4楼急诊病房。

骆新民立即让护士给病人吸氧气，口服消心痛，并给病人做心电图。心电图显示QRS波增宽畸形，ST弓状升高，典型的心肌梗塞表现。骆新民心想急诊室医生幸亏没有让这个病人回家。

"病人是急性心肌梗塞，马上要进行溶栓，放冠状动脉支架治疗，病人的情况很重。"骆新民对病人老伴儿说道。

"我们中午就来了，你们医生没有说。"

"你中午来的时候只是胸痛、不舒服，还没有发展到心肌梗塞。"

"那么，为什么现在有？"病人家属问道。

"疾病的发生发展有一个过程和时间，算你运气好在急诊室遇到个好医生。他不放心你们回家，就把你们留在这里观察，如果你下午回家，晚上在家出现胸痛、心肌梗塞，就要出大问题。"

"谢谢医生。"病人家属很不情愿地说着。

"心肌梗塞病情很重,知道吗?"

"知道。请医生快快救我老头子,我和老头子吃了一辈子的苦,现在,孙子上大学不需要我们照顾了,刚享点福,老头就这样了。求求医生救救我老头。"

"我们医院心内科医生的水平很好的,他们马上就过来解决冠状动脉堵塞的问题。"

几分钟后,心内科来了两位医生,把该病人带到6楼的DSA室做冠状动脉支架植入术,手术很成功。手术做完后,病人被送入心内科病房。

虽然这个病人是由心内科医生做介入治疗,抢救了病人的生命,但骆新民作为一个急诊科的医生,心里还是有成就感的。他发现了病情,在第一时间和心内科医生联系,几乎是无缝衔接,使该病人得到了及时有效的治疗。病人转到心内科后,骆新民觉得一身轻松,心情也比较高兴,就到护士办公室和晚班护士聊天。

"这个心梗病人转走了,今天晚上就太平了。"肖梦兰说道。

"如果这个病人在我们这里,出了什么问题,这个病人家属会闹的。"

"是的。我听到了你和病人家属对话,就应该这样和病人家属讲话。"肖梦兰表扬骆新民。

"其实这个病人最应该感谢你,是你及时发现了这个病人出现心梗。"

"我们4楼重症病人不少,一般情况我不会随便叫医生。我发现这个病人情况紧急,需要紧急处理,才给你打电话。"

"谢谢。"骆新民心想和肖梦兰这样的护士搭班太幸福了。骆新民问肖梦兰,"你在急诊科工作几年了?"

"我是从护校一毕业,就在急诊科上班。和我一起来的有5个人,现在只剩2个人了。有的人离开了急诊科,到风险相对较小、工作相对较轻松的科室去了。"

"你很年轻,但从你的临床经验,处理病人的能力,像个工作十几年的老护士。"

"在急诊科上班,必须要有这个本事,即在众多的病人中,一眼就能看出哪个病人需要紧急处理。有些病人,如晚期肿瘤,还有中风后遗症病人,虽然呻吟喊叫,可以不予理睬,但对心肌梗塞、消化道穿孔病人要能立即辨别出来,及时处理。"

"你真厉害。今晚值班遇到你,是我的幸运。"骆新民真心说道。

"你可别这么说,我们科其他护士也很厉害,都有一双火眼金睛。"

"火眼金睛这个词用得好,非常恰当。"

"我上夜班,一般情况下在后半夜尽可能不叫你们医生。你们值夜班难得睡一会儿,也不容易。"

"如果我有空,一定和你聊天。"

"我有一个同学在消化科。"

"谁?"

"赵琳琳。"

"赵琳琳平时工作不错,人也挺灵活的。"

"赵琳琳说你们科室的朱丽叶,特别喜欢你。"

"我怎么不知道?"

"你肯定知道,你装糊涂。"

"我和科室所有的护士相处得都很好。"

"朱丽叶已经结婚了,只能是喜欢你了。"

"别听赵琳琳瞎说。"

"我们护士不像你们医生要搞事业,我们只要把班上好了就行了,有时在一起会聊八卦新闻。不过你在大学和女同学谈恋爱,说明你很优秀。"

"我其实很一般,我女朋友也很一般,只是对上眼了。"骆新民谦虚地说道。

"骆医生,你太谦虚了。在医科大学,男生多女生少。只有足够优秀的男生,才能被女生看中。现在,你又是你们主任的重点培养对象。护士虽然没有大的追求,但科室里的事情还是能看清楚的。"

"我们科陈主任对年轻医生要求特别严。工作要一丝不苟,认认真真;对病人态度要好,还要求我们申请课题和写文章。所以我在消化内科忙得要命,根本没有时间注意护士对医生的评价。我和科室护士都是工作上的来往,大家彼此客客气气。"

"你知道,消化科护士为什么不和你打打闹闹?"

"不知道。"

"她们都知道朱丽叶真心喜欢你。如果她们和你打打闹闹或是开玩笑,她们怕朱丽叶不高兴。"

骆新民觉得肖梦兰人很好,就说道:"我刚到急诊科,还需要你多多关照。"

"谈不上关照。但急诊科的确和住院病房有些不一样,上班要特别小心,要注意保护自己,要防止被地痞流氓讹上。"

"说实话,我上班就怕碰到社会上的流氓无赖。"

"张迎春和刘长青现在很会和病人及病人家属打交道,最近几乎没有和病人发生吵闹。不过他们都交过学费,有过教训。"

"什么教训?"骆新民想知道。

"嗯。"肖梦兰没有说下去。

一天下午，骆新民在整理病历。有位病人住院4天，却有11页的病史。在11页中，各种文件占7页，比如防跌倒同意书、自费药品使用同意书、不准外出同意书、病情加重知情同意书、药物过敏反应知情同意书等。

"每天让病人签这些同意书，病人是一百个不情愿。我在准备这些材料的时候，感觉病人随时都有可能和我吵架、打官司似的。"骆新民说道。

"你不签这些文书，医院要批评你，但签了这些文书一点也不能保护你自己。病人想和你吵架，就随时和你吵架。"刘长青说道。

"刘长青，可不能这么说。如果病人到法院告你，你没有这些签字的文书，法院就可以闭着眼睛判定全部是你的责任。当然，你在签字时给病人说了有什么并发症，真的出现并发症时，签字也不能说明问题。"张迎春说道。

"要保护好自己。"

"是的，要保护好自己。"张迎春立即接着说道，"做好自己的工作，严格按照规章制度去做，就是对自己最好的保护。"

"骆医生，10床来病人了。"护士通知骆新民看新来的病人。病人是个60岁出头的机关单位退休职工。约在两个月前，病人因为急性胆囊炎在当地医院住院，准备接受腹腔镜胆囊切除术。在手术前的检查中发现该病人有肝脏胆管细胞癌，而且是到了晚期。这种癌症在早期甚至中期都是悄无声息地在肝脏生长，等到出现症状时，往往失去了手术机会。CT检查显示肝脏有8厘米的肿块。肝内胆管扩张，腹腔内有少量的腹水，门静脉有癌栓，更要命的是病人的肺部和胸椎出现了转移。病人是从300公里外的地方来滨海的，他以及他的家人把所有的希望都押在广仁医院。广仁医院是他们最后的希望，救命的稻草。

病人先看普外科，普外科医生说没有手术机会，然后去了肿瘤科，肿瘤科医生说病人情况太差，经不起化疗。病人无处可去，只能待在急诊科。

病人食欲下降，胃口一天不如一天。原本红润光泽的脸变得消瘦暗淡，但在他黄色无光的眼珠中，依然有对生的强烈渴望。陪病人来的是病人妻子和女儿。

"医生，人家都说滨海医生好，水平高，你一定要救救我丈夫。"病人妻子把最后的希望放在骆新民这里。

"我要先了解病人的病情，看看有什么办法。"骆新民本准备说在急诊室医生都给你们说清楚了，没有办法了。但一看到病人以及病人家属期望的眼神，一种怜悯之心从心底涌起，骆新民想帮助病人。

骆新民能做的只能是对症治疗，给予补充一些营养，但解决不了任何问题。怎么帮助病人？骆新民把他在普外科、肿瘤科的同学叫过来给这个病人会诊，得出的结论是，肿瘤晚期，不建议做有任何创伤性的检查和治疗。

这时骆新民突然觉得自己非常渺小，一点用处也没有，只能眼睁睁地看着病人的生命在自己的面前一天天地枯萎。骆新民需要对自己有一个新的评估，医生能做什么或者怎样做一个医生。骆新民突然意识到，不要因为自己是个医生、大医院的医生，就以为自己能治疗所有人的病。

骆新民把病人的妻子和女儿叫到办公室来，告诉他们目前的医学水平治不好这种病。在说话过程中，骆新民不敢直视病人家属，他觉得和病人家属说这些话太残忍，自己也太无能。

病人的妻子和女儿很平静地接受了现实，只是说希望在这里住满一个星期再回去。骆新民理解病人家属，在滨海医院治疗一个星期后回家，表示他们到大医院看过病，尽力了。

第二天，该病人化验结果全部出来了，结果显示：贫血、黄疸、低蛋白血症、营养不良。

骆新民给病人申请400毫升血浆，结果医院给了200毫升，第2次申请时，输血科干脆就拒绝。医院对输血适应证控制得越来越严格，对晚期肿瘤，特别是接近终末期的肿瘤病人一般不提倡输血，因为输血救不了病人的命，还浪费了宝贵的血液资源。

骆新民让病人家属自己去买白蛋白，每天两瓶，1000多元。连续三天后，骆新民对病人女儿说："这样每天给病人输白蛋白，解决不了癌症问题，是把钱往水里扔了。"骆新民好心提醒病人女儿。

"骆医生，我知道，在老家时，医生就告诉了我父亲的病情，只是不甘心才来滨海。今天再用两瓶，算是尽点孝心。"

"明天就不要用了。每天1000多元，钱也不少。"

两天后，病人的儿子开着一辆面包车把病人接回了家。在病人离开病房后，骆新民觉得自己特别无能。

11月19日，星期一，张迎春因为脚扭伤请假一个星期。在张迎春请病假期间，赵海丽主任自己顶替张迎春的班，处理14个病人。11月22日上午9点钟，从一楼急诊室收上来一个35岁的男性病人。赵主任在把医嘱处理好后，把病人的妻子叫到办公室。

"你是27床病人家属？"

"是的，我是他妻子。"

"他的病情你知道了吧？"

"不知道。他身体一向很好。"

"你丈夫的身体现在不是很好，而是很不好。"

"我丈夫平时身体一直很好，只是一个月前的一次感冒引起肺炎才使他元气大伤，我也搞不清楚为什么一次感冒就把人给打趴下。"

"看来你对你丈夫的病情真的是不了解。"赵主任停顿了一会儿，说道，"你丈夫患的是肺癌。"

"肺癌？！"病人妻子惊愕地张大嘴，说不出话。

"右中下肺巨块型肺癌，远端的肺已被堵住。肿瘤几乎已经占据右肺三分之一。"赵主任一边说一边观察病人妻子的反应，只见病人妻子的脸从最初的惊恐变为悲伤。

"从CT片上看，第6和第10节胸椎有肿瘤转移。"

"肿瘤转移？！"病人的妻子一下瘫坐在地上。

"赶快起来。"赵主任连忙扶起病人的妻子。

"主任，我丈夫还有救吗？"病人妻子绝望地望着赵主任。

"从CT上看已没有手术机会了。在我这里，就是对症治疗。"

"主任，手术机会没有，能不能用什么抗肿瘤的药物。哪怕是让他多活10年也行。我们的女儿还小，刚上小学，他非常喜欢这个女儿。"说完，病人妻子伤心地哭起来。

"喂、喂，你不要在这里哭。病人这时需要的是坚强和安慰，你这样大哭，病人岂不是更伤心？"

病人妻子擦干眼泪，停止了呜咽，说道："对不起。"悲哀地转身，拖着沉重的脚步离开了办公室。

"赵主任，这个病人太年轻了，要是胸外科收到病房给病人做手术多好。"病人妻子走后，骆新民说道。

"这个病人只有35岁，没有什么基础疾病，如果有一线的手术机会，胸外科肯定会收这个病人。"

"关键是这个病人只有35岁，人生只是刚刚起步，家庭、女儿，他怎么舍得离开？"

"我们也很想给他帮助，治疗他的癌症，但目前医学没有办法。"刘长青说道。

"骆博士是刚来我们科，如果你在我们科工作过半年或一年，你就可能麻木了。这种情况太多了，我们只能做好自己该做的事。"赵主任说道。

"最近几年什么癌基因研究、单克隆抗体、免疫治疗，竟然没有一个能真正治疗肿瘤的。"骆新民还是有些心不甘。

"癌症为什么发生在某个人的身上，谁也讲不清，谁也不知道，碰上了就算是倒霉，没有就是幸运。20世纪80年代，当人们发现癌基因时，有人曾经预言，在不久的将来，人类就能消灭癌症。可是20多年过去了，癌症依然是我行我素。"赵主任说道。

"没有癌症就算是幸运，只能求老天保佑了。"骆新民喃喃地说道。

第二天，骆新民去病房查房，看到晚期肺癌病人靠在妻子的怀里吸着氧气。患者消瘦，眼睛内陷，无限期待地看着骆新民，骆新民不忍直视。

在走廊上，病人7岁的女儿一个人从内走廊的长椅的一头跑到另外一头，一会儿快一会儿慢，有时还转个圈。她根本不知道父亲的病情，孩子越是天真欢乐，越是刺痛着骆新民的心。

这个天真可爱的孩子马上就要失去爱她的父亲，而作为医生的骆新民最应该能用他的医学知识帮助这个病人，帮助这个家庭。而他现在只能眼睁睁地看着病人的生命在一天天地枯萎。最终这个病人带着不舍和对妻子女儿无限的眷恋离开了人世间。

病人心跳大约是在下午两点停止的。一直到下午五点钟下班，骆新民就像木雕泥塑的人一般，两眼发直呆坐在办公室。病人无限期待的眼神、病人女儿天真烂漫的笑脸，一直在骆新民的脑海中翻滚。全世界每天有那么多的科研成果，每天有那么多的药物被研发生产出来，怎么就没有办法留住一个35岁的生命。一个正在旺盛燃烧的生命，就这样戛然而止，这就是医学，最真实的医学现状，只不过是太残酷罢了。骆新民在心里不断地对病人及家属说："对不起，真的对不起。请原谅医学的局限和医生的无能为力。"

12月初，26床来了一位89岁的老太太。病人在3年前，发生过一次脑出血，被急诊科医生给救回来了。命是被救回来了，但留下半身不遂和肢体活动障碍后遗症。老太太有4个儿女，每次老太太住院，4个儿女轮流陪护老太太，医生和护士都讨厌病人小儿子。病人小儿子整天板着脸，从没有一个笑脸，好像医生护士欠他钱似的。

老太太是急诊科的常客，急诊科医生和护士都认识她和她的家人。刘长青和赵主任一起来看这个病人。

"你们好，又来啦！"赵主任像是和老朋友打招呼。

"哼。"病人小儿子阴阳怪气地抬起眼，然后又看自己的脚，右脚在不停地抖动。

"赵主任。"病人看到赵主任就像看到救星似的。

"你躺好，不要动。"赵主任拿出听诊器听病人的心肺，又检查腹部和四肢。最后，赵主任看病人的检查报告。

病人是糖尿病、脑梗、肺炎，出现这种情况的最主要的原因是高龄。

"病情基本上和上次住院一样，只是这次又加重一点。每一次发病都是对病人身体的一次打击，所以你们尽量照顾好你的母亲。"

"说得容易，你来照顾瘫痪的病人看看，真是站着说话不腰疼。"病人小儿子对赵主任的好意一点不领情，而且说话很粗鲁。

赵主任气愤地看着病人的儿子，心里骂道："这个好歹不识的东西。"赵主任不想和病人小儿子继续说话，就对刘长青说道："让病人家属把字签了。"

"病人高龄，24小时需要有人陪，如果病人自己下床跌倒以及由跌倒造成的损伤，一切由病人及家属自己负责，请你在这里签字。"在医生办公室，刘长青对病人小儿子说道。

"哼。"病人小儿子毫无表情地签上自己的名字。

"你母亲有营养不良，低蛋白血症，需要使用白蛋白。白蛋白需要你自己到自费药房去买，你在这里签字。"

"你不要给我解释了，免得浪费时间。你只要告诉我，在哪里签字就行了。"

"签字都是医院的规章制度。我作为一个医生，必须遵守医院各项制度。"刘长青耐心地给病人家属解释。

"不要把医院拿出来压人，我清楚得很，你们这么做就是想逃避责任，不要把老百姓当傻子。"

"你这人怎么这么说话！这是白蛋白的处方，你到自费药房买来，马上给病人用上。"

病人拿到处方，眼睛恶狠狠地看着，憋着一股气说道："又是两支，如果老娘病没有好，老子跟你们没完。"

"你，你……"刘长青被气得双手发抖，说不出话。

第二天来陪护老太太的是病人的女儿，见到赵主任客气说道："赵主任，我母亲又要麻烦你了，3年前如果不是你，我母亲早就走了。你让我母亲又多活了3年。"

"医生只能治病，不能治命。活下来完全是你母亲命大，老天不想让她走。"

"赵主任说话就是谦虚，低调。可我姨妈也是脑出血，住在另外一家医院，走了。如果是你给我姨妈看病，她一定还活着，我姨妈年龄比我妈小3岁，身体也比我妈好。"

"你年龄也不小了，你自己也要注意保重。"

"我身体还好，母亲生病没有办法。"

"我跟你说句话。"

"什么话？"病人女儿警觉地问道。

"也没有什么大不了的事，就是昨天你弟弟在这里。"

"赵主任，实在对不起。我弟弟以前不是这样，自从离婚后完全变了个人，我都懒得理他。"

"具体怎么回事？"

"我弟弟退休后，喜欢上了打麻将，三天两头往棋牌室跑，家里大小事什么都不管，后来又染上了赌博。"

"赌博不好。"

"打麻将、赌博把家搞得乱得一团糟。由于输钱，自己还借钱赌博。每个月工资一到手，马上就输得精光。在这种情况下，我弟媳忍无可忍和他离婚了。由于他是过错方，离婚后，他搬到我母亲那里。正好我母亲年龄大了，也需要个人照顾，我母亲有退休工资，我弟弟也有退休工资，两个人生活应该绰绰有余。但我弟还经常以照顾母亲为由，向我要钱。"

"你这个弟弟真是不省心，遇上了这个弟弟也是没有办法。只要他能把你母亲照顾好就行了。"

"赵主任，我母亲能活到今天，我们全家一直都很感激你的，我母亲年龄这么大了，也没有几年可剩下了。该用什么好药，只要对身体好，你就用吧。"

"你放心，我们一定会尽最大努力治疗你的母亲，如果你有任何要求和想法，可以随时告诉我。"

"谢谢赵主任，我就回病房了。"

"好的，你去吧。"

病人女儿离开医生办公室后，刘长青对赵主任说道："26床老太太的儿子和女儿差距怎么就这么大？女儿非常正常，通情达理，而儿子就是个流氓。"

"这种现象在社会上多着呢。龙生九子，各有不同，就是这个道理。"

# 第 7 章　急诊室 – 1

2002年1月1日，结束3个月的急诊病房轮转后，骆新民来到急诊科的急诊室上班。急诊科主任潘勇辉把第一次到急诊室上班的医生召集在一起。

"我们医院急诊科是滨海市规模最大、设备最先进、接受急诊病人最多的急诊科。去年总共有救护车9800多次，急诊病人12万，抢救成功率达92%。这些数字表明我们急诊科在急诊救治、保障人民群众的生命安全中起着举足轻重的作用，我们是滨海市人民生命的守护神。

"急诊室工作的特点是：忙、急、重、杂。忙，就是工作繁忙，工作量大；急，来的病人都需要紧急处理救治；重，就是病情重，来的病人随时有可能死亡；最后强调我们的一个特点就是杂，这个杂有两层意思，一是病种杂，二是人杂，打架斗殴、喝酒、交通事故，什么样的情况都有。在急诊室上班要记住两个号码：一个是医院保卫科的号码，另外一个就是离我们医院最近的派出所的电话号码。

"在急诊室工作需要有丰富的医学知识和扎实的临床基本功。急诊室医生反应要快，在最短的时间内根据病人提供的有限资料迅速做出判断，让病人能得到及时的救治。急诊室是一个锻炼人的地方，中国医学史上很多著名医生都是在急诊室工作过，我们医院的刘书记以前就是一位急诊科医生。希望大家在急诊室好好地工作，在工作中使自己得到锻炼、得到成长；在抢救病人生命的过程中，实现医生的价值。"

听了潘主任的讲话，骆新民在感到骄傲的同时，更多的是身上的压力。在病房，遇到复杂的病人，可以看书，或是向上级医生请教。而现在他将是单独一个人面对病人，而且是在几分钟甚至几秒之内做出诊断和治疗的决定。做一个好医生，就必须要到急诊室锻炼，是医生成长的必由之路。骆新民在心里对自己说："别人能行，我为什么不行？"这时，他又在心里感谢领导为他这次轮转的安排，先去ICU病房，然后再到急诊病房，最后，到急诊室。在这个过程中，骆新民掌握了处理急诊和危重病人的治疗方法，还有和病人家属打交道的能力，为到急诊室上班做好了准备。

按约定的时间，下班后骆新民直接从广仁医院到宜家和女朋友张宜红见面。两个人就在宜家的快餐店，花了50元吃顿晚饭。

"今天人真多。"骆新民说道。

"这里，每天人都多。"张宜红说道。

"中国就是人多。宜家老板见这么多的中国人到他们店里购物，晚上做梦都会笑醒。"

"老外肯定算好的，中国客流量大，能赚钱。否则人家万里之外跑到中国干什么。"

"宜家卖的家具很有特色，而且价格也很便宜。"

"是的。宜家家具的价格，特别适合普通老百姓。"张宜红同意骆新民的观点。

"宜红，这个炸虾很好吃，你吃一个。"骆新民就把一个大虾递给张宜红。

"我自己来。你今天第一天去急诊室上班，感觉怎样？"

"一大早，潘主任把第一次去急诊室上班的医生召集起来，讲急诊室的伟大意义。"

"什么伟大意义？"张宜红想知道。

"就是说我们急诊科承担滨海市大部分的急诊，急诊室为滨海人民健康做出了很大的贡献，是滨海人民健康的保护神。潘主任要求我们为医院争光，为滨海人民群众生命安全，做好自己的工作。"

"你在急诊室上班一定要注意安全，时刻要把安全记在心上。"

"嗯，知道了。"骆新民不情愿地回答道。

"我给你买了一罐辣椒喷雾剂，你随身带着。"

"宜红，没有你说得那么夸张。"骆新民笑嘻嘻地说道。

"难道你没有看到这几天的报道？！打医生杀医生的事，一大半发生在急诊室。自从你告诉我，你要去急诊室上班，我的心就天天揪着，为你担心。"

"我一定要倍加小心。"

"这就对了，你现在不是一个人了，要有家庭观念。"

"是的，要有责任感、要有家庭的责任感。"

"我对医闹事件进行了分析，发现医闹事件有两种：一种是激情伤医事件，就是病人来医院看病，并没有准备和医生吵嘴打架。在诊疗过程中，病人对医生产生不满，进而动手打人。还有一种是非常可怕的，医闹者到医院就是报复医生，医生一点防备也没有。"

"这种人心理一定有问题。正常人谁会打医生，杀医生。这种人对社会有仇恨，抱着豁出去的态度，不计后果。"骆新民说道。

"病人中什么样的人都有。"

"这是上急诊风险最高的原因。"

"本来我想给你买个高压电棒，但没有买到。"

"不用买这些，被别的医生知道，人家会笑话的。"

"我不管别人笑不笑，首先要保证你骆新民的生命安全。我下午看了一篇文章，叫作《医生逃生指南》。这篇文章写得特别好，我就把它打印出来，你好好看看。"

"居然有这种文章。"骆新民接过文章，从头到尾看了一遍。

文章建议医生不要与对医院有不满的、要求过高的、打架斗殴的人争辩；发现情势不对，撒腿就跑，同时大声呼救；最后，还提醒医生上班时要穿运动鞋，便于逃生。三十六计走为上计，跑出去就有希望，活下去就是胜利。

"这篇文章写得很好，对上急诊的医生很有帮助。但是……"

"但是什么？"张宜红立即问道。

"病人来到医院看病，对医生抱有很大的希望，甚至把生命交给了医生。医生应该尽最大的努力、想方设法帮助救治病人，而不是还没有看病就想要怎样防备这个病人，这对医生和病人都不好。"

"是的。这样对医生和病人肯定都不好。"

"医生和病人的关系不应该这样。"骆新民坚持自己的观点。

"这都是没有办法的办法。现在，医患关系不正常，我和你说的这些都是为了你生命安全，不说这些了。我下午到我们的房子看了看，挺不错的。"张宜红得意地朝骆新民瞥了一眼。

"这段时间你辛苦了。"

"我没有什么辛苦，倒是我爸妈是实实在在的辛苦，他们经常去房子那里，看装修的进度。"

"我们做医生的实在是太忙，而且钱又不多。"

"我们现在还是小医生，将来医生的收入一定会有大幅度的提高，和医生的付出相一致。"张宜红对未来充满信心。

"希望这一天早早到来，到时我们自己买个三室一厅的房子。"

"如果广仁医院大教授买不起三室一厅的房子，那将是我们国家的悲哀。所以你一定要保护好自己。"

1月19日晚上7点半，骆新民上晚班，突然来了一对夫妻，男的抱着一个7岁左右的男孩，还没有挂号就直接冲到抢救室。

"医生，赶快抢救。"

"怎么不好？"骆新民问道。

"我儿子呼吸不行了。"

"呼吸不行了？！"骆新民立即警觉起来。见小男孩躺在父亲的怀里，面色潮红，呼吸急促，但远没有到呼吸不行的地步。

"小朋友，你哪里不舒服？"骆新民和蔼可亲地问道。

"这里。"小孩用手指着喉咙。

"嘴巴张大，让我看看。好，就这样。啊，跟我说啊。"

"啊。"小男孩勉强发出啊的声音，显露出咽后壁和扁桃体。咽后壁充血，两侧扁桃体高度肿胀，只留下一条线，差点就把气管开口处完全堵住。

"你们家属一个人去挂号。"

"你去挂号，我在这里。"孩子的母亲对丈夫说道。

"小军怎样？"就在这时，孩子的外公和外婆心急如焚地赶到急诊室。

"我刚检查过了，是急性扁桃体炎，扁桃体肿大引起的呼吸困难。"

"医生，你一定要救我的外孙。"

"祝晨露，给我帮个忙。"骆新民请晚班护士帮忙。

"来了，什么事？"

"做个雾化吸入。"

"要加地塞米松吗？"祝晨露问道。

"要，谢谢。"

祝晨露很快就把雾化吸入给小朋友接上了，并固定好。

"小朋友，怎么样？"

小家伙点点头。

"很好，你用力吸气，然后用力呼出来，知道吗？"

"知道。"

"你们把雾化吸入的钱交了。"骆新民对小儿家长说道。

"你们医院怎么这样？就想钱。"

"你们一来，我就给你们救治，一分钟也没有耽误，一切处理好后才让你付费的。"骆新民回应病人家属的话。

"医生，给我吊盐水。"来了一个新病人。

"为什么要吊盐水？"

"拉肚子，拉肚子两天了。"

"你有没有发热？"

"没有。"

"你有糖尿病吗？"

"没有，我告诉你了我拉肚子。你净问一些不相关的病，你这个医生，唉。"

"因为你要输液，我一定要知道你有没有糖尿病，如果你有糖尿病，我就要慎用葡萄糖。"骆新民在和病人讲话的同时，在电脑上把病人的病史写好了，"这是你的处方，你先去交钱领药，然后去二楼的输液室打针。"

"知道了，谢谢。"

拉肚子病人走后，骆新民去看小朋友，小朋友的呼吸明显平缓多了。按祝晨露教的方法，小朋友每次都用力地吸气，然后吐出，接着又大口吸气。

"小朋友表现很好。"骆新民表扬道，"现在喉咙舒服一些了吗？"

小孩点点头。

"你们家长跟我来。"骆新民对家长说道。

"什么事？"孩子家长紧张起来。

"我把孩子情况向你们说一下。"

"嗯。"孩子的长辈瞪大眼睛听骆新民讲孩子的病情。

"孩子是急性扁桃体炎和咽喉炎，扁桃体发炎就会肿大，就会把气管开口给堵住，所以它是一种非常急的病。幸亏你们送得及时，要不然再拖个把小时，孩子可能会窒息而死。"

"现在怎么样了？还有危险吗？"

"孩子到我这里,我立即给予雾化吸入,雾化剂里加抗生素和激素,迅速缓解症状。这是给孩子打消炎针的药,你们带孩子到二楼输液室打针。"

"骆医生,来病人了。"祝晨露和 120 工作人员从救护车上推下一个病人,从骆新民身边直接去抢救室。急诊抢救室在急诊室诊察室的里间。病人处于昏迷状态,脸上带有血迹。

"骆医生,病人的心率是 79 次／分,血压 120/80mmHg。"祝晨露在第一时间把病人血压测量好,同时接上氧气和心电监护仪。

"病人有家属吗?"骆新民问 120 工作人员。

"没有,是警察打电话给我们的。"

"知道了,你们辛苦了。"此时,骆新民初步判断是脑外伤导致的昏迷,他立即把脑外科医生叫过来会诊。

就在这时,门口又传来 120 汽车的鸣笛声,同样又是祝晨露和 120 工作人员推着病人快速冲向抢救室。

"骆医生,来了一个服毒自杀的。"

"服毒,服什么毒?"骆新民工作以来第一次遇到服毒的病人。不管服什么毒,抢救服毒的第一步是洗胃,把残留在胃内的毒物冲洗出来,减少毒物的吸收。

祝晨露不愧是急诊室有经验的"老护士",不用骆新民交代,迅速给病人吸上氧气和接上心电监护仪。心电监护仪显示心率 67 次／分,血压 130/80mmHg,氧饱和度 96%,呼吸 18 次／分,生命体征正常。

"骆医生,病人家属在这里,我们走了。"120 工作人员说道。

"你们辛苦了,再见。"

"再见。"

"你们谁知道病人情况。"骆新民问病人儿子和儿媳。

"我妈妈最近一直不开心,想不开,就……"

"妈妈怎样了,妈妈怎样了。"就在这时,病人的女儿从外面冲进来,抱着母亲就痛哭,"妈妈,你怎么这么糊涂啊?"眼泪哗哗地流。

"喂,喂,这里是抢救室。你这样不利于我们的抢救工作。"骆新民对情绪激动的病人女儿说道。

"妈妈就是你们害的。"病人女儿冲着她弟弟和弟媳妇说道。

"你不知道情况,就瞎说。"

"早知道会这样。我就把妈妈接到我家住了。"

"谁知道老太太吃的是什么药?"骆新民问病人家属。

"安眠药。"病人儿子说道。

"肯定吗?"

"肯定。我每两个星期到医院给她拿一次药,就是这个药。"病人儿子把一个装安定的小瓶子递给骆新民。

就在骆新民和病人家属谈话的时候,祝晨露已经给病人插上了胃管,开始用生理盐水洗胃了。骆新民心里暗想,今天运气不错,和一个业务能力强的护士搭班。

"我问清楚了,老人吃的是安定,这个人应该能救活。"骆新民对祝晨露说道。

"骆医生,单从安定角度来说,这个人能被救活。但这个病人是87岁的人了,可能有很多基础性疾病,所以,你在跟病人家属谈的时候,还是小心、保守一些。"

"谢谢提醒。小小年纪讲出的话,就像个工作几十年的人。"

骆新民真心表扬祝晨露。

"骆医生,我每天要处理大量的急诊病人。这些经验都是在急诊室摸爬滚打中,学到的。"

"今晚我遇到你,病人再多,我心里也不慌了。"

"你聪明,学得快。你现在比刚来的时候处理病人要果断从容多了。"

"谢谢表扬。"

"你是大博士,我哪敢表扬你,我只是实话实说罢了。在急诊室上班,按照急诊室的规章制度处理病人,就不会出问题。但和病人谈话要特别小心,这点我们科的柳医生做得特别好。他在急诊室上班有16年,从来没有病人投诉过他,并不是因为柳医生的技术特别好,而是他特别会和任何病人谈话,就是情商高。"

"我应该向他学习。急诊室人太复杂,还是小心为妙。中国有句古话叫作'小心驶得万年船',我想就是这个道理。"

"我母亲怎么样啦?"骆新民从抢救室一出来,病人家属就将骆新民围住。

"抢救的第一步,就是把胃里的安眠药洗出来。现在,已经把胃洗干净了。"

"嗯。"病人家属似懂非懂地说道,紧张的气氛降低了一些。

"现在最主要的问题是病人的年龄太大。"

"医生,我妈平时身体很好,可以一个人上街买菜。"病人女儿抢着说道。

"87岁的人了,所有的脏器都已老化,勉强地在工作。这次吃这么多的药,肯定会对老人的身体产生一次严重的打击。"

"就是你们把妈妈往死里逼,妈妈如果有什么不好,我饶不了你们。"病人女儿对弟弟和弟媳妇说道。

"洗胃结束了,我们就要把老人转到4楼急诊病房继续治疗。"

"这里不行吗?"

"不行,肯定不行。我这里是抢救病人紧急使用的,病人在这里经过紧急处理后,都要转到病房,进行后续治疗。"

1月30日,晚9时30分,3辆救护车的声音由远及近,传入急诊室。

"骆医生,一下子来了4个病人,一个煤气中毒,两个喝醉酒和一个慢阻肺急性发作。"

"我一个人来不及。"骆新民有些心虚。

"我告诉你来了4个病人,就是问你要不要叫备班医生。"祝晨露提醒骆新民。

"那就叫吧。"

急诊室每天都要安排备班人员,随时准备支援上晚夜班的医生或护士。备班的人白天正常上班,如果晚上病人太多,上晚夜班的医生应付不了,备班的人就要从家里赶到急诊室。

"谁的病最重?"

"煤气中毒。"

"直接送到抢救室。"

祝晨露在极短的时间内把心电监护仪给病人接上了,同时给病人吸上氧气。病人的心电图是一条直线,心率显示为零。

"骆医生,这个病人已经死了。"祝晨露轻声对骆新民说道。

"死了?!"骆新民心里一惊。

"你测下血压。"

"血压测不到。"

骆新民用右手食指和中指压在颈动脉处，没有触摸到病人颈动脉搏动，继而用手电筒检查病人瞳孔，只见两瞳孔散大到边缘，已无任何生命迹象。

"谁是煤气中毒的家属？"

"我是，我是。"一位中年女性回答道。

"病人已经没有生命体征了，来晚了。"骆新民并没有直接说死亡。

"什么是没有生命体征？"

"呼吸、心跳和脉搏都没有了。"

"啊。"病人家属瘫软下来。

"起来，快起来。"骆新民用力把病人家属扶到椅子上。

"医生，救救他。吃晚饭的时候，他还是好好的。"病人妻子拍打桌子哭道。

"既然送到医院了，我们会按抢救流程走一遍。"

"医生，我求你了，一定要把我丈夫救活。"病人家属再次哀求道。

骆新民回到抢救室，给病人做胸外按压。

"一、二、三……"骆新民站在病人的右边，双手重叠按在病人的左胸前，用力向下按压。不一会儿，豆大的汗珠就从骆新民的额头流下来，胸外按压是个体力活。

"骆医生，除颤仪拿来了。"

"拿来了，就用吧。"

"骆医生，准备好了。"

"好的。"骆新民用除颤仪的电击板对着病人的胸部就是一击，瞬间产生的电流，居然使病人整个身体都跳动起来，但心脏还是没有反应。接着骆新民又来一次，结果还是一样。

"医生，怎么样了？"病人的妻子问道。

"你们怎么跑到抢救室来了，到外面去。"祝晨露请病人家属离开抢救室。

"喂，听好，所有的人都到诊室门口等医生叫号。"段晓华从家里赶到急诊室。

"我们是急诊，急诊要排什么队？"病人家属在外面大声叫嚷着。

"在任何地方都要排队，按先来后到次序。"

"大家都看到了骆医生正在抢救病人，段医生从家里赶来了，给大家看病，急诊室是公共场合，请大家自觉遵守公共秩序。"祝晨露协助段晓华维持秩序。

"病人怎么样了？"段晓华问骆新民。

"来的时候就已经死了。"

"告诉病人家属了吗？"

"告诉了，病人家属非要我们再抢救一会儿。"

"哦，是这样。如果病人活着，我们可以往ICU转。病人死了肯定不行的，我们不能在一个死人身上浪费太多的时间。否则会影响其他病人的就诊。"

"是啊，我累得不行了，两条胳膊不听使唤了。但这个病人家属接受不了病人已经死亡的事实。"

"接受不了，也要接受。你处理死亡病人的事，我处理别的病人。"

段晓华首先看一位80多岁的老年病人。老人头发稀疏，面如菜色，眼睛灰暗无光，充满了恐惧，嘴巴张开，吃力地喘着气。段晓华就直接问病人的女儿："病人是什么情况？"

"白天还可以,晚饭后突然透气困难,老毛病又发了。"病人女儿介绍病情。

"什么老毛病?"

"慢性支气管肺炎伴有哮喘。"

段晓华一听就明白了。拿出听诊器在老人的胸部听诊,两肺都是呼哧、呼哧的哮鸣音,氧饱和度只有87%。"病人病很重,需要紧急治疗,到专科紧急治疗。"

"我们每次来都是这样,谢谢你帮忙,请你帮我们联系病房。"

"我马上和病房联系。"段晓华拿起电话,"喂,是呼吸科吗?"

"是。"

"我是急诊,我这里有个老慢支、呼吸功能不全的病人。"

"哦,对不起,我们科室病人住满了。"

"有加床吗?"

"有加床,但这个病人不合适住加床,一定要住在正式的床位上。"

"我知道了。"段晓华见呼吸科这条路走不通,就给ICU打个电话,"喂,是ICU吗?"

"是的。"

"我是急诊室。"

"你是晓华?"

"是我。"

"晓华,你今天在急诊值班?"

"我今天是上白班,晚上急诊病人太多,我就过来帮忙。"

"真辛苦。"

"你也一样。是这样,我这里有个老慢支呼吸衰竭的病人,我想把病人转到你那里。"

"行，就转到我这里吧。你直接开住院证，把病人收到ICU。"

"好的，谢谢。"

病人有了去处，段晓华松了一口气，对病人家属说道："我和ICU联系好了。你们现在就去ICU，这个氧气袋给病人在路上用。到ICU后，请记住一定要把氧气袋送还急诊室。"

"知道了，谢谢。"

段晓华把老慢支合并呼吸衰竭病人处理好后，骆新民还在和煤气中毒的家人谈话。

"医生，求你一定要救救他。"

"我们使用了药物、心脏除颤器、体外心脏按压等所有的办法，病人一直都没有心跳，主要是病人送来的时候，呼吸心跳就已经停止了。俗话说，人死不能复生，没有哪个医生能救活一个死人。"

"医生，我们打算下个星期去三亚旅游，旅游的费用我们都付给了携程网了。"病人的妻子伤心地哭起来。

"我们对病人的突然死亡深表同情，你还是要接受事实。我们现在给你们开具病人的死亡证明，你明天或者哪天，去派出所办理相关的手续。"

"医生，能不能再抢救一次？"

"你的心情我能理解。现在任何抢救措施，一点必要没有了。"

送走煤气中毒病人及家属后，骆新民如释重负，倚靠在椅子上。

"医生,外面还有病人,叫进来吗?"保安小心地问骆新民。

"进来。"骆新民有气无力地回答道。

一个三十来岁,浑身酒气的醉汉,由朋友搀扶着跟跟跄跄走到骆新民的办公室,一屁股坐下。

"老子看个病,等了这么长的时间,什么医院。"病人抱怨道。

"你这个人怎么这么说话……"骆新民本想反驳醉酒人的话,突然想到张宜红的话:不要和喝醉酒的人讲道理。骆新民心想在保证安全的情况下,尽快把这个酒鬼打发走。骆新民给病人测量血压,又做了个心电图,都正常,就问道:"你平时有高血压?"

"没有。"

"有心脏病吗?"

"没有。"

"没有就好。"骆新民快速给病人开出治疗方案,输葡萄糖,交给送他来的朋友,"你带他去二楼输液。"

"医生,有什么危险吗?"

"应该没有。心电图和血压都正常,用些葡萄糖保护肝脏。"

"那医生,我们现在回家可以吗?"陪同的人问道。

"不可以,留在医院观察一个晚上,万一出现什么情况,好及时处理。"

"知道了,谢谢。"陪同的人客气地说道。

"少废话,哥们儿高兴,高兴。张强你说是吗?"醉汉摇摇晃晃地立起身说道。

"是的,大家都高兴。"陪同的人苦笑道。

"就是你们不让我喝酒，否则我还可以再喝个半斤一斤的。"

"小李，你站都站不稳了，还喝什么酒？"

"你看不起我，我就要喝给你看。"说着拿起骆新民的喝水杯就喝。

"喂，止住。这是我的喝水杯。"

"嗯，不是酒。你快给我拿一瓶酒来。"他一只手撑在桌子上，突然大吐一口，把晚上喝的酒吃的肉，全部呕出来。幸亏骆新民躲得快，否则就被醉汉喷一身。

病人离开后，骆新民清理病人的呕吐物，打扫办公室。晚夜班遇到醉汉，只得自认倒霉。这时段晓华把另外一个病人也处理好了。

"晓华，谢谢你。实在是对不起，晚上把你从家里叫过来。"

"没什么。今天晚上病人的确多，你一个人忙不过来。"

"你赶紧回家休息吧，你明天白天还要上班。"

"好的，我回去了，你自己多保重。"

自从晚上接班后，骆新民一分钟也没有停过，整个人在高强度运转。骆新民拿起喝水杯准备喝水，舒缓一下紧张的神经。该死的救护车尖叫声又传入骆新民的耳朵。

"骆医生，你的病人。"祝晨露推着一个病人一路小跑来到内科诊室。

骆新民立刻站起身协助祝晨露一起把病人搬到抢救室的床上。病人65岁左右，体型偏胖，只见该病人呼吸急促、满头大汗，眼睛里充满恐惧。祝晨露以最快的速度把氧气给病人吸上，同时把心电监护仪给病人接上，心率是87次/分，氧饱和度是98%，血压是180/70mmHg。

"晨露，你给病人抽血查心肌酶谱，我给病人做心电图。"骆新民和祝晨露分工合作抢救病人。

心电图显示 QRS 波畸形，ST 段弓背抬高，典型的心肌梗塞。

"晨露，我们这里有硝酸甘油吗？"

"有。"

"给病人含一粒，我给心内科打电话。"骆新民在心里对心内科医生说："对不起你们了，病人来得不是时候，怨不得我。"

"喂，心内科吗？麻烦你叫值班医生接电话。"

"请稍等，我就去叫。"

"喂。"心内科值班医生从睡梦中被叫醒。

"你是赵荣华？"骆新民听出是赵荣华的声音，"老兄，怎么无精打采，有气无力啊？"

"刚睡着就被你吵醒。"赵荣华在电话的一端，嘟囔道。

"醒醒吧。兄弟，急性心肌梗塞，才两个小时。"

"哦，知道了，我马上就过来。"

"医生，我爸爸的病怎么样？"病人女儿焦急地问道。

"你父亲是急性心肌梗塞，由于缺血导致心脏部分肌肉坏死，是一种严重的内科急诊。"

"那怎么办？"

"给予吸氧、硝酸甘油扩张心肌血管等处理，心内科医生已经从病房赶过来，抢救你的父亲。"

"谢谢。"

不一会儿，心内科赵荣华急匆匆来到急诊室，看到骆新民和祝晨露在一起，坏笑着说："男女搭配，工作不累。"

"什么乱七八糟的。这是病人的心电图，心肌酶谱的结果还没有出来。"

"心梗。我和病人家属谈谈。"赵荣华说道。

"这是我们医院心内科医生，专门看心脏病的专家。"骆新民给病人家属介绍赵荣华。

和病人家属交代病情后，赵荣华对骆新民说道："这个病人需要马上做冠状动脉溶栓、心脏支架植入术。"

"你们在病房做还是在急诊室做？"

"就在急诊 DSA 室做，节省时间。"

"好，生命的绿色通道，好。"骆新民知道这是叶院长搞的胸痛绿色通道，为急性心肌梗塞的抢救争取了时间。这个项目的开展，受到市卫生局的肯定。

急性心肌梗塞病人刚离开，上后夜的孙之皓来接班了。

"孙之皓，你来干吗？"骆新民惊讶孙之皓的出现。

"我来接班，我上后夜啊！"

"你来接班？！"骆新民突然反应过来，"哎哟，现在已经是夜里 12 点了。我以为才 10 点钟，从下午 5 点上班开始，我一分钟没有停过。"

# 第 8 章　急诊室 - 2

2月20日，骆新民在急诊室上晚班（前半夜）。从傍晚5时开始接班，诊室外长椅上坐满了候诊的病人。大约到了7点钟，骆新民才把这批病人处理完毕。

医院总值班人员到急诊室巡视，今天总值班是医务处的洪天奎。洪天奎和骆新民是大学同学，洪天奎以前是放射科医生，后来因为白细胞下降，不适合在放射科工作，就到医务处工作。医务处工作并不轻松，只是不需要接触X线。

"在急诊室，感觉怎样？"洪天奎问骆新民。

"味道好极了。"骆新民开玩笑说道。

"你有这种感觉就好。当年我离开放射科，有两个地方可以选择：一是急诊室；二就是医务处。最后，我选择了医务处。放弃了业务做行政，现在有些可惜。"

"你的选择绝对正确。你现在就是个领导，到处检查工作，心情高兴就表扬医生两句，心情不好就批评医生几句，医生都怕你。"

"我在医务处就是个办事员，领导说什么就做什么，一切按领导指示做事。"

"到下面来，就是个钦差大臣。"

"兄弟，不是你说的那样。今天急诊怎样？"

"刚忙过一阵。半个小时或一个小时之后，那些喝酒、打架、交通事故的就要来急诊室了。"

"急诊上班累、风险又高，你要多注意、多保重，我走了。"

"再见。"

医务处洪天奎离开没有几分钟，一位年轻的母亲带着她8岁的儿子到急诊室。

"我儿子肚子痛有两天。昨天下午来过医院，用了药一点没有好转。今天好像有点热度。"

"体温是多少？"

"我在家里给他量的体温是38.1℃。"

"看上去精神还好。"

"不行。如果不是肚子痛、发热，小家伙一分钟也停不下来，到处野。"

"小男孩都是这样。"骆新民问小男孩，"小朋友，你肚子痛有几天啦？"

"前几天晚上开始有点不舒服，昨天拉肚子两次。"

"还有什么其他不舒服吗？"

"没有。"

"有发热吗？"

"今天在家里测量体温高，我妈妈说的。"

"好的，小朋友不错，讲得很清楚。你躺到检查床上，我给你检查检查。"

小男孩在母亲的帮助下躺到检查床上。骆新民仔细检查，发现右下腹有深压痛。于是骆新民把普外科侯庆医生叫来会诊。

"小朋友，你哪里不舒服？"侯庆问道。

"这里，小男孩用手指向肚脐的位置。

"还有哪里有疼痛吗？"

"现在这里也有点疼痛。"小男孩用手指着右下腹。

"不要动。"侯庆用力按压右下腹。

"哎哟。"小男孩发出痛苦的喊叫声。

"好了，可以起来了。"

"骆博士，这个病人可能是阑尾炎。"

"我也有些怀疑，吃不准就请你过来看看。不愧是专家，一看就知道是阑尾炎。"

"这个病人是个不典型的阑尾炎，容易漏诊。外科目前误诊、漏诊最多的病就是阑尾炎。"

"我记得前年有个医闹就是因为阑尾炎。我们老主任每次查房都强调临床没有小事，每件小事里都藏着风险。"

"完全正确。就这样了。"

病人什么时候来看急诊，是无法预测的，换句话说是急诊科医生无法安排病人的就诊时间。急诊室还有一个特点，病人是一批、一批地来，都是急诊，都希望立即得到诊治。所以在晚上，特别是一个医生值班时，急诊医生处理病人往往都很快，为了所有的急诊病人能得到最快的救治。

"请大家自觉到门外等候，我按号叫人进来，等不了几分钟。"侯庆刚走，内科急诊一下来了4个病人。

"你去验个血，做个心电图，再到我这里来。"骆新民在询问病情后，把检查单交给病人。

"知道了，谢谢。"

"刘晓虎，请进来。"骆新民大声喊下一个病人的名字。一位中年女性搀扶着一位70多岁的老年男性病人进来，还没有坐稳，病人就说："医生，给我再用一次消炎药。"

骆新民一听就知道这个病人是个老病人，就问道："你上次用的是什么药？"

"昨天用的药是……"随后立即发出几声剧烈的咳嗽。

"医生，昨天我父亲用的是头孢他啶。"

"头孢他啶，为什么用头孢？"

"肺炎，每年都要发几次。"病人女儿回答道。

病人是前天发病的，前天昨天胸片和血常规正常。骆新民用手触摸病人的额头，没有发热。骆新民对病人的病情心里有数了，于是对病人说道："老先生，咳嗽治疗一般需要5到6天，你最好是在白天来看病，你白天来看病，可以看急诊，也可去呼吸科看医生。你现在去药房拿药，然后到二楼打针。"

"哼。"病人咳了一声，站起来离开内科诊室。

"张玉红，请进来。"

"医生，我来了。"一位年龄40多岁的中年女性，快步走到骆新民的办公桌前。

"你哪里不舒服？"骆新民觉得她不像个急诊病人。

"我想复查甲状腺 B 超。"病人说道。

"为什么要做甲状腺 B 超？"

"体检发现甲状腺有个 3 毫米小结节。"

"同志，我这里是急诊。你应该在白天看内分泌科或普外科。"

"我白天工作太忙，没有空，只有晚上有空。"

"我这里是急诊，急诊室只看急诊。这是规矩。"

"我知道，我这不是没有办法吗？你就给我帮帮忙，这对你来说是举手之劳的事，能给人方便，就给人方便吧。"

"不是我不给你方便，而是我不能破坏医院的制度。对不起，我不能给你看病。"

"你这人怎么这么不通情达理，怎么就不能为老百姓设身处地地想一想？"

"急诊就是抢救病人的地方，如果我给一个平诊病人、非急诊病人看病，就会耽误急诊病人看病的时间，错过抢救机会，急诊将不是急诊。"

"我晚上特地从家里来到了医院，就是想做甲状腺 B 超检查。"病人说话态度很平和，像是个有文化的人。

"就是我给你开了 B 超检查，B 超科医生也不会给你做，B 超医生晚上主要是做急腹症，非常忙。"

"你只要把 B 超单开出来，B 超医生做不做与你无关。"

"晚上，我让你做甲状腺 B 超，B 超医生要骂我的。"

"我能知道你的名字吗？"

"当然可以，这是我的名字和工号。"骆新民把自己的工牌给病人看。

"我要找你们院长。"

"我也希望你去找我们医院领导，开个晚门诊。我这里就可以省掉很多麻烦，又可以方便群众就医。"骆新民说出真心话。

第二天休息，骆新民和张宜红一起外出吃饭。张宜红对骆新民说道："在急诊室，你是单打独斗。虽然产生的收入全归于你自己，但是风险也完全是由你自己承担。"

"其实也没有什么好担心的，大家都这样。"骆新民安慰自己。

"话虽这么说，但还是要小心为妙。"张宜红提醒道。

"这个我知道。"

"我要说你了。既然病人来了，就给她看，又不麻烦。"

"不行，我得坚持原则。否则，一到晚上，急诊室比菜市场的人还要多，还要热闹，影响真正的急诊病人看病。"

"只要不影响抢救病人就可以了。算你运气好，那个病人是个知识分子，如果修养差一点，很有可能和你吵起来，甚至打起来。"

"不会的。"

"怎么不会！你不会，但病人会。她特地从家里来到医院，就是想做个B超检查，她认为就是件简单的事，可能她认为你故意刁难她。你要学会保护自己，你要注意你拒绝病人的时候，病人是否有过激行为。你要记住，只要她和你吵起来或打起来，吃亏的肯定是你。"

"知道了。"

"如果病人打了你，领导也许还会说你一点也不灵活，甚至还会说：'我们要一切以病人为中心，能给病人提供方便就给病人提供方便。'至于平诊病人来到急诊影响急诊病人就医，那是医院领导要考虑的问题。骆新民，我再次给你提醒，时刻把安全放在第一位，安全这根弦要时刻牢记心中，而且绷得紧紧的。"

"知道，安全第一。"

一天早晨，骆新民去急诊室上白班，一到办公室，祝晨露把骆新民拉到一旁，小声说道："骆博士，护士长要我们赔312元。"

"为什么？"骆新民觉得莫名其妙。

"前天晚上，那个吸毒病人，转到ICU一天不到就没了。据ICU护士说是吸毒过量导致的死亡。"

"这与我们赔钱有什么关系？"

"这个病人在我们这里做了心电图、头颅CT，还用了一些药，总共用了312元。"

"这个昏迷病人送到我们这里，我们立即就给病人治疗，一分钟都没有耽误病人，我们一点过错也没有。"

"我们治疗没有任何过错，是我们没有收费。"

"我们在医院辛苦值班一个晚上，到头来还要赔钱给医院，说出去有人会相信吗？这简直就是个天大的笑话，以后我们要带钱来上班。"

"骆博士，你不要急。我找护士长说说，让她向院领导反映我们急诊室工作情况。来到急诊室的病人，个个都需要紧急处理，谁还顾得上收费。"

"祝晨露，护士长怎么知道病人用多少药？"

"每天早晨交班后，护士长都要检查抢救室的药品。如果晚上用了，白天一定要补齐，供晚上抢救病人使用。"

"护士长工作很仔细啊！"

"是啊。急诊室必须要保证急救药品齐全。"

"希望护士长能向上面反映，这钱肯定不能扣，太荒唐了。"

"骆博士,你不要太往心里去,我们还是要好好上班。"
"知道。"

71岁的刘子龙平时身体一直很好,每天早晨起床后,先去公园打太极,吃过早饭后,再去菜场买菜,生活非常有规律。一天早晨在出小区大门时,刘子龙突然晕厥倒地。120工作人员在救护车上,就给刘子龙进行了心肺复苏抢救。

病人从救护车下来后,祝晨露和护工直接把病人送入抢救室,并迅速给病人用上氧气和接上心电监护仪。

病人呼吸和心跳已经停止,瞳孔扩大,无任何神经反射。既然送到医院抢救室,只能按抢救流程走一遍。

骆新民把升压药和呼吸兴奋剂给病人用上,又给麻醉科打电话。不一会儿麻醉医生就赶到抢救室,迅速地进行气管插管,给予机械通气。但病人的心跳一直没有恢复。

"家属过来。"骆新民把病人家属叫到自己的周围,"刘子龙是你们的家人吗?"

"是的。"

"刘子龙是因为昏迷跌倒,被120救护车送到医院。据120急救中心的工作人员说,在救护车上就开始了心肺复苏。病人送到我们这里时,已经没有生命体征。我还是给予积极的抢救,给病人吸氧、气管插管、升压药,所有的措施都用上了,病人的心跳一直没有恢复。按照国家相关规定,可以宣布病人的临床死亡。"

"医生,他平时身体很好,能否再抢救一下。"病人妻子哀求道。

"医生,求求你了,一定要救活我的爸爸。我正准备下个月,带他和我妈去三亚旅游。"病人女儿哀求道。

"能抢救我们一定会抢救的。因为人已经死了,如果再做抢救,没有一点意义。"骆新民本想说是浪费医生的劳动,话到嘴边给咽下去了。

"医生,我求求你了。"病人妻子哀求道。

看来病人家属接受不了亲人的突然死亡,站在病人家属的角度完全可以理解,但医生不能耗在这无谓的抢救上,后面还有很多的病人在等候急救呢。见有大量的家属围在内科诊室并且有哭声,护士和保安就到内科诊室转悠,准备随时支援骆新民。

由于病人家属还是接受不了家人突然死亡的事实,骆新民只得给医务处打电话。医务处洪天奎很快就赶到急诊室。

一到急症室,洪天奎就问骆新民:"家属有意见吗?"

"没有。"

"我来和病人家属谈。"洪天奎就把病人家属叫到另外一个房间,谈了约一刻钟后,从里面传来一阵悲痛的哭声。骆新民还特地交代病人家属把抢救费用交上后,医院才给开具死亡证明。有了死亡证明,才能去派出所办理相关的事宜。

老先生只是和平常一样出门,来不及和家人说再见,却再没能回家。这种情况对于一个普通人来说是一种无常状态,而对在急诊室工作的人来说,生命的无常却是一种常态。因为这种事在急诊室比比皆是,几乎每天都在上演。经历悲欢离合的事件后,骆新民决定要好好珍惜每一天的生活,珍惜身边所有的人。

很快,急诊室恢复了往常的状态,病人一波接着一波地来到急诊室。大约在 10 点 20 分，来了一位急性腹痛病人。根据病人的症状和体征，骆新民判断病人可能是胃穿孔。骆新民把外科医生侯庆叫过来会诊，侯庆二话没说就给病人开张住院证，让病人立即到外科病房接受手术治疗。

胃穿孔手术很简单，只是把穿孔的地方缝上两针，把穿孔的地方堵住就行了。如果不手术，胃液就会从胃腔流入腹腔，引起腹膜炎，继而发生感染性休克，导致病人的死亡。

病人 40 岁出头，头发蓬乱，胡子拉碴，上身穿了一件布满油渍的工作服，脚上穿着一双黄色的解放鞋。病人表情痛苦，蜷缩在平板推车上，一双浑浊的眼睛乞怜地看着医护人员。送他来的人的外貌、穿着和他差不多，一看就是工友。

骆新民不忍看到病人如此痛苦、特别是病人乞怜的眼神，就对病人及送他的人说道："你们赶快去办理住院手续，要抓紧时间。"

这时护士长沈花也对病人说道："你赶快去外科病房，外科病房已经给你们准备好了床位。另外，我会给手术室以及外科病房的人说，让他们能给你们省就省点。"

"快去外科病房吧。"骆新民催促病人去外科接受手术治疗。

"你们讲的话，我们全听懂了，可我们没钱啊。"说着，一个七尺男儿流出绝望的眼泪。

"你们可以向同事借钱啊！"

"我们都是从农村到城里来打工的，住院开刀至少要 3000 元。把我卖了，也没有 3000 块钱啊！"

"你可以问老板借。"骆新民又建议道。

"老板能按时发工资，就算谢天谢地了。"

"刘兄弟，我不治了，我们回去。"病人痛苦地对工友说道。

"刘兄弟"试图把病人从推床上扶下来，但病人直不起腰，根本无法直立行走，"刘兄弟"就背起病人离开了急诊室。

"你们不能回去，这样回去是要死人的。"骆新民试图阻止病人离开。护士长拉住骆新民："我们没有办法，这种事在急诊室太多了。"

骆新民眼睁睁地看着这个壮年农民工因为没有钱而得不到治疗。农民工背着生病的工友，离开医院的每一个脚步都重重地踩在骆新民的心口。整个一天，骆新民心情非常压抑。

"骆博士，你该做的都做了。"护士长沈花前来安慰骆新民。

"唉。"骆新民重重地叹出一口气，充满了遗憾和可惜。

"新民，妈妈和你说话。你怎么心不在焉的？"晚上在张宜红家吃饭时，张宜红发现骆新民情绪不对。

"我心不在焉了？哦，对不起，我今天一天心情都不好，是这样……"骆新民就把白天农民工胃穿孔的事情向张宜红及岳母叙说一遍。

"这怎么行，回去不要痛死啊！"骆新民的岳母说道。

"太可惜了。如果是个晚期癌症，那也就算了。他是个只有40多岁，没有基础性疾病的青壮年人啊。"张宜红也觉得十分可惜。

"我当时真想帮他，护士长沈花说，这种事情隔三岔五地就会在急诊室发生一次。但我是个医生，对能救治而没有去救治，感到十分难过。"

"新民，这件事你没有错，你应该做的都做了。不想它了，好好吃饭吧。"张宜红劝他。

"新民是个好人，换成别人根本就不会想这件事。新民，只要你没有治疗上的错误，没有让病人多花钱就行了。"岳母也劝骆新民。

"不想这件事了。"骆新民虽然嘴上说是不想了，但心里还是希望那个农民工能得到救治。

3月初，骆新民见到一次最血腥的场面，永生难忘。大约在晚上9点，随着一声刺耳的汽笛声，一辆救护车疾驰来到医院急诊室。

"外伤病人来了，直接去抢救室。"祝晨露和120工作人员一起，把伤员送到急诊室的抢救室。

"怎么样的病人？"骆新民问祝晨露。

"是刀伤。你去外科把侯庆叫来。"祝晨露说道。

骆新民和侯庆一起来到急诊室抢救间，这时祝晨露已经给病人接上了氧气，正在给病人连接心电监护仪。侯庆移去覆盖在病人身上的床单，骆新民被眼前的一幕惊呆了。

腹部有个大刀口，从上到下腹壁全层切开，肠管外露膨胀，用开膛破肚一词形容最为恰当。

"骆新民，你帮我给普外科病房打个电话，叫他们派人来帮忙。祝晨露，给病人用上升压药。"侯庆指挥抢救。

"升压药已经用上了。"祝晨露回答。

"骆新民，你给麻醉科打个电话，让他们派医生过来进行气管插管。还有，叫保安守在门口不让家属进来。"侯庆紧张而有条不紊地安排抢救工作。

没有几分钟，一位高年资的外科医生来到急诊室的抢救间，快速检查病人后，对侯庆说道："这个病人不行了。"

"伤太重了。"侯庆说道。

"早点来可能也没有用。"

这时，外面传来嘈杂声和哭声，伤者家人赶到了急诊室，这些人脸上充满了愤怒。骆新民担心他们会在急诊打起来，就立刻给110打电话。

"谁是家人？"警察问道。

"警察，你一定要救救我的丈夫，我们一家老小全靠他干活挣钱养家。"受伤者的妻子"扑通"一声跪在警察面前。

"赶快起来，医生正在抢救。"

"警察，我是包工头。"

"好，你把情况说说。"

"张小虎（伤者）是我们工地上的一名工人。因为工程纠纷，和别人打架。"

"请讲具体一些。"

不一会儿，侯庆从抢救间出来，对病人家属说道："人死了。"

"不会的，不会的。我丈夫不会死的。医生，我丈夫身体很好，你一定要救救他。"伤者妻子哀求道。

"人已经死了，我们就没有办法了。如果能抢救，我们一定会尽最大的努力抢救的。"

"医生，我求求你了，你一定要救活他。"伤者妻子再次求侯庆。

"安静，请大家安静。人已经死了，主要是刀伤太严重了，整个肚子都给剖开了，肚子里面两根大血管被切断，导致病人在短时间内出现出血性休克而死亡。病人送到我们这里，所有的抢救措施已用上了，很遗憾没能救活他的命。"

"我的命怎么这么苦啊。"死者的妻子号啕大哭，继而死者的其他家庭成员也哭了起来。

"医生和你们说了，人已经死了。我们一定会把犯罪嫌疑人缉拿归案，你们把该签的字都签了吧，签完字就离开医院。"警察对死者家属说道。

死者家属的哭声渐渐变小，侯庆和上级医生一起把切开的肚子给缝合好，然后又和祝晨露把死者身上的血迹全部擦干净，在死者的身上盖上一床洁白干净的新床单，维护死者的最后尊严。

骆新民心里十分难过，一个40岁的青壮年劳动力，全家的顶梁柱，突然被人杀死，而且死得又这么惨。

"血淋淋的场面太吓人了。侯庆，只有你，一点不怕。"骆新民说道。

"没有时间想怕了。第一反应尽快抢救，看到病人已经死亡，就想如何告诉死者家属，不要让他们在医院里面又哭又闹。"侯庆说道。

"是的，今天的死者家属虽然来了不少人，只是哭没有闹，还算不错。"

"就怕死者家属一直要你抢救，哪怕尸体已经发凉，他家人还要求医生抢救。去年外科室遇到一个病例，病人是被流氓用刀杀死的，家属怪医生没有尽力抢救，在急诊室跟外科医生吵闹。"

"这个死者家属太可恶。他们要是打人，就应该打那个杀人的人。我们辛辛苦苦抢救，还被误会。"

"你今天做得特别好，见形势不对就把警察叫来。"

3月13日夜12点，骆新民来接班，抢救室里躺着一位命悬一线、气若游丝的87岁老慢支病人。

"一个晚上连喝水的机会都没有,还留了一个病危病人给你。"上晚班的李子龙说道。

"为什么不送 ICU?"

"病人以及病人家属都不愿意去 ICU,说每次都是在急诊抢救的,如果死了也就算了。我让病人家属把所有的字都签了,明确拒绝任何创伤性抢救措施。"

"这不是希望这个病人早死吗?"

"我感觉病人家属还可以,病人家属说准备在夏天带病人去新疆旅游。我跟病人儿子说,老人可能熬不过今天晚上。病人儿子说,一切都是天意,如果上天要让他父亲去新疆,他父亲就能活过来。"

"知道了,你今晚上班辛苦了,早点回家休息吧。"

李子龙走后,骆新民去抢救室看病人,病人的面色灰青,眼光黯淡无神,呼吸微弱又急促,显然是气不够用,心率120次/分,血压是 80/60mmHg,真是命悬一线,呼吸和心跳随时就会停止。骆新民心想要立即和病人的家属交代病情,让病人家属有个思想准备。

"请问您是病人的什么人?"骆新民客气地问病人的家属。病人家属在 60 岁左右,像是个有文化的人。

"我是病人的儿子。"

"那我就称呼您为杨先生。"

"可以,你太客气了。"

"李医生已经和您讲过您父亲的病情。"

"李医生人很好,他和我详细讲了我父亲的病情。"

"您父亲的血压在下降,氧饱和度也在下降,估计很快就……"

"医生,请问你贵姓?"

"我姓骆。"

"骆医生，你好。我父亲退休以后一直和我住在一起，我对他的身体状况非常了解。最近5年，每年冬天他都要到医院来一次，虽然前几次每次都治好了，但身体明显是一年不如一年，今年就更加明显。所以我就计划，如果我父亲这次挺过去，今年的夏天我就带他到新疆。如果挺不过去，那也没有办法。新陈代谢是生命的规律，没有人可以逃过。"

"听您讲话就知道您是个有学问及通情达理的人。如果把您父亲送到ICU，抢救成功的几率比在急诊室要大得多。"

"每次我父亲到这里，值班的医生都和我提到ICU。在这里一样能得到基本的治疗。我不想让我父亲增加任何痛苦，不做任何创伤性治疗，这不仅是我的意见，也是我父亲他本人的意愿。"

"你们这样的决定是对的。给一个全身器官已经衰竭的人，做气管插管、气管切开治疗，可能会增加几个小时或几天的生存时间，但改变不了生命的走向。相反，还会在病人生命的最后阶段，让病人异常地痛苦。但作为一个医生，我们有义务把现有的各种治疗方法告诉病人以及病人家属。"

"这个我能理解，正如你所说的我是个通情达理的人，请你不要有任何顾虑。"

"如果所有病人的家属都像您这样就太好了。您父亲可能今晚挺不过去。"

"骆医生，我做好了准备。今晚本来是我儿子陪在这里，我让他回家了。我和我父亲有非常深厚的感情，在他生命最后的时刻，我要陪在他的身边。"

"您真了不起。"骆新民对病人儿子肃然起敬，"您的年龄也不小了，您也要自我保重。"

"我的身体还可以。"

这时心电监护仪传来报警声。

"您在这里坐会儿,我去看看您父亲的情况。"骆新民进到抢救室,只见病人血压只有 60/40mmHg,心率 123 次 / 分,氧饱和度 81% 了,病人的生命力即将耗尽。骆新民从抢救室出来后,对病人的儿子说道:"血压又下降了,氧饱和度也下降了一些,生命快到终点了。如果您想陪您的父亲,就进去吧。"

"我进去?"

"您不是说今晚要陪他吗?您就坐在他身旁,陪陪他吧。"

"好的,谢谢。"说着病人儿子就到抢救室,坐在他父亲的床旁。不一会儿骆新民拿了一张简易躺椅,对病人儿子说道:"您年纪也不小了,要是累了,可以在躺椅上躺躺。"

"太谢谢你了。骆医生,我代表我全家谢谢你。"

"不客气。"

5 天后,骆新民又上后夜。就在骆新民上了半小时后,一位 40 岁不到的男子来到急诊室,说肚子痛得厉害。但以这个男子进入急诊室的步伐,不像是个需要在夜里 12 点钟来医院就医的人。骆新民好奇地打量这个半夜来医院就诊的男子说道:"请问你哪里不舒服?"

"医生,我肚子痛,痛得厉害,痛得受不了。"说着用手指着中上腹的位置。

"什么时候开始痛的?"

"就是今天上午开始的。本来我想躺一躺就算了,可是到了晚上,疼痛越来越厉害。我实在受不了了,就跑到医院。医生快给我打一针止痛针,我实在受不了了。"

骆新民继续按自己的思路问病人:"以前有过这种情况吗?"

"有过,每次来医院都是打一针杜冷丁。"

"打杜冷丁?"骆新民立即警觉起来。杜冷丁是一种强烈镇痛麻醉剂,国家对杜冷丁使用有严格的规定。

"是的,医生每次都给我打杜冷丁。"

"为什么要打杜冷丁?什么病非要打杜冷丁?"

"医生,我是肝癌,晚期肝癌。哎哟,痛又来了,我受不了了,快给我打杜冷丁。"

"你得肝癌几年了?"

"4年了。"

"做过手术吗?"

"市里大医院都看过了。医生说不需要开刀,打针吃药就可以了。"

一个没有手术机会的晚期肝病,没有接受任何治疗,居然活了4年,而且活得很好。骆新民从他的行走、讲话以及面色判断,感觉这个病人很蹊跷,一定有什么隐情或特殊情况。

"你把过去治疗情况及检查结果给我看看。"

"病历本放在家里,忘带了。"

"先生,杜冷丁是属于麻醉药品,不能随便开给病人。只能给一些晚期肿瘤患者止痛用。到现在为止,你没有提供肝癌的任何证据,我不能给你开杜冷丁的药方。"

"医生啊,我痛得要命,我大半夜过来,你怎么一点同情心也没有?你的良心给狗吃了。"

"喂,你这个人怎么这么说话。你要打杜冷丁,我总要问清楚。"

"老子不和你啰唆,老子就问你一句话,给不给打杜冷丁?!"病人后手在桌子上用力一拍。由于夜间安静,声音就显得特别响。

骆新民心想遇到难缠的人了，先把他稳住："打杜冷丁不是不可以，但我总要把你的病问清楚。"骆新民应对着。

"那就开啊。要不然对你不客气。"病人又重重地拍了一次桌子。内科急诊连续两次异常响声，使外科值班医生侯庆以及急诊护士祝晨露跑过来，看发生了什么事。侯庆故作轻松地对病人和骆新民说道："有什么解决不了的事啊，有事好商量嘛。"

"我是肝癌病人，要打杜冷丁。"病人直接提出自己的诉求。

"哦，知道了，你到我办公室，我给你开。"病人一点没有迟缓，立即起身跟着侯庆去了外科诊室。

几分钟后，病人离开了外科诊室，去收费处付钱。不一会儿，侯庆来到骆新民的内科诊室。

"谢谢侯兄，给我解围，当时我真的有些紧张。"

就在他们俩说话时，突然传来刺耳的刹车声，随后就是一阵急促的脚步声。120两位工作人员和值班护士一路小跑将病人送到抢救室。

骆新民和120工作人员一起小心地把病人从推车上搬到抢救室的多功能抢救床上。120工作人员小声对骆新民说道："骆医生，病人是个市领导，已经没有生命体征了。"

"已经死了？"

"我们到他家的时候，病人就没有呼吸心跳了。这个女的是病人的老婆，那两个男的是市政府的工作人员。"

市领导要怎样处理？要不要装模作样抢救一番，如果装模作样抢救，抢救工作要做到什么程度？骆新民急中生智，对祝晨露说道："你给医院总值班打电话，还有给内科总值班医生打电话，让他们速来急诊室。"

医院总值班和内科总值班医生几乎同时来到急诊室，骆新民在抢救室呼哧呼哧地给病人做胸外按压，抢救三联针也用上了。

"骆新民，你休息一会儿，我替你一会儿。"内科总值班医生说道。

"好的，谢谢。"骆新民喘着粗气说道，"120到病人家，病人就已经死了。"

"有纠纷吗？"医院总值班问道。

"没有。"

"病人家属对我们有意见吗？"

"没有。"

"那你叫我过来干什么？"医院总值班对自己深更半夜被叫感到奇怪。

"这个病人是市领导。"

"市领导？！那我得给院长打电话。"医院总值班反应很快。

一刻钟后，叶院长睡眼惺忪地从家里赶到急诊室。骆新民和内科总值班医生还在抢救室抢救病人。

"这是我们医院的叶院长。"医院总值班对市政府工作人员及病人家属说道。

"叶院长好，我是市政府工作人员，这是我们领导的夫人。"

"你能把领导发病的过程给我说说吗？"叶院长问病人妻子。

"他今晚有饭局，我等到11点他还没有回家，我就先睡了。等到我一觉醒来，发现他还没有睡觉，我就到客厅看看，他倒在沙发上，怎么喊也没有应答。我就打电话，120急救中心的人就把他送到这里了。"

"你们在这里先坐一会儿，我去问问抢救情况。"叶院长到抢救室，问道，"病人怎么样了？"

"送来的时候就死了。"骆新民立即又补充道，"120工作人员说，到他家时就已经没有生命体征了。"

"你们和家属说了病人的情况吗？"

"还没有。由于是市领导，我们不知道该怎样处理，就立即向你汇报了。"

在叶院长和死者家属谈话半小时后，抢救室传来悲伤的哭声。

这个晚上，骆新民感到特别的压抑，简直就是透不过气，于是到室外透透气。3月中旬的后半夜，虽然有点冷，但空气格外地清新。骆新民大口吸着，感到有股从来没有体验过的舒畅。

门诊大楼漆黑一片，静悄悄的。只有急诊的大楼，特别是急诊室，灯光齐明。这里每天、每时、每刻都上演着为抢救生命而进行的接力赛，惊心动魄地和死神赛跑。每天有大量的生死离别和生命的无常在急诊室发生，生命的无常在这里几乎是一种常态。谁也不知道意外和明天哪一个先到，活着是多么的不容易，每个寻常普通的日子都是劫后余生，珍爱每一天，认真过好每一天。这是骆新民在急诊室，以及ICU轮转得到的最深的体会。

2002年3月29日，骆新民在完成ICU和急诊科轮转后，坐上美联航的飞机，从芝加哥中转来到匹兹堡。

# 第 9 章　学成归来

就在骆新民去美国的第 5 天，孙东平结束了在美国一年的进修，回到科室上班。在他离开广仁医院的一年期间，科室唯一的变化就是陈德铭当上了科主任。陈德铭做科主任对于孙东平来说完全是情理之中的事。在孙东平的眼里，陈德铭不仅能做科主任，当个院长也是绰绰有余。

孙东平回到科室，大大地增加了科室的力量，特别是科室的科研力量。陈德铭任命孙东平为科主任助理，负责科室的科研工作。

孙东平在把病房的事处理好后，就去实验室调研。一个星期后，孙东平向陈德铭提交了一份报告，报告详细地列举了科室有科研项目多少项，按合同及科研标书的要求已完成多少项，正在进行的有多少项，还没有开展的有多少项。孙东平还对每个科研项目的意义给予了评价，并提出了自己的观点。结合他这次去美国进修的收获，他认为科研工作重点应该是肿瘤的靶向治疗。现在，肿瘤的化疗是不分青红皂白，只要是大肠癌都给同样的药。将来的化疗可能是先要做基因检测，根据肿瘤基因检测的结果决定选用什么药物。

陈德铭看后十分高兴，认为孙东平在美国这一年有收获："你这个报告写得很好，我们一定要把实验室好好管起来。另外，你说的肿瘤靶向治疗是将来肿瘤治疗的方向，可以写个基金申请。"

"陈主任，我在回国前就写好了，准备申报今年的国家自然科学基金。"

"赶快交上去，现在还来得及。"

2002年11月初，孙东平撰写的"基因检测指导肿瘤化疗"获得国家自然科学基金的资助，而且是面上项目。12月，孙东平参加了一年一度的职称晋升评审，顺利过关，并在2003年的春天被医院聘为副主任医师。

2004年年初，任志强副主任被调到市第三人民医院担任消化科主任，同年4月，骆新民在美国完成博士生课题后，回到广仁医院。骆新民从硕士起就是陈德铭的学生，在所有的学生中，骆新民是陈德铭最喜欢的学生。为了骆新民的成长，陈德铭还特意安排骆新民到ICU和急诊科轮转，又安排骆新民到美国实验室做博士课题。在美国做课题，对骆新民来说是一举多得的事：第一，完成了高质量的博士课题；第二，英语水平有很大的提高；第三，有SCI的文章。

"骆新民，两年没见了，待一会儿再走。"骆新民把病历还给护理部时，赵琳琳叫住骆新民。

"我还有些事，待我把那些事处理好了，马上就过来。"

"不行，不是抢救病人，其他的事暂放一下。"赵琳琳对在治疗室给病人配制液体的朱丽叶喊道，"朱丽叶快出来。骆新民来了。"

"我马上就好了，还有两分钟。"朱丽叶回答道。

"骆新民，自从你到美国后，朱丽叶每天就像掉魂似的，恨不得去美国看你。"

"你说得太夸张了。"

"怎么是夸张？！你在急诊室上班时，朱丽叶不是去急诊室看你了吗？"赵琳琳说道。

"嗯。"骆新民不知该怎样回答。就在这时，朱丽叶把治疗室的活做完了，来到护士站，大大方方地说道："骆新民回来了，哪天回来的？"

"喂，你们两个拥抱一下。"夏妍怂恿道。

"骆新民，拥抱呀！"赵琳琳夹在中间起哄。

"骆新民，抱就抱一下吧。"朱丽叶大方地张开双臂，拥抱骆新民。

"哇。"护士们发出欢乐的叫喊声。

"骆新民，你出去两年好像没什么变化。"朱丽叶说道。

"两年时间很短，没什么变化。"

"骆新民，你老婆也去了美国了吗？"赵琳琳问道。

"没有，本打算去的，只是孩子太小，不方便。"

"早知道你老婆没有去，我们就派朱丽叶去美国陪你了。"

"你净开玩笑。"

"你在美国表现怎样？"朱丽叶问道。

"表现，什么表现？"

"你这个笨蛋，就是问你有没有在美国找个女朋友。"

"没有、没有。"骆新民矢口否认，"我忙得要命，每天连睡觉的时间都不够。还有，美国人人高马大的，把我吓也吓死了。"

"骆新民，你可要记住，除了你老婆之外，不允许你和别的女人交往。否则我们和你没完。"赵琳琳给朱丽叶帮腔。

"不说是你们不同意，我老婆也不同意啊！"

"骆新民，美国怎么样？"赵晓曼问骆新民。

"我在美国的匹兹堡，匹兹堡比滨海小，人口就更少了。匹兹堡曾经是美国的钢铁之都，因为炼钢污染环境，在20世纪70年代，匹兹堡的钢铁厂关门了……"骆新民一看手表，时间是4点20分，就说道，"这个讲完要有一个小时，等下次有空我好好地和你们说说。"

"好吧，你去忙吧！"

5月27日下午4时，护士们忙完了一天的紧张工作，难得有空闲聊几句。

"听说骆新民今天博士论文答辩。"沈红霞说道。

"骆新民闭着眼睛都能通过。"朱丽叶说道。

"博士毕业哪有那么容易。"赵琳琳不同意朱丽叶的话。

"不是博士论文答辩容易，而是骆新民水平高，实力放在那儿。"朱丽叶十分自信地说道。

"你怎么就知道骆新民水平高？"夏妍不服气。

"这是感应。"朱丽叶小嘴向上一翘，得意地说道。

"我看你是被他迷昏头了。"

"我说话是有根据的。"

"什么根据？"夏妍问道。

"第一，骆新民是陈主任的博士生；第二，骆新民在美国做的博士课题，还发表了两篇英文文章呢。你说骆新民是不是闭着眼睛都能通过？"

"你对骆新民的了解比对你丈夫了解还要多。"夏妍对朱丽叶说道。

"直说了吧，就是朱丽叶喜欢骆新民。"赵琳琳直接说道。

"这可不行，他们俩都是有家的人。"护士长赵晓曼说道。

"正是有家，这样才好。不会一方是单身，要求另一方离婚，多麻烦！"赵琳琳说道。

"哎哟，你怎么这么说，真是不知道你们现在的小家伙是怎么想的，反正我认为这样不好。不行，哪天我找骆新民谈谈。"赵晓曼说道。

"护士长，你千万不要找骆新民。我和骆新民关系很正常，很纯洁。"朱丽叶不同意护士长找骆新民。

"知道了。"

一天赵晓曼抓住一个和骆新民单独相处的机会，对骆新民说道："骆博士恭喜你，博士毕业了，以后就可以轻松点了。"

"哪里能轻松？这只是万里长征的第一步。护士长，你是知道的，陈主任是个有雄心大志的人，我在他下面就不可能有轻松的日子。"

"骆新民，我问你一句话？"

骆新民立即问道："什么话？"

"你喜欢朱丽叶吗？"

"喜欢？我和朱丽叶是好朋友，好同事。"

"但我发现朱丽叶是真心喜欢你。"

"朱丽叶只是讲话随便，人活泼些，我和她完全就是同事关系。"

"你这么说我就有数了。朱丽叶天真、活泼，骆新民你和她交往，讲话要注意有个度，并适当地提醒朱丽叶，这对你和朱丽叶都有好处。"

"谢谢护士长，我知道该怎么做。"

"陈主任看中的人肯定知道怎样处理这件事。下月初，护理部要搞个业务学习，你给我们讲个课怎样？"

"好的，我先准备起来。"

"你给我们讲的不需要太复杂，随便讲讲就可以了。"

由于骆新民从美国回来时，没有赶上申报国家自然科学基金，所以陈德铭让骆新民申报滨海市科委的重点项目。由于骆新民申报的课题内容新颖，站在科学研究的前沿，又有非常好的科研基础，评委们给骆新民的课题打了很高的分数。最后，骆新民如愿以偿地拿到了滨海市科委的重点项目，钱一点也不比国家自然科学基金少。

8月初，陈德铭把孙东平和骆新民叫到主任办公室，向他们俩传达前一天下午医院召开的科主任会议精神。

"昨天下午，医院召开了一个会议，会议主要是讨论学科建设和发展的问题。医院打算用3—5年的时间建设4—6个滨海市重点学科，然后再用3—5年的时间打造2—4个全国重点学科。"

"陈主任，这几年来我们一直就是这么做的。我们的科研和文章在滨海绝对领先，在全国也是拿得出手的。"骆新民骄傲地说道。

"我们科室的业务量不断增加，开展了一些新的医疗技术。

我们的科研，不论是国家自然基金，还是 SCI 文章，都是其他医院望尘莫及的。"孙东平说道。

"正如你们所说，这些年来我们一直就是这么做的。3 年前，我做主任时，我就把中国最好的消化科作为我们奋斗的目标。所以我们科室比别人早行动几年，占得一些先机。叶院长在这次会议上表扬我们科室，说我们科室充满了奋发向上的正气，学科建设取得了非常好的成绩。我们是先知先觉，做了一些工作。现在，医院号召大家积极申请重点学科，有些科室会在短时间赶上来。"

"陈主任，他们要超过我们没有那么容易。从你读博士开始，我们就向这个目标努力了，现在我们已经有一定的基础。有些科室就他们那几个人，整天就是炒股吃喝，还想和我们争，门儿都没有，喊喊口号还差不多。"

"我们医院目前有 5 个力量强的科室：心内科、骨科、泌尿外科、胸外科，还有就是我们科。心内科一直对我们不服气，从老主任开始就是这样。胸外科的底子虽然差一些，但最近几年胸外科进步很大。如果我们被评上重点学科，滨海市就会给我们挂个滨海市重点学科的牌子。或许有人会说挂不挂牌子，我们还是一样干活儿，这个观点是错误的。挂上滨海市重点学科的牌子，说明我们科室得到了大家的认可，对吸引病人来看病、住院，提升科室的知名度很有帮助。"

"陈主任说得对，虽然我们在学科建设上，在全院做得最好，但对这次申请滨海市重点学科不能掉以轻心，一定要拿下。"孙东平说道。

"我们先把滨海市重点学科拿到，然后向国家重点学科冲击。你们俩都很年轻，正是做事业的好年华，要把精力全部放在学科建设和发展上,年轻人要有远大的理想。"

"陈主任,你说得对,我一定牢记心中。"

"孙东平负责科研有两年的时间了,有关科研部分的总结,你来写;骆新民写临床总结。要从创新、先进性角度来写总结材料。下周四交给我,来得及吗?"

"来得及。"

"最后我和你们两个讲一点,就是以后我们的科研和论文不要东一榔头西一棒,要集中火力,要集中十几篇文章报个奖。先申报滨海市科委或卫生局的奖项。先从小奖开始,最后报国家奖项。你们俩有空把我们科室近 4 年发表的文章好好归纳总结一下,准备好报奖材料。"

自从加入世贸组织后,中国走上了快速发展的道路,滨海市的面貌更是日新月异。老城区不断被拆迁,在原地建上新的漂亮的大厦。蓝弋江附近的金融中心,一幢幢摩天大楼如雨后春笋般拔地而起,直刺云霄。

广仁医院消化科搭上国家快速发展的列车,在快速发展中。孙东平从 2006 年起开始招硕士研究生,骆新民在 2006 年年底由主治医生晋升为副主任医师。2007 年年初,陈德铭当上了滨海市广仁医院副院长,同时兼消化内科的主任。在学术团体中,陈德铭担任滨海市消化道疾病委员会副主任委员,孙东平担任滨海市消化道疾病委员会委员。

在成绩面前,陈德铭并没有沾沾自喜、骄傲自满。他要在现有的基础上,更上一层楼,向更高的目标冲击。他要把滨海市重点学科的牌子换成国家重点学科的牌子,还要把全国消化道疾病新技术医师培训基地放在广仁医院。为了达到这些目标,在业务上就要不断创新，陈德铭和他的同事们就必须付出更大的努力。

骆新民虽然提上了副主任医生，陈德铭把他放在周强这组，担任主治医生使用。因此，骆新民的主要精力还是放在消化科病房。朱丽叶高兴骆新民天天待在科室，然而，骆新民没有带组，朱丽叶又替骆新民感到委屈。

"魏平，站住。"赵琳琳突然叫住魏平。

突然被护士喊站住，去年刚参加工作的魏平有点蒙："医嘱开错了？"

"和医嘱无关。"

"那是什么事？"

"我问问你，骆新民当上副主任医师了，为什么还不带组？"赵琳琳问道。

"为什么不带组？这些都是领导安排的，我小医生一个哪知道这些事。"

"哪有一提上副主任医生就带组的。"沈红霞对赵琳琳说道。

"是啊，黄主任不是做了3年的副主任医师才带组的吗。"赵晓曼说道。

"但周强主任在主治医生时就带组了。"赵琳琳说道。

"周主任带组是比较早，是因为那时上级医生少，没有人。所以带组不带组，还要看科室人员情况。"赵晓曼毕竟是护士长。

"还是护士长讲得有道理，将来博士越来越多，博士毕业两年就晋升副主任医师，科室全是副主任医师和主任医师，哪有那么多的组给带？"沈红霞说道。

"沈红霞会看问题了，将来的情况可能就是这样。"赵晓曼表扬沈红霞。

"那么科室以后，谁带组或不带组，全由陈主任说了算。"赵琳琳突然开窍。

"是的，就是这样。"赵晓曼毫不含糊地说道。

"骆新民是陈主任最喜欢的医生，带组是迟早的事。陈主任现在是副院长，不可能像以前那样管理太细，希望有人向他汇报科室的情况。骆新民就是陈主任在科室的眼线。"朱丽叶说道。

"喂，这可不好随便说。"赵晓曼立刻打断朱丽叶的话。

查房后，医生的工作就是开医嘱，开医嘱的时候，是每天医生办公室人最多的时候，通常前一天晚上值班的医生在医嘱处理好后才回家。

"我们每天开医嘱，用这么多的药，有些是医药代表推荐的。"李明亮说道。

"公司把销售的费用给了医药代表。"魏平说道。

"骆主任，美国的医药代表是否和我们这里一样？"李明亮想知道美国医院的情况。

"美国的医药代表隶属于药厂，平时病房里几乎见不到医药代表。"

"那要医药代表有什么用？"

"既然有这个职业，就有它存在的道理。美国的医药代表是代表美国药厂，医药代表到医院介绍宣传他们公司的新产品。我参加过三次医药公司的产品介绍会。也是在科室会议室里，全科的医生坐在一起，听医药代表介绍他们的新产品。

"医药代表首先介绍他们公司，无非是历史悠久，实力雄厚，然后是说这个药是哪一年开始研究的，花费了多少万美元，经过动物实验以及临床实验证明该药物治疗疾病的效果比现有的药要好，最后是讲该药物的毒副作用和在使用过程中的注意事项。还有一点与我们这里不同的是，医药代表还特别恳求医生关注该药品有无任何副作用，如果有任何副作用请做好记录，并给每人发一张药品副作用的登记表。过段时间后，医药代表会到医院来调查用药情况，了解医生以及病人对药品的反馈意见。"

"和我们这里的情况不一样。"祝向平说道。

"美国医药代表平时很少和医生接触。只是有新的药品上市时，他们会在第一时间把这种新药向医生介绍并告诉医生怎样使用，使病人能尽早地享受科学进步带来的好处。医药代表向医生介绍最新的药物，成为药品生产企业和医生之间的纽带。"

"医药代表不和医生接触，那谁用他的药？"

"美国医院每个药品的同类药很少，没有选择，医生只是根据病情需要给病人用药。美国医生工作比我们简单，他们只需要认真看病就行，至于病人能否付得起医疗费与医生无关，医生的职责就是治病救人。"

"这倒也好，我们每天都要为病人的医药费动脑筋，账上的钱用完了，马上就要通知病人续费，否则没有办法完成治疗。"

"这点也是美国和中国不同的地方。中国是预付制，美国是先看病后付钱，即病人出院的时候结账。"

"那病人付不起怎么办？"

"美国医院包括有名的大学附属医院都是私人医院，如果治疗后不交钱，这个医院就要垮掉、倒闭。绝大部分美国人有医疗保险，有医疗保险的病人看病基本不花钱。如果出院时发现病人没有医疗保险，医院就把这些病人的材料准备好向政府要钱。有时，医院自己掏出一部分钱帮病人把账结了，还有慈善机构这时候就要发挥作用了。反正医生不管这些事，医生只看病，不管其他。"

"我也想做个只看病，不管其他的医生，做个单纯的医生。"

"在美国都是必须要用的药才用。"骆新民按自己的思路往下说。

"没有好处，谁给他用药。"祝向平说道。

"美国的法律很严厉，如果医生拿药物回扣，这个医生就完了。"

"什么是完了？"魏平问道。

"医生的执照就会被吊销了。所以没有人，为了一点蝇头小利，而毁了自己的一生。"

"美国医生工资高，社会地位高，如果为了拿回扣而把自己的职业给毁了，是非常不划算的。"

2007年12月7日星期五下午2时，消化科开展业务学习。这次业务学习由瑞士雪兰诺制药公司的工作人员介绍雪兰诺制药公司生产的一种新的消化液分泌抑制剂：施他宁。这天下午，陈德铭也来到科室参加业务学习。

在没有做副院长之前，科室每次的业务学习，陈德铭都是主持人。当了副院长之后，参加科室业务学习就很少了。不大的消化科教室坐满了人，孙东平主持业务学习。

"今天下午是我们科室的业务学习时间，首先我们请陈院长讲话。"

"从1993年我们科室开展业务学习以来，已经有14年的历史了。业务学习对提高我们的业务水平和知识水平起了很大的作用。过去我们做得很好，将来要做得更好。

"今天我们学习的内容是瑞士雪兰诺公司的新产品：施他宁

（Somatostatin）。如果大家看书、看文献，就一定知道这药。施他宁就是雪兰诺公司生产的生长抑素。在消化道，生长抑素主要是抑制消化液的分泌，抑制胰酶的分泌，是治疗胰腺炎和门静脉高压的特效药，也是治疗肠瘘的特效药。当施他宁联合肠外营养，可以极大地缩短肠瘘的愈合期，增加治愈率，减少死亡率。

"有人曾对我说，他没有做实验，故写不出文章。我说我们有100张床位，就可以写出无数篇文章。关键是你自己要动脑筋，心思要放在工作上。施他宁是种新药，你在国内先用施他宁，就是新的治疗方法。投给杂志，杂志就会要你的文章。

"最后，我强调我们广仁医院消化科，要引领全国的消化科向前发展，努力赶超世界医学的先进水平。所以我们要有紧迫感，要有压力。现在我们是滨海市重点学科，但还不够，我们要向全国重点学科进发。"

陈德铭讲完后，全科医生包括公司的人爆发出热烈的掌声。

"我们要记住陈院长的话，要努力学习，努力工作。下面我们请雪兰诺公司医学部舒维君主任，给我们介绍：施他宁。"

"尊敬的陈院长，各位老师，下午好。陈院长把施他宁的生理作用和临床应用讲得非常透彻，比我作为雪兰诺公司工作人员知道得还要多，真是叫人佩服。在这里，我代表雪兰诺中国公司全体员工向陈院长表示深深的敬意和衷心的感谢。

"瑞士雪兰诺公司是世界上一家著名的药品研发和生产企业，有一百多年的历史，分布全世界五大洲六十多个国家。

"施他宁是人工合成的生长抑素……"

就在雪兰诺公司医药部舒主任讲到一半的时候，陈德铭就被叫出去。雪兰诺公司医学部舒主任讲完后，孙东平讲话。

"谢谢雪兰诺医学部舒主任给我们做的施他宁学术报告。舒主任详细向我们介绍了施他宁的生理作用以及临床应用。施他宁的出现是消化道疾病治疗的一个里程碑。今天雪兰诺公司医学部舒主任向我们介绍了施他宁,更新了我们医学知识,促进先进的医学成果在临床上的应用。最后就是今天晚上5时30分在光明饭店吃饭,不准请假。"

这天晚上,除了值班医生,其他的医生全去了。此外还叫上了几个护士,其中有赵晓曼和朱丽叶。

在光明饭店的一个大包间里面放了三张圆桌,周强、孙东平、黄旭辉等主任和副主任,还有护士长在一桌,雪兰诺公司的舒主任也在这一桌。其他的人分散安排在另外两桌,每桌上都有一位雪兰诺公司的代表作陪。

"各位请坐好。"周强首先讲话,"首先感谢雪兰诺公司舒主任,感谢雪兰诺公司给我们提供好的药品,使我们能更好地服务病人,造福于广大的患者。我希望在今后的工作中,雪兰诺不断有好的产品提供给我们,解决病人的痛苦,大家干杯。"

"干杯。"大家齐声喊道。

"我再补充一句,现在是5点半。吃饭结束后,我们一起去钱柜唱歌,大家说好不好啊?"

"好。"

"周主任,我先敬你一杯。"舒主任说完就一饮而尽。

周强勉强喝了一小口,算是礼貌回应对方。黄旭辉说道:"周强,你这不行,我们大家难得聚一次,喝干,而且这杯子很小,只有几钱,喝掉。"

"这点酒真不算多,只是我最近血压有点高。"

"到了这个岁数,血压高一点也正常,而且我们喝得又不多。"

"好，我全喝下。"周强勉强把杯中剩下的酒全部喝干。

"舒主任，我来敬你一杯。"孙东平客气地说道。

"不，不。孙主任，我敬你。谢谢你对雪兰诺公司产品的信任和支持。"舒主任喝完后迅速给孙东平的杯子斟满酒。

桌上的一瓶五粮液喝完后，舒主任从自己的皮包里拿出一瓶茅台酒："这是我从贵州带来的，在原产地买的，是正宗的茅台酒。"

"舒主任太客气了，我们酒量都不行。"

"就两瓶酒，不多，一人3两酒都不到，一点也不多。"

"舒主任，你要好好地敬敬我们的护士长。护士长是我们的总管家，是我们科室的二号人物。"黄旭辉说道。

"护士长，我敬你一杯，你随意。"舒主任客气地对赵晓曼说道。

"喝酒真是为难我了，我平时不喝酒的。"

"护士长，今天特殊，是茅台酒，你尝一下。"黄旭辉鼓动赵晓曼喝酒。

赵晓曼咬咬牙，鼓足劲，一口把酒喝下去，接下来就是一阵呛咳，把脸都咳红了。

"黄主任，我上了你的当。这茅台和其他白酒都一样，都是辣。"

"晓曼，你再喝几杯就能品尝出茅台酒与其他酒的不同。"

"这一杯就要我半条命了。"

"护士长真的不能喝，就不要勉强了。不过我们科室发展得这么好，护士长是立下了汗马功劳的。"孙东平说道。

"我就是个护士，配合医生做好临床工作。"

"护士长，你在我们的心中，那就是我们科的二号人物，我们的领导。我们都非常尊敬你。"黄旭辉趁着酒劲说道。

在这桌上,骆新民的年资最低,刚晋升的副主任医师。所以骆新民大部分时间不说话,听年资高的主任们说。现在他看到黄旭辉主任话太多,就想换个话题,说道:"舒主任,这些年来我们一直想用施他宁这个药,可是我们没有。现在我们有了施他宁,我们治疗急性胰腺炎的水平就能上了一个台阶。将来在国际学术会议上,我们就可以介绍广仁医院的经验。"

"我们公司和全世界著名的医疗科研机构有很好的合作关系。中国是世界人口第一大国,有全世界最多的病人群。一个药物效果的好坏,中国的数据将起着决定性的作用,很多国际学术机构都希望和中国建立联系,希望有中国医生的参与。"

"是啊,相比欧洲小国家,我们一个省比他们一个国家都要大。"

"10天前,雪兰诺公司老总专程从瑞士来到滨海,拜访了陈院长,和陈院长谈得非常好。他坚信中国消化科将会越来越被世界同行重视,是消化界一股重要的力量。公司老总还承诺帮助我们医院参加世界消化道疾病协会,让世界知道中国人在消化道疾病领域所开展的工作和取得的成绩。"

"那你们将资助陈院长去国外开会?"黄旭辉问道。

"陈院长去国外开会是小菜一碟。"骆新民对黄旭辉说道。

"赞助中国医生参加世界消化道疾病大会,是我们公司的基本方针之一。以后每年我们都会安排医生去国外参加各种学术会议。由于陈院长的学术水平以及在中国的影响力,我们想帮助陈院长加入世界消化道疾病协会。"

和主任这桌相比,另外两桌的气氛要热闹得多。

"祝向平,你喝个酒怎么就这么困难,扭扭捏捏像个娘们儿似的。"李明亮舌头有些硬了,其实他今晚喝酒并不多,最多就

4两。

"李明亮,你还好意思说别人。刚才夏妍敬你,你只喝一半。"

"我只喝一半?不行,那我得补上。"说着李明亮自己要拿酒瓶。

"李医生你坐好,我给你斟上。"医药代表服务非常及时。

"夏妍,对不起,我刚才只喝了半杯,现在补上,干,干杯。"李明亮说罢一饮而尽。

平时医生们工作忙得要命,今天难得这么一个放松的机会,一瓶酒很快就见底了。医药代表立即打开另一瓶酒,保障酒的供应。

# 第 10 章　担任院长

2009年春节前,叶院长退休。2009年3月,上级机关任命陈德铭为滨海市广仁医院院长。同年10月,陈德铭提名孙东平担任副院长,负责医院科研和教学工作。

发展消化科,把消化科建设成中国一流乃至世界一流的学科,是陈德铭的初衷。经过陈德铭近一年的运作之后,2010年4月,滨海市消化道疾病研究所在广仁医院消化科挂牌成立。陈德铭任滨海市消化道疾病研究所所长,孙东平和骆新民分别担任副所长,赵晓曼任研究所秘书。消化道疾病研究所下面有消化一科和消化二科,内镜诊断和治疗中心,中心实验室以及门诊部。周强和黄旭辉分别担任消化一科和消化二科的科主任。

在消化道疾病研究所成立的那天,陈德铭同时举办了一个学术研讨会,由于时间匆忙，参会的人员主要是本市内科以及消化科的医生。

陈德铭在大会上作主题发言：《21世纪消化科现状和展望》。

孙东平发言的题目：《多学科联合治疗大肠癌》。

骆新民的题目：《大肠癌免疫治疗以及靶向治疗的前景》。

市第一人民医院消化科、第二人民医院内科、东山医院消化科、南山医院内科主任都在成立大会上作了专题发言。嘉宾们热烈祝贺滨海市消化道疾病研究所成立，并预祝消化道疾病研究所在陈德铭院长的领导下，取得更大的成绩。

2011年2月10日正月初八上午，孙东平作为分管科研的副院长到科研处参加会议。科研处祝华处长首先讲话："今天，我们会议主题是国家自然科学基金。姚科长，你把去年我们医院申请国家自然科学基金的情况，向孙院长汇报一下。"

"去年，我们医院申请国家自然科学基金的人数，较上一年增加了一倍，拿到的项目增加了一倍，出现了井喷。出现这种情况的原因，是上面规定升正高或博士生导师，必须要有国家自然科学基金。"姚科长说道。

"很好。申请人数和拿到基金项目的增加，势必增加科研处的工作量，大家辛苦了。祝处长前段时间和我提到电脑太慢、文件柜不够用，这些问题医院马上就会给大家解决。陈院长要把我们医院建设成我们国家最好的甚至亚洲一流的医院，其中最重要的、可以量化的指标之一，就是课题和获奖。所以，我们还不能满足于现有的成绩，要百尺竿头更进一步。"

"因为今年研究生毕业留院，必须要有国家自然科学基金。估计今年申报的人数，比去年又要增加一倍。"姚琪科长说道。

"好，很好。如果人手实在不够，可以向医院打申请报告，增加工作人员。"

"谢谢孙院长。消化科申报国家科技进步二等奖材料分量轻了点,我们准备让消化科补充一些材料,为明年申报国家科技进步二等奖做准备。"祝华说道。

"这是我们明年工作的重点,重中之重。从现在起,就要做好准备,特别是要把有分量的材料准备好。"孙东平说道。

"孙院长,还有讲座的事,就是如何申请国家自然科学基金的讲座,怎么安排?"

"这件事就按我们上次讨论的方案去做。请一位近年拿过国家自然科学基金的人,给准备申请基金的人谈体会。再请一位国家自然科学基金评审专家,讲基金评审。"

"孙院长,市里发文要求我们加强对科研项目的管理。"

"科研处的职责之一,就是对科研工作和科研基金进行行政管理。我们要按照国家的要求对科研工作进行严格的管理。我们要提醒科研人员,要合理使用科研经费,不能乱用。以后的课题结题,我们要注意钱是怎样用的,最好请财务人员,帮我们一起审核。"

"有个别人超范围使用科研经费。"祝华委婉地说道。

"嗯。"孙东平没有接着祝华的话往下说,"去年,我们的工作非常出色,取得了很大的成绩。陈院长多次表扬了我们。作为一所重点医科大学的附属医院,我们不仅要在国家自然科学基金数量上领先对手,更要有重点项目和重大项目。重大项目代表一个单位的 level——水平。今年我们申报两个重大项目,争取全拿到,至少要有一个。"

2011 年 4 月 8 日下午 1 时 30 分,滨海市广仁医院消化道疾病研究所全体工作人员除值班医生护士外，都到医院小会议室参加季度总结大会。

会议由骆新民主任主持。在广仁医院，骆新民和孙东平，被人们称为陈德铭的左膀右臂。和往常一样，门诊负责人罗主任首先汇报门诊工作情况。

"门诊第一季度开门红。就诊人数和门诊收入双双创新高……"

"门诊的医生和护士很辛苦，在没有增加人员的情况下，实现了看病人数和收入的双增加。门诊在第一季度还有一个成绩就是零投诉。下面汇报的人直接汇报数据，要抓紧时间。"陈德铭的时间太宝贵了。

接着，消化一科和消化二科汇报。今年消化科第一季度的住院人数较去年同期略有增长，但内镜治疗的人数有大幅度的增加，其中近一半病人来自外地。在骆新民主任汇报内镜中心工作后，陈德铭似乎不太满意，眉头略皱，说道：

"近20年内科的发展，主要是内镜和介入治疗。以前很多需要做手术治疗的疾病，现在做个胃镜或肠镜就能解决问题。我们是国家重点科室，内镜治疗必须走在全国的前面，引领全国同行的发展。我在春节前给过你一个日本医生用内镜做肠癌切除术的录像，你看了没有？"

"我看了，看了4遍。"骆新民紧张地回答道。

"对于大的肿瘤或者深入肌层的肿瘤，如果要切除得彻底，就必须要把肠壁全层切开，这就必然导致肠壁穿孔。长期以来，这被认为是内镜下肿瘤切除的禁区。现在，我们可以在内镜下用钛夹夹闭切开的肠壁或在腹腔镜下进行修补术，这种手术方式可以称为内镜腹腔镜联合胃肠肿瘤切除术。和欧美国家相比，我们的优势是病人多。只要我们脚踏实地做上两年，我们的手术例数一定是全世界最多的。

"关于内镜治疗，我们还需要开展经自然腔道胆囊、阑尾切除术。这种手术的优点是，在腹壁看不到任何疤痕。我10天前参加一个项目的评审，有一家医院用胃镜经胃做胆囊切除术。我们不能安于现状，必须迎头赶上。我们的目标是创建世界一流的消化道疾病诊治中心，要有远大志向。

"骆新民，你带几个人先在猪的身上练习内镜腹腔镜联合肠切除术。动物实验完成后，我们就尽快在临床上开展。在这之前，我们先和普外科合作，做几例内镜腹腔镜联合大肠癌切除的手术。"

"好的，我立即和动物实验中心联系，周末去那里练练。下面请实验室汇报工作。"骆新民说道。

"大家好，我代表实验室汇报2011年第一季度的工作。

"1. 今年第一季度结题4项，其中国家自然科学基金2项，滨海市科委重大项目1项，滨海市卫生局1项。

"2. 目前在研的课题有8项。

"3. 今年3月初，我们申报国家自然科学基金6项，重大项目1个。

"4. 目前正在准备明年国家科学技术进步二等奖的材料。我汇报完了。"刘秀丽汇报实验室工作。

"大家都汇报结束了。最后，我们请陈院长讲话。"骆新民继续主持会议。

"我们最近几年在科研方面，投入至少1000万以上，购置了一批高尖精的仪器和设备。现在我们的实验室条件可以和世界上任何一家实验室相比，这在过去是根本不敢想象的一件事。

"在座的各位，我们赶上了一个好时代，我们有幸生活在这个美好的时代，国家为我们学科和个人的发展提供了良好的条件。我们一定要好好地珍惜，抓住机遇，大干一场。为国家，为科室，也为自己。

"有这么好的实验室，我们没有理由不做出高水平的科学研究。前几年，学校和医院对科研的要求是在全国领先，紧跟国际先进水平。这么多年来，我们在向美国学习，现在，我们的目标是超越美国。要超越美国，那就必须要有创新。创新是时代对我们的要求，所以在做课题设计时，就要想到创新。

"今年9月，卫生部消化道疾病内镜诊断治疗培训基地的牌子，就要挂在我们科室。明年，我们要举办消化道疾病大会，同时举办内镜新技术学习班。每年都有外地医生来我们科室进修，我们要让他们在我们这里有所收获，能学到新知识。所以，我们要有压力、要有紧迫感，要不停地学习，不停地开展新技术。

"我们有信心、有能力，把我们科室建设成中国最好的消化科，世界最好的消化科。"陈德铭慷慨激昂地结束了他的讲话。

4月底，黄旭辉主任让博士研究生刘强生把5月排班表交给研究所秘书赵晓曼。

"我正在写危重病例讨论，明天交给赵老师可以吗？"刘强生说道。

"不行。明天陈院长要去美国参加世界消化道疾病大会。"

"知道了，我现在就送过去。"说完，刘强生一路小跑到消化道疾病研究所赵晓曼秘书办公室，把排班表交给了赵晓曼。

晚饭后，刘强生来到科室，做他的文字工作，如写病历和其他各种记录。危重病人病情讨论，不仅要在病历上写，还要在专门的危重病例讨论本上再写一遍，要花大量的时间。

不一会儿，进修医生郭凯和罗丽华也来到医生办公室。郭凯和罗丽华是消化科高级学习班的成员，在广仁医院进修学习，两年时间。郭凯来自江苏省张家港市的一家医院，罗丽华来自四川川北医学院附属医院。三个人一边写病历，一边聊天。

"刘博士，"罗丽华笑着对刘强生说道，"我写了一篇文章，你能否帮我改改？"

"你先放在我这里，我抽空看看。"

"刘博士，我进修也是带着写文章的任务来的。能否在我进修结束前，帮我弄一篇文章。"郭凯前来凑热闹。

"你进修还有多少时间？"刘强生问郭凯。

"还有一年半。"

"时间足够了。我觉得最好是写新技术方面的文章。因为内容新，发表也快。郭医生，这段时间你先看些这方面的文章，准备起来。"

"刘博士，我可以用这里的资料吗？"

"当然行，但要注明你是个进修医生。去年年初，有个进修医生就是这么做的。"

"这里的病例数多，治疗方法先进，落款滨海瑞慈医科大学附属广仁医院消化科，肯定能发表。如果需要给杂志社打点，你尽管说。"

"我是个小医生，我只能帮你修改修改。发表文章，要找主任。"

"刘博士，病房的杂事、琐碎的事，你告诉我，我来做。反正我们单身在外，有的是时间。"

"下个星期六我值班，你若能帮我代个班……"

"代个班有什么，下个星期六的班我来上就是了。"

两天后，5月的排班表出来了，压在刘强生办公桌的玻璃台板下。

"罗丽华，5月的排班表和4月的排班表一模一样，没有什么变化。"郭凯对罗丽华说道。

"是的。"罗丽华说道。

"有变化。骆主任不再参加科室值班了。"刘强生说道。

"为什么？"

"骆主任担任医务处处长了。"

"院长基本上是从医务处处长提拔上去的。骆主任这么年轻，将来一定是院长。"罗丽华说道。

"刘博士，骆主任以后不来科室啦？"郭凯问道。

"骆主任肯定不会放弃专业的。星期一上午的专家门诊和星期四内镜治疗，骆主任都会来的。骆主任非常喜欢做内镜治疗。"

"听说陈院长今天去美国开会了？"罗丽华问刘强生。

"昨天坐飞机去洛杉矶参加世界消化道疾病大会。"

"听说陈院长在大会有个发言。"罗丽华又说道。

"是的。陈院长多次在科室会议上说过，我们不能老是听别人讲话，我们要在世界会议上发言，让全世界的同行听到中国人的声音。"

"陈院长是个有远大理想的人。"

"陈院长在美国霍普金斯大学医学院做了3年的博士后，英语写作和英语口语都非常棒。我们科英语最好的人是江仕翰教授。江教授是陈院长的老师，解放前，从滨海圣约翰大学医学院毕业，后来到美国做了几年医生。"

"都是神人啊！"郭凯敬佩地说道。

7天后，消化一科李济堂找刘强生，两个人都是陈德铭的博士研究生。

"你都回来了。"刘强生说道。

"前天晚上回滨海的。"

"怎么样？"

"第一次出国，挺新鲜的，长了不少见识。"

"我不知道猴年马月才能去美国开会。"

"将来出国开会的机会，有的是。"

"此话怎讲？"

"参加会议的人，除了东道主美国外，就数中国人最多。但在大会发言的中国人，只有陈院长一人。"

"怎么会有这么多的中国人去美国开会？"

"都是厂商邀请安排的。"

"这些人开会第一天还在，第二天只有几个人在会场荡来荡去，第三天连个人影都见不到了。"

"奥特莱斯店去了吗？"刘强生问李济堂。

"没去。我和孙院长都想去，只是陈院长每天都在会场，我们哪里敢离开。"

"到什么地方玩了吗？"

"什么地方也没去，天天在会场听报告。"

"从道理上来讲，开会就应该在会场认真听讲。可现在谁出去，不是旅游、购物？"

"我们情况特殊。陈院长太认真，要求太严。"

"你觉得我们的水平怎样？"

"在内镜治疗上，亚洲做得非常好，日本、韩国和我们在内镜治疗上基本属于第一梯队。我们和顶级的消化道疾病研究所相比，只是实验研究比他们的落后一点。"

"下次有机会争取到美国看看。"

"陈院长说了，下次要多让几个人在会议上发言。"

"看来，我一刻也不能松懈，还要继续努力。"刘强生自嘲道。

"差点把最重要的事忘记说了。"

"什么最重要的事？"

"陈院长当选为世界消化道疾病协会副主席。"

7月下旬的星期三上午，郭凯在把黄主任查房时交代的几件事处理完毕后，对刘强生说道：

"刘博士，我去内镜室，病房的事，麻烦你帮我照看一下。"

"没有问题。你去吧！"

"谢谢！"说罢，郭凯快速离开病房，奔向内镜室。

在内镜室里，黄主任正在用肠镜给一位病人做结肠腺瘤切除手术，护士唐丽芳做助手。

"黄主任。"郭凯小心地站在边上，告诉黄主任他来了。待这个手术结束后，黄主任才对郭凯说道："来啦。"

"来啦。"郭凯满脸堆笑地说道。

"小唐，叫下面一个病人进来。"

黄主任快速地用肠镜把病人整个结肠看一遍后，对郭凯说："这个病人有两个息肉，小的只有2毫米，我们直接用电凝破坏。大的有6—7毫米，我们采用黏膜下切除术治疗。"

"嗯。"郭凯机械地应答道。

"首先把穿刺针刺入肿瘤的下方，注入生理盐水，肿瘤就隆起了。"黄主任一面操作，一面给郭凯讲解，"在隆起的下方，用电刀把肿瘤切除掉。操作结束后，要仔细检查创面有没有出血。如果有少量的出血，可以用电凝止血；如果出血多，就需要用钛夹夹闭。现在，我们偷懒了，或者是为了安全，管它出血不出血，都夹上一个钛夹。"

在做第3个病人时，黄主任让郭凯亲自操作，从黏膜下把肿瘤切除。虽然只有几分钟的时间，郭凯手心全是汗。

"不错，黏膜下切除就是这样，整个操作还是比较简单的。我只是到日本医院参观一次，回来就开展了。"

"谢谢黄主任。亲自做和站在旁边看，完全不一样。做过这一次，我回去后自己就敢做了。"

"其实操作并不难，关键是病人要选择好，把握好适应证，比如在术前判断肿瘤的深度。"

"黄主任，那我们怎么样才能在术前判断肿瘤的深度？"郭凯问道。

"几毫米的小息肉基本上是局限于黏膜层，大的肿块可以用核磁共振判断肿瘤的深度。对于侵犯黏膜肌层、黏膜下层的病变，我们也可以切除得深一点，甚至切除肠壁的全层。"

"切除全层，不就是穿孔了吗？"

"是的。一般来说，切除肠壁的肌层，发生肠壁穿孔和出血的概率就会大大增加，但现在我们有处理的办法。下面一个病人肿块面积约有 $3\times 2cm$ 的绒毛状腺瘤，必须切除深一些。"

郭凯敛声屏气地看着黄主任操作。当电刀切到肌层时，创面出现少量的渗血。

"郭医生，你看，我们已经切除到肠壁的肌层了，现在的肠壁薄得就像纸一样。创面有点渗血。小唐把钛夹拿来。"黄主任说道。

唐丽芳迅速把钛夹从肠镜的治疗孔道送入病变处。

"很好。张开钛夹，击发。"黄主任指挥唐丽芳。

郭凯是第一次看到钛夹，情不自禁地说道："钛夹真好。"

"有了钛夹，我们就不怕切得深一点，即使有小穿孔也不怕，用钛夹关闭就可以了。"黄主任说道。

"黄主任，钛夹多少钱一枚？"

"大约在280元吧。"黄主任不确定地说道，"有了它，我们就敢放心大胆地做肠肿瘤的内镜治疗。现在，即使是切除小的息肉，为了预防术后可能的出血，我们也加上一个钛夹。"

"这样可以预防手术后可能的出血。"郭凯说道。

"如果遇到浸及肌层的肿瘤，我们也可以完整地切除整个肠壁，即把整个肠壁切除，人为造成穿孔。上个星期，我们在手术室先是用内镜切除部分肠壁，然后在腹腔镜下缝合切开的肠壁。"

"腹腔镜缝合难吗？"

"有点难。做多了，就熟练了。这种操作上的事，是熟能生巧，多练练就可以了。"

"这种病放在我们医院，肯定是要做大手术了。在这里，用微创手术就解决问题了，真是了不起！"

"自从我们在会议上报告了用内镜腹腔镜双镜联合切除大肠癌的手术，已经有两个杂志来约稿，要求我们给他们的杂志写这样的文章。"

"大医院就是好，别人求你写文章。小医院医生写一篇文章，要求爹爹告奶奶，到处求人托关系。"

黄主任没有接郭凯的话，按自己的思路继续说道："从8月起，手术室要给我们一间房间，专门用来做双镜手术。这个月底我们科室买的腹腔镜设备，就要到货了。以后，我们开展双镜手术就方便多了。"黄主任越说越兴奋，"我们把这种技术叫作内镜腹腔镜双镜联合胃肠道肿瘤切除术，是当今内镜治疗的一个热点。"

"这个技术外国有吗？"

"这种方法最早是外国人提出来的，但我们做得比外国人好，中国人手巧。"

"郭医生今天学到不少新的知识吧？"唐丽芳笑着说道。

"是的，是的。"

"双镜联合治疗肠道早期癌症，是陈院长给科室下达的任务。"

晚饭后，郭凯和罗丽华像往常一样，来到办公室。

"郭凯，你今天很高兴啊？！"罗丽华调侃郭凯。

"那是肯定的。"郭凯骄傲地说道，"今天在内镜室学到很多新的知识，开阔了眼界。"

"有收获那是必须的，否则我们大老远跑来，就是给他们写病历啊。"

"你的收获最大，写了1篇文章。"郭凯酸溜溜地说道。

"写是写好了，只有发表才算数。"

"我的文章还在天上飞，我要抓紧时间了。争取在进修结束前写出1篇文章。"

"刘博士人很好，你抓紧时间写出来，请他帮你修改。"罗丽华善意地提醒郭凯。

说曹操，曹操就到。吃过晚饭后，刘强生也来到了科室。

"刘博士，你整天以科室为家啊！"

"刘博士，你博士都毕业啦，可以放松了！"

"我也想放松一下，可是情况不允许啊。博士毕业只是万里长征的第一步，还早着呢。"

"刘博士，你每天都在病房，不去内镜室？"郭凯心里还想着上午的内镜治疗。

"陈院长要求新参加工作的医生，至少要在病房滚打一年以上，才可以去内镜室。"

"说得也对。你们这里病人多，上手会很快。"

"郭医生回去后，一定能在当地成为一个大医生。"刘强生说道。

"我们小地方只是混口饭吃，以后请你到我们医院会诊。"

"会诊都是主任的事，我小医生一个，在家把病历写好就可以了。"

"你现在是小医生，过几年可就是大医生了。"罗丽华说道。

"你昨晚值班，今天也不休息。"郭凯同情地说道。

"中饭后，我回宿舍睡了4个小时，现在，缓过来了。"

"你工作太辛苦了。"

"没有办法。我外科同学比我还要辛苦。晚上值班，第二天还要上手术，靠在手术室的墙角，就能造出打呼声。"

"都是在玩命地工作。"罗丽华说道。

"刘博士，你每天到病房来，你老婆没有意见？"

"郭医生，人家女朋友还没有，哪里来的老婆？"罗丽华说道。

"对不起，对不起，我不知道。刘博士一表人才，又是消化内科的博士，怎么没有找个女朋友？"郭凯说道。

"以前一直在读书，就想等博士毕业后找对象。"刘强生说道。

"男的晚几年找对象没关系。在读博士期间找对象，多少会影响学业。"罗丽华说道。

"陈院长要求太严，能留下来就谢天谢地了。"刘强生如实说道。

"你现在毕业了，应该考虑个人问题了。"罗丽华说道。

"刘博士玉树临风，一表人才，一定要找个条件好的。"郭凯恭维道。

"我的中学同学大部分都已经结婚。我倒觉得结婚早一点晚一点无所谓，就是我父母天天催我，我每次都应付他们说正在谈。"

"你这个年龄是到了谈婚论嫁的时候了。你现在博士已经毕业，留在滨海大医院，你父母现在最关心的就是你的婚姻。对于他们来说，你结婚生子，他们的任务就算完成了。"罗丽华是个做母亲的人。

"虽然是到了结婚的年龄，但刘博士一定要找个条件好的。"
"话是这么说，找个理想的也是不容易。"刘强生说道。
"为什么不容易？"
"我有优点，也有很多缺点。优点呢，正如你们所说的，博士毕业，在广仁医院做医生。"
"缺点呢？"
"缺点就是工作太忙。陈院长希望我们除睡觉外，所有的时间都要待在病房里。还有一个缺点就是收入，收入不高。"
"你现在刚毕业，以后的钱不会少。而且，医生是越老越吃香。有眼光的女的应该选你这种人。"罗丽华说道。
"托你的吉言，希望遇到这样的女孩。"
"刘博士，你一定会遇到一个理想的。"郭凯坚定地说道。
"恋爱、结婚主要看缘分。"刘强生不想再和他们聊他的个人问题，就说道，"我现在最主要的任务就是做好临床工作，让领导满意。"

"你工作这么勤奋，上级医生一定会喜欢的。"罗丽华说道。

"刘博士刚参加工作，一定要给众人留下好印象。只要在广仁医院待着，过几年肯定就是著名的专家、教授。"郭凯发表自己的观点。

"刘博士，你的研究就不管了，科研不做了？"罗丽华问道。

"病房工作做好就不错了。哪有时间搞什么科研。"

"那你从硕士做到博士，辛苦这么多年不就浪费了吗？"罗丽华觉得刘强生放弃科研很可惜。

"罗丽华，你这么聪明的人怎么没有看出来，在这里，年轻医生个个都是博士、硕士。没有博士，根本进不了广仁医院的大门。说白了，读研究生做科研就是为了拿个敲门砖。进了这个门，敲门砖就没有用了。"

"做科学研究，听起来多么高大上。"罗丽华依然坚持自己的观点。

"大家都知道做实验研究的重要性，但是我们是医院，我是医生，总不能一辈子待在实验室里。还有最重要的原因，"刘强生稍微停顿一下，继续说道，"做实验只有死工资，收入不行。"

"我明白了。"罗丽华突然明白了，博士一毕业就急急忙忙到病房上班，根本原因或者主要原因就是为了收入。

第10章 担任院长 | 187

# 第 11 章 衰老

2012年春节，陈德铭给江仕翰教授拜年，回到家后，对妻子肖瑞芬说道："今天下午，我去了江老师的家，弄得我心情很不好。"

"为什么？"肖瑞芬好奇地问道。

"你可能怎么也想象不到，过去穿西装打领带，风度翩翩的人，一下变成了半傻子。"

"半傻子？"

"反应迟钝，目光呆滞，而且，只能靠在藤椅上，半瘫痪了。"

"怎么会变成这样？"

"如果不是亲眼所见，我根本不会相信。"

"他家里情况怎样？"

"他二儿子给他请了个保姆。"

"他们住的老洋房现在可老值钱了，至少一个亿。我想他二儿子一家就是冲着房子才和江老师住在一起的。"

"江老师二儿子是三个子女中最不孝的一个。因为大儿子和女儿都在美国，江老师身边总需要有个人。"

"是的，身边不能没有人。7年前过世的呼吸科刘教授就是一个人在家，死在家里都没有人知道。"

"本来刘教授的女儿准备接他去美国，刘教授认为自己的身体还可以，可以再做几年。没有想到突然过世。"

"刘教授这种人，只知道工作，离开了工作就像要他的命似的。"

"就是去了美国和子女团聚，也好不到哪里去。骨科赵教授和江老师是同学，在2006年到美国和子女在一起。到美国不到两年，老两口就住进了美国养老院。"

"年龄太大了，到哪里都解决不了问题。"肖瑞芬叹气说道。

"想想我们自己大学毕业，就像昨天的事，转眼就五十多岁的人了。"

"我们在忙碌中把自己大半辈子的人生就过掉了。"

"我们只是在美国时旅游过一次，我们这一辈子就那么一次。我记得清清楚楚，我们从巴尔的摩出发到纽约、康宁玻璃中心，再去看尼亚加拉大瀑布。回来时，在波士顿停了一下，我们去了哈佛大学和普林斯顿大学。"陈德铭回忆那次旅行。

江仕翰教授衰老了，出现老年痴呆了，那是新陈代谢的规律，而陈德铭的事业正处于旺处。2012年的3月，是陈德铭的高光时刻，他获得了国家科学技术进步二等奖。这是国家对他多年辛勤工作的肯定，也是对他的激励。陈德铭要在现有的基础上，向新的高度攀登。

2012年4月6日，查完房后，黄主任就急急忙忙赶到示教室，参加科室的核心小组会议。

参加科室核心小组会议的人员有：陈德铭、孙东平、骆新民、两个科主任、实验室主任、内镜室主任、护士长和秘书赵晓曼。

在听完所有人的汇报后，陈德铭做最后的总结：

"由于我们的床位永远是满的，所以收治的病人数达到了饱和。在目前形势下，我们要提升我们科室的水平，就要从质量上下功夫。首先从门诊收病人开始把关，要收治那些下面医院处理不了的病人，需要内镜治疗的病人，要把复杂的、疑难的病人收住院。这要拜托各位，注意病人的质量。

"江老师多次说过，医疗无小事，临床工作要认真细心。我刚才听了，今年第一季度有3例投诉。如果我们的工作做得更好，更加细致一点，投诉就可能再减少2例。临床工作是细活，需要全身心地投入才能做好。在这方面，江老师是我们最好的榜样。要不是江老师太老了，我会请他来给全院医生上课，讲怎么做个医生。我建议下次就投诉的事，专门开个会。医疗质量是我们医院、我们科室的生命，一定要高度重视。

"我们是卫生部培训示范基地，我们必须在技术上全国领先，否则人家从千里之外来到我们这里干什么？外地医生来我们这里，是来学习取经的。所以我经常对你们说，要看书，看文献，积极追踪国内外最新技术。如果你们有人想到国外开会，就对我说，我支持你们。只要你们想开展新技术，如果没有仪器设备，我给你们买。我们要时刻记住科室的目标：国内第一，国际领先。能不能做到？"

"能。"大家异口同声地说道。

"随着内镜设备的发展，内镜治疗将越来越多。内镜治疗的禁区将不断地被打破，适用范围将不断扩大。过去需要做大手术的疾病，现在只需在内镜下就能完成了。我希望大家多看书，注意新的治疗方法，跟上时代发展。我们还要像个信使，把世界上最新技术、最新医学知识传递给全国同行。"

"陈院长说得十分正确，我们要利用我们的优势，如英文好和国外有学术上的联系，紧紧地把握住消化科的发展方向。我们掌握新技术后，再把这些新知识传递给国内同行，带动我们国家整体医学水平提高。"孙东平说道。

"我们科室经过这么多年的建设和发展，已经走出了科研的初级阶段。特别是近三年我们投入1000多万的资金，购买一批先进的实验仪器，成为国内最好的实验室。我们申请课题基金，要有大目标，统筹安排，为解决某一个问题，可以集中力量做研究。最近几年，我们每年都有2—3个国家自然科学基金的项目。我们今年申请的科研项目是为了以后出成果。

"上个星期六，我在北京参加一个会议，参会的人员有一个共同的感受，就是医院的科研太浪费。研究生花上一两年的时间做科研，写成一篇论文后，就把科研扔到一边，再也不碰它了。做科研只是他们留校或留院的敲门砖。造成这种现象的原因我不说，大家也知道。将来我们要对研究生的招收和培养做出一些调整。"

"现在硕士生和博士生做实验，不是喜欢做实验，而是为拿学位不得不做实验，做完后就扔掉，造成很大的浪费。如果我们专注实验5—10年的时间，一定能取得突破性的进展。"孙东平负责医院的科研，对科研投入大、产出小，最身有感受。

"最后说一下，就是明年的消化道疾病学术会议。明年的会议要办成我们国家规模最大、规格最高的会议。届时，我们还将邀请 6 名世界顶级的外国专家。举办这样规模的会议，后勤保障工作极其重要。像奥林巴斯这样的大公司至少要负责接待两个外国专家。阿斯利康、雪兰诺这样的大公司，赞助费不能少于 20 万元。这次会议由孙院长负责，全科人员要听从孙院长的统一指挥。今天的会议就到这里。我拜托各位要努力，做学问如逆水行舟，不进则退。"

2012 年陈德铭的喜事一个连着一个，继 3 月获得科技进步二等奖后，5 月市委组织部找他谈话，让他担任滨海瑞慈医科大学校长，同时兼任广仁医院的院长。

2012 年 8 月 16 日下午，陈德铭在滨海瑞慈医科大学，主持校长扩大会议。范强副校长讲完话后，陈德铭进行总结。

"刚才教务处李葆华处长说了，新学期的头等大事就是要迎接教育部对重点大学的复评审。迎接复评审是我们新学期工作的重中之重。必须要通过复评审，而且要以高分通过。复评审将是对我们学校教学和科研能力的一次全面检查。在座的各位，每个人手里都有一张评分表，你们回教研室后，要认真学习，仔细对照。不足的地方要立即改进，如自己解决不了，可向学校请求帮忙。复评审肯定会增加我们的一些工作量，我希望我们不是被动参与复评审，而是积极地、主动地参与复评审。

"以评促建，以评促改，评建结合，狠抓内涵建设，是我们的口号。其目的是规范教育管理，提高教学质量，提升教研室的教学能力和科研能力。

"新生马上就要入学了，学生处要给新生讲我们学校的历史，以及学校历史上出现过的杰出人物，要让新生为自己是一名滨海瑞慈医科大学的学生而自豪。还要告诉新生，大学生活是他们人生的新起点，需要努力学习和奋斗，为将来做医生打基础。我们对年轻人要讲理想，讲追求，帮助他们树立积极、乐观、向上的人生观。我希望我们学校的学生个个都是充满朝气、阳光向上的好青年。

"大学是国家重要的科研机构，很多新的发明和创造，都是从大学走出来的。最近几年国家加大了对高校科研的投入，我们硬件达到了国际一流水平，我们有那么多的博士、博士后，和从海外学成归来的优秀人才，我们没有理由做不出高水平的研究，我们一定能取得重大科研成果。

"去年，我们学校申请国家自然科学基金的人数以及拿到的项目数量出现大幅度增加，在全国医学院校排名第2，而今年申请人数又比去年多，估计拿到国家自然科学基金的项目数，将创历史新高。我们必须要站得高，看得远，要根据时代对我们的要求，调整我们的目标。我前几天对科研处龚毅平处长说，我们不能满足于申请国家自然科学基金的面上项目，要有计划、有组织地申请几个重大项目，脚踏实地做好科研工作，出一批成果，为申报国家科学技术进步奖做准备。

"我们是大学老师，不能浑浑噩噩，对自己要有要求，要睁大眼睛，注视当今世界科学的发展，盯着科学的最前沿，不能掉队，要有所作为。

"亲爱的同志们，我们非常幸运地生活在这样一个伟大的时代，有这么好的生活条件和工作条件。我们一定要努力学习，努力工作，不辜负党和人民对我们的殷切期望。我们的明天一定会更美好。"陈德铭讲完，会场上响起热烈的掌声。

"陈校长。"会议结束后,学生处古力民处长逮住了单独和陈德铭讲话的机会。

"古处长。"陈德铭停住了脚步。

"陈校长,这几天我一直在想,给新生办一次讲座。讲座主要讲两个方面的内容:一是我们学校的历史,二是对他们进行人生理想教育。"

"很好啊!"陈德铭肯定古力民的想法。

"现在的学生都自以为是,受网络影响很大,需要我们加以引导。我一直找不到一个合适的人,给学生做这样一场讲座。我们处的小黄建议我找你,我想陈校长多忙啊,哪有空给学生讲人生的意义。"

陈德铭一听就明白了,古力民在征求他的意见,能否给学生做个讲座。于是,陈德铭问道:"具体什么内容?"

"嗯,人生的意义,生命的意义或怎样做一个医学生,都可以。"

"好。"陈德铭随口答应道。他认为这些话题他可以信手拈来,随便就能讲上一两个小时。

"太谢谢陈校长了。时间定在9月5日或6日这两天,看你哪天有空,我们凑你的时间。"

"我看看我的日程安排,再给你回话。"

"好的,谢谢陈校长。"

晚上在家,陈德铭在写生命意义的草稿时,发现这种讲座,随便讲讲容易,但讲得好,讲得精彩,非常难。不仅动物有生命,植物有生命,宇宙也有生命。他讲生命的意义只能讲人的生命意义或人生的意义,并在正确的意义指导下,学生应该怎样度过大学时光或一生。刚刚把思路整理好，孙东平打来电话，说市委魏副书记的父亲因心肌梗塞正在 DSA 抢救。陈德铭放下电话，立即赶往医院。

陈德铭赶到医院 DSA 门口时，魏副书记和孙东平在 DSA 门口焦急等候。

"陈校长，这么晚你还从家里赶过来，打扰你休息了。"魏副书记认识陈德铭。

"听说你父亲病了，我在家里就坐不住了。魏书记，你在这里坐一会儿。我进去看看情况怎样。"说完，陈德铭就进入 DSA 室。

在 DSA 室，心内科主任张向阳教授正在给魏副书记父亲做心脏介入手术。心脏支架已经放到了堵塞的血管处，张教授正在注射造影剂看血流恢复情况。

"陈校长，病人大概在发病 3 小时内来急诊就诊，还算是及时。冠状动脉左降支堵住了，放一根支架就能解决问题。"心内科一名工作人员向陈德铭汇报病人情况。

"谢谢，知道了。"陈德铭了解魏副书记父亲的病情后，出来向焦急等待的魏副书记通报治疗情况，"魏书记，你父亲冠状动脉的一个分支脉堵塞了，经过处理堵塞的血管现在已经恢复血流了。"

"谢谢你们，我担心得要命。"

"心肌梗塞病虽然很严重，如果治疗及时，效果还是很好的。魏书记，你父亲在我们这里，你就放心好了。"

"陈校长，你这么一说，我就踏实了，大家辛苦了。"

"我们在医院工作，做这些事都是应该的。孙院长，病房安排好了吗？"

"病房安排好了。专门安排了一个医生和护士观察魏书记父亲术后的情况,确保万无一失。"孙东平回答道。

"所有的工作都要落实到位,不能有任何一点差错。"陈德铭叮嘱孙东平。

大约 10 分钟后,DSA 大门打开,张向阳教授和另一名心内科医生把魏副书记父亲送出来。

"魏书记,手术很成功,我们现在去心内科病房。"

"谢谢你们,你们辛苦了。"说着魏副书记要亲自推病床。

"魏书记,还是我们医生来吧。"陈德铭劝魏副书记。

在心内科病房。陈德铭客气地对魏副书记说:"要不要到办公室休息一会儿?"

"谢谢,不用了。我在这里待一会儿。"

"好的,魏书记,你自己要多保重。"说罢,陈德铭又对张向阳教授说道,"张教授辛苦,魏书记的父亲就拜托你了。"

"我们会密切观察的,你放心吧。"张向阳淡淡地说道。

陈德铭在睡觉前给心内科病房打了一次电话,确认魏副书记父亲病情平稳才放心地去睡觉。

早在 5 年前,陈德铭就是国家自然科学基金的评委了。去年,陈德铭更是担任国家自然科学基金评委专家委员会医学组组长,对申请者能否得到资助有话语权。最近几天,他的微信、短信、电话不断,都是为了国家自然科学基金的事。以往每年找陈德铭的人都有,今年特别多,不知是谁把他担任医学组组长的消息透露出去了。

起初,陈德铭对这些短信十分讨厌,不想理睬。转念一想,请他帮忙的人,为了写国家自然科学基金申请花了大量的时间,很不容易。如果能拿到国家自然科学基金，对他们的职业生涯将有很大的帮助。自己在 5 年前，也是到处打听谁是评审专家，然后发短信，打电话。

陈德铭本着认真负责的精神，审阅申请材料，按申请书的水平来打分。去年有一个申请者没有直接与他联系，而是找到一位让陈德铭无法拒绝的人给他打电话。在把申请书看完后，陈德铭大大地舒了一口气。这个申请人的自身条件非常好，申请书写得也不错，根本用不着托人走关系。

8月28日下午，陈德铭飞到北京，参加科技部主持的国家自然基金重大项目评审以及国家自然科学基金委员会常务委员的会议。

孙东平带领消化道疾病研究所和科研处的几个人撰写的"胰腺癌分子靶向治疗"的申请书几乎是完美，评审人员挑不出任何的缺点，自然就给了高分。陈德铭想用这些钱，雇专职人员长期从事科学研究，期望在研究领域取得真正的突破。

9月3日，学生处古力民处长给陈德铭发短信，委婉地提醒他9月5日要给学生讲"人生的意义"。

本来，陈德铭是准备讲这个题目，而且想过如何讲。后来因为各种事情把这件事给耽搁忘了。于是，陈德铭让孙东平代他讲"人生的意义"："孙院长，学生处让我给学生讲一个讲座，内容是人生的意义，我认为这个讲座很好，很有必要。我这几天太忙，没有时间，你代我去讲。"

"陈校长，这种题目你张口就来，随便讲讲就行了。"

"唉，我就是怕你有这种想法。你要好好地准备这个讲稿。这个题目讲好，不容易，一定要重视。"

"陈校长请放心，我一定认真准备。"

"这就对了。题目嘛,也可以是生命的意义、人生价值等。就这样,你好好准备吧。"

第二天,陈德铭来到滨海市政府大楼参加由滨海市教委举办的滨海市重点高校校长会议。赵尔际副市长代表市政府参加会议,参加会议的还有市科委和市教委的领导。赵副市长、科委主任、教委主任分别在会上讲了话。陈德铭坐在下面认真地听讲,不时用笔在本子上写上几笔。在这几位领导讲话中,赵副市长的讲话陈德铭记住得最多。

"各位校长、教授上午好。

"今天我们在这里召开滨海市高校校长会议,共同商议如何把滨海的大学建设成世界一流的大学。既然是讨论商议,各位校长就应该畅所欲言,说出自己的想法,当好党和政府的参谋,为滨海市的发展献计、献策……"

在讲话中,赵副市长特别强调:滨海高校应该围绕并服务于党和国家的战略,为国家培养急需人才、高端人才,在国家的发展过程中,担当起应有的历史责任。

赵副市长本人就是博士毕业,所以他在说起高等教育,完全都是内行话。最后,他说道:

"中学教育是有标准答案的教育,中学生只是知识的接受者。大学教育不仅要给学生传授专业知识,还要教育学生明白答案的多样化和不确定性。大学教育还要培养学生正确的世界观和人生观,帮助学生认识社会,辨别是非,不断地追求生命的意义。

"今天的大学比以往任何时候都有机会在国家事务中发挥作用,服务国家,服务人民。滨海要建立大数据、云计算、互联网、人工智能等世界级的研究中心,成为这些行业的领导者。

大学应该成为科研的中心,具有世界先进水平的科学研究,应该出自大学。育人是大学最根本的价值追求……"

赵副市长是为数不多的,陈德铭认为有水平的领导。每次听赵副市长的讲话,陈德铭多少能得到一些收获和鼓励。这次听了赵副市长的讲话,陈德铭又有了新的想法。陈德铭要在滨海建立世界一流的消化道疾病研究所,建立亚洲一流的医院,亚洲一流的医学院校。

赵副市长、科委主任和教委主任讲话后,校长们表示很受鼓舞,纷纷发表自己的想法。陈德铭在讨论会上发言道:

"滨海是中国的经济文化中心,是世界规模的大都市。最近几年,我们国家的经济、科技取得了突飞猛进的发展,正在成为世界一流的强国。大学在现在比以往任何时候都能在社会生活、现代化建设方面发挥更大的作用,成为政府智囊团,给政府出谋划策。滨海是中国对外交流的门户,是中西方文化科技交汇的地方。我们要发挥滨海的地理文化优势,把滨海的大学建设成亚洲一流的大学、国际一流的大学。我是医学院校的校长,我一定要有把滨海建设成亚洲医学中心的决心,这是时代对我们提出的要求。我们一定要珍惜这个机会,不辜负党和人民对我们的期望,鼓足干劲,大干一场。"

在孙东平给学生做讲座时,养老院给孙东平来电,说他的父亲又出现了新的麻烦,在餐厅小便。

孙东平的父亲孙益民是滨海科技大学计算机系的教授,滨海科技大学计算机系教材就是孙益民教授编写的。谁也想不到2009年,在他69岁那年,他患上了老年痴呆。

孙东平有个姐姐,对父亲很孝顺,家里条件也很好。孙益民教授发病初期,孙东平姐姐就把父亲接到家中同她一起住,还特地请了个保姆专门照顾她父亲。孙东平则是在周末带些吃的或者生活用品,到他姐姐家去看望父亲。

孙益民教授刚发病时,只是记忆差,比如出门忘记带钥匙,忘记回家的路。如果见到熟人,想一会儿,有时也能想起对方的姓名。后来,老人说话越来越少,脚步越来越迟缓,目光越来越呆滞。孙东平的姐姐把父亲发生的变化告诉过孙东平。孙东平回答说,这是大脑衰老的表现,医学对此无能为力。无情的疾病一点一点地蚕食了孙益民教授的记忆和情感。到2010年年中,病情越来越重,只能送养老院。

"爸爸,我是东平。爸爸,我是东平。"在养老院,无论孙东平怎么样呼唤自己的父亲,老教授只是呆呆地看着他,呢喃地说出一些含糊不清、让人无法理解的话。虽然孙东平知道父亲已经不认识他了,但孙东平总是不甘心。每次孙东平去养老院,总是要呼喊自己的父亲,总是希望父亲答应一声,然后用慈爱的眼光看着他。然而现在,他的父亲没有一点反应,表情木然,像个泥塑的人。

"孙教授,不好意思,你那么忙,我们还是把你叫来了。"养老院的慈院长客气地和孙东平说着话。

"我父亲住在你这里,给你添麻烦了。"

"孙教授,我这次打电话给你是万不得已。"慈院长对把在工作中的孙东平叫到养老院再次表示歉意,"你父亲痴呆症比以前又加重了。今天吃中饭时,你父亲就在餐厅小便。由于痴呆越来越重,别人不愿意和他住在一起。"

孙东平一听头都大了,怎么办?慈院长看出孙东平为难,就帮孙东平出主意:"你父亲这种情况只会越来越严重,现在正好有间单人房间,如果住在单人房间,我们会安排专人看护你父亲,你父亲现在一刻都不能离开人。"

"谢谢慈院长,为我父亲考虑得这么好。现在也只能这样,谢谢你这么费心了。"孙东平心里明白,从双人房搬入单人房,每个月肯定要增加费用。对孙东平来说,只要把人照顾好就行了。

慈院长从孙东平的话中判断增加费用没有问题,就直接说道:"孙教授,单人间每个月的费用要增加3000元。"

"该付的钱,我们一定会付。"孙东平一听慈院长说的钱和他预判的差不多,就一口答应了。

"那我们就把这个单人间,留给你父亲。"

"慈院长,我父亲住在你这里,给你添麻烦了,多谢你们的照顾。"

"孙教授,你说话太客气了。照顾你父亲是我们的工作,我们做的一切都是完全应该的。我常教育我的员工一定要尊重、善待老人,老人的今天就是我们的明天,我们善待老人就是善待我们自己。"慈院长说得冠冕堂皇。

孙东平回到办公室,愣愣地坐在椅子上,脑子里一片混乱。一个富有教养的大学教授变成了一个随地大小便的人,真有些让人伤感。联想到老人常说:老了没有意思,难道这是人在生命快到终点时,对人生做出的总结吗?或许是老人想提醒年轻人,要珍惜年轻健康的时光,好好地工作,享受生活。到了老年,就万事休矣。孙东平联想到陈德铭嘱咐他好好地给学生讲人生的意义,孙东平猜想陈德铭或许很早就考虑过这些问题。

2012年9月11日,星期二,上午门诊结束后,孙东平高兴地回到消化二科,因为今天孙东平把 5 个质量高的病人收入院。

"孙院长,你门诊刚结束?"黄主任和孙东平是好朋友。

"今天有几个病人的病情比较复杂,多花了一些时间。你申请市科委的课题,我已让祝华报上去了,后天要去市科委答辩。"

"今年的形势怎样?"黄主任关切地问道。

"应该和去年差不多。你一定要熟悉内容,答辩的时候表现好一点。"孙东平提醒黄主任要熟悉课题内容,因为孙东平知道黄主任的课题是刘强生写的,是有关肿瘤的基因研究。

"刘强生去可以吗?"

"不行。今年科委规定必须是课题申请人本人答辩。你的课题内容应该没什么问题,答辩的时候,一定要把研究的内容和意义讲清楚。还有拿到课题后,不要把市科委的人给忘了。否则,下次我找人就不方便了。"

"这个,一定要感谢的。"黄主任对社会上的事太熟悉。现在市卫生局、市科委的课题都是被几个评委和几个关键性人物给垄断了。没有关系,根本挤不进去。

晚上 7 点时候,夜幕开始降临,一切变得影影绰绰,失去了白日里的细节。深蓝色的天空飘浮着浅灰色的薄云,一轮明亮银白色的月亮,高高地挂在天宇的中央。月亮光穿透薄云,轻轻地抹在地面上,一切显得那么的柔情。

郭凯站在办公室窗户旁,出神地向远处凝望。罗丽华见郭凯站在那儿有一会儿了,就对着郭凯说道:

"郭医生,你是不是想嫂子和孩子啊?"

"啊,没有。是的,有些想。"

"我家要是像你家这么近,我一定回家去了。"

"我想等到国庆节,回家一次,在家里多住几天。"郭凯说道。

"我还有三个多月,进修就要结束了。"

"你那么远,在这里待两年,真不容易。"

"若不是为了晋升副高,我才不跑这么远。我们那里晋升的条件之一就是进修,就像这里的医生到国外进修一样。不过出来一趟,能学到不少新知识,长些见识。"

"是的。"郭凯看到坐在办公室一隅的刘强生正在专心致志地弄电脑,就走过去和刘强生说话:"刘博士,这么好的夜晚,不和女朋友在一起多可惜。"

"郭大哥,你又拿我开心。除了吃饭睡觉,我的时间全部奉献给了消化科。"

"博士毕业了,可以休息了。"

"哪里有那么容易。上了贼船,就下不来了,只能忙一辈子了。"刘强生无奈地说道。

"刘博士,你给黄主任做幻灯片?"罗丽华问道。

"黄主任在下班之前告诉我,时间很紧。"刘强生回答。

"什么幻灯片?弄得这么紧张。"罗丽华进一步问道。

"后天,黄主任要去科委参加课题答辩。"

"黄主任要参加课题答辩?"罗丽华感到奇怪。

"在滨海申请课题是这样的。首先是写标书,就是课题申请。初步入选后,再去参加答辩,专家现场评分,根据分数的高低,决定给不给申请人课题。"

"哦,我明白了,这是大事。"

"今天,我要把幻灯片做好。黄主任明天要把幻灯片的内容弄熟,把申请课题的来龙去脉和意义讲清楚,让评委认为是个高水平的研究,值得资助。"

"黄主任自己做幻灯片不是更好吗?"

"黄主任哪有时间做幻灯片。另外,黄主任对电脑不熟。"刘强生没有说黄主任的课题是他写的。

"在大医院做小医生真不容易,除了完成日常工作外,还要给上级医生做这做那。"罗丽华感叹道。

"现在辛苦点,过几年就厉害了,成为全国知名教授、大医生。"郭凯说道。

"刘博士,我再问你一个问题。黄主任都是正高了,干吗还要申请课题?"

"黄主任早就是正主任医师了。现在我们医院高级职称是3年一聘,聘正高必须要有课题和1篇SCI论文。"

"当上了主任医师每3年要聘一次,还必须要有课题和SCI文章。这里的主任医师可不好当。还是我们小地方好,升到主任医师就一劳永逸,直到退休。"

"陈校长对我们要求很严。"

"能在你们这里活下来的都是人才啊!"郭凯敬佩地说道。

"活总能活下来,就是要一直努力。"刘强生说道。

9月13日星期四,郭凯在办公室吃午饭时,看见黄主任穿着西装打个领带,拎着一个很漂亮的公文包,匆匆离开主任办公室。郭凯突然想起,黄主任可能是到市科委参加课题答辩。下午三点半,黄主任回到办公室时,门外有5个医药代表在等他。

"小唐先进来。"黄主任说的小唐是奥林巴斯滨海地区经理。

"黄主任,这是超声内镜的资料。"唐经理双手把奥林巴斯超声内镜的资料递给黄主任。

黄主任接过资料迅速地过目一遍,说道:"我们科室早就想买超声内镜了。有了它我们就能做胰腺的活检,不用开刀也能有胰腺疾病的病理诊断。"

"不论是 CT 或是 MRI,都不能取得病变的组织,也就得不到病理诊断。超声内镜的最大优点,是可以从十二指肠向胰腺肿块进行穿刺,取得胰腺疾病的病理诊断。"

"病理科孙主任说他可以从细针穿刺标本中做基因检测。如果这样,我们医院胰腺肿瘤的诊断水平就能向前大大地迈一步。"黄主任说道。

"黄主任,你们这里病人多。在短时间内,你们就能积累一批临床病例,可以写出好几篇文章。我们全国总经理找过陈校长,陈校长希望我们在今年 12 月的会议上,实况转播超声内镜胰腺肿瘤穿刺活检术。我们已向总部发信,请他们准备货。机器从日本寄过来,经过海关至少需要 1 个月以上的时间。时间有些紧,黄主任你能否在这两天把报告打了?"

"我打报告太容易,关键是领导批准。"

"黄主任,最关键是在你这里。你提交报告,这事就启动了。"

"我马上就在电脑上申请。"黄主任在医院的内网上,迅速完成了设备采购申请,对唐经理说道,"你现在就可以盯着设备科。"

"黄主任,谢谢您了。"

在骆新民的家里挂着一张骆新民外婆 20 世纪 40 年代的黑白照片,是一位漂亮得无论怎样形容也不为过的美女照片。一头浓密乌黑的头发带着波浪披在肩上,一双细长乌黑的柳叶眉,在眉心中央略有些蹙，配上一双美丽的丹凤眼让人产生无限的遐想。小巧挺拔的鼻梁使面孔充满了立体感，面颊有两个若隐若现的酒窝，看了会让人情不自禁地产生要轻吻一下的冲动。骆新民曾记得在 20 年前，他外婆的一位老同学到他们家串门时，对骆新民说，他外婆在读书时是校花，是万人迷。

骆新民是由外婆带大的，从小骆新民的外婆就教育他怎样做人。在读书期间骆新民是个好学生，大学毕业后在广仁医院做医生，事业蒸蒸日上，成为一个受人尊敬的医生。每次和别人提到外孙，老太太特别有成就感。当外孙成为主任大医生时，老太太已经 90 岁了。

2010 年，骆新民自己贷款买了一套三室两厅的房子。然而，他舅舅全家仍住在滨海老式的石库门房子里，没有独立的卫生间，没有独立的厨房。

骆新民在买了三室两厅的房子后，曾经打算把外婆接过来一起住，但被外婆婉言谢绝，说自己住老房子习惯了。老人年龄 90 岁了，身边不能没有人，骆新民夫妻俩要上班，没法做到这一点。为此，他和舅舅一家在一起开了个会。在会上，骆新民表示只要舅舅全家把外婆照顾好，将来房子拆迁的利益全部归舅舅。从此，骆新民和舅舅一家人的关系，又其乐融融了。骆新民在周末，常常去石库门看外婆。

2012 年 10 月 1 日，骆新民作为院领导在医院总值班。10 月 2 日，骆新民吃完中饭后就去看外婆。

"新民来了，吃中饭的时候，外婆还念叨你。" 骆新民的舅妈满脸堆笑地说道。

"我昨天在医院值班，今天休息。" 说罢，随手把带来的两袋吃的东西放在门旁边。

"新民,你下次来,不要买任何东西。外婆也吃不了多少,你只要来就行了。"

"我正好路过超市,就顺便买了些。"骆新民应付道。

骆新民的舅妈对骆新民的态度比以前不知要好了多少倍。一个月前,骆新民舅妈的哥哥住院做手术,全是骆新民一手安排的。骆新民舅妈觉得脸上特别有光,见人就说,他丈夫的外甥在广仁医院做大主任,是个博士教授。

"新民啊,外婆走路越来越不稳了。你舅舅,他特别有孝心,给你外婆买了一个老人走路的助行器。有了助行器后,外婆走路虽然好一点,但我们还是提心吊胆的。"骆新民舅妈向骆新民诉苦,邀功。

"是啊,外婆越来越老,你和舅舅辛苦了。"

"没事,没事,我们照顾外婆是应该的。"

"外婆睡觉了?"骆新民不想再和舅妈聊下去。

"没有,在房间。"

"我进去看看外婆。"

"妈,新民来看你了。"骆新民舅妈推开虚掩的门对老人说道。

"什么,新民来了?!"老太太声音略有沙哑。

"外婆,我来看你了。外婆,你身体怎样?"

"你舅舅前几天给我买了这个玩意儿,我扶着它能走几步路。"说着老太太就要站起来。骆新民立即把外婆扶住,生怕老人跌倒。老太太慢悠悠、慢悠悠地用一双无力的手,勉强支撑着身体,步履蹒跚地走起来。

"很好,很好。外婆,你就这样每天走几步,可以防止肌肉萎缩。适量地动动对心脏也有好处。"

就这几步路，累得老太太气直喘："人老了没意思。"

"外婆，你身体很好，小强将来生孩子还要你带。"小强是骆新民的儿子。

"我好长时间没有看到小强了。他现在学习忙吗？"

"外婆，小强去美国上高中了，去年去美国的。"骆新民给外婆提醒。

"去了一年多了。你告诉过我？我怎么一点不记得了。"

"小强说他很想你，让我代他向你问好。"

"小强这孩子和你一样，聪明懂事。"老太太语速很慢，"小强，去的学校，是不是你在美国的学校？"

"外婆，小强到美国是读高中，我是美国匹兹堡大学进修。"

"对，对。你是去年从美国回来，然后小强去美国。"

"外婆，我是9年前去的美国。在美国待了两年就回来了。"骆新民感到外婆思维有些紊乱。

"你在广仁医院内科上班？"

"外婆，我一直在广仁医院，今年5月当上医务处处长了。"

"当上处长了，这么大的事，你怎么不告诉我？"

"外婆，我早就告诉过你了。"骆新民知道外婆的记忆力衰退，老糊涂了。

老人嘴唇嚅动几下，但没有发出声音。可能是累了，或者是想说什么临时又忘了。老人的脸上全是皱褶，同时布满了或深或浅的褐色的斑。浑浊的眼睛和呆滞的目光，时刻提醒着人们老人已经进入风烛残年。

"外婆，你的身体很好，要经常走走，能吃就多吃点。你有什么需要可以告诉我，或告诉舅舅。"

"我什么都不需要，我就希望你来看我。"

"外婆，我尽可能多来看你。"

"新民，外婆越来越老了。"离开时，骆新民舅妈无奈地对骆新民说道。

"是的。脑子也有些糊涂。"

"昨天中午我们在一起吃饭，外婆用手抓菜吃。"

"用手抓菜吃？"骆新民表示难以置信。

"我和你舅舅感到非常吃惊。外婆是个非常讲究的人。谁能想到她会用手抓饭吃。"

"你没有说要用筷子或勺子？"

"你舅舅不让我说，怕伤她的自尊心。"

"嗯。"骆新民知道舅舅对外婆是孝顺的。

# 第 12 章　复评审

2012年10月12日下午，陈德铭在广仁医院消化道疾病研究所召开"2012年中国消化道疾病学术会议"的筹备会议。

"12月1日，我们要举办我们国家有史以来规模最大的消化道疾病学术大会。会议既是中国消化道疾病学术会议，又是一次国际性学术大会。这次会议将是我们国家规格最高、规模最大的消化道疾病的学术会议。卫生部和中华医学会，都非常重视这次大会。对我们来说，这次会议只准成功，不准失败，不能有任何差错。

"我说规格最高，是因为卫生部、中华医学会和滨海市领导，都要来出席这次会议，到会祝贺。不仅我们国家消化科专家教授参加，还有世界消化道疾病协会主席、欧洲消化道疾病协会主席和日本消化道疾病协会主席，都将参加我们这次大会。所以，这次会议的工作量大，要做的事特别多。这次会议的筹备工作，由孙东平院长负责。下面，我们请孙东平院长，介绍会议准备情况。"陈德铭主持会议。

"即将召开的消化道疾病学术会议，是我们国家历史上规模最大、水平最高的一次学术性会议。参加会议的代表，将超过一万人，参加的人上到卫生部部长，下至基层医院的医生。通过这次会议，我们将向世界展示自改革开放以来，我们国家在消化道疾病领域，取得的巨大成就。经过30年的努力，我们消化道科诊治水平，已跻身世界先进行列。

"根据目前流行的做法，我们把这次会议外包给会议公司。虽然会议外包，但我们不是不管不问，而是更加仔细。为了把这次会议办成一次世界级会议，我们把会议地点选在滨海国际会议中心。滨海国际会议中心位于滨海的核心地带，濒临蓝弋江。我们在这么一个高大上的地方开一次高规格的会议，它必将载入史册。

"会议期间或在会议结束后，将有会议代表参观我们科室、内镜中心和实验室。希望病区主任和护士长做好病区的管理工作，严格控制陪客和探视的人数。如果有困难，医院可以派保安协助科室管理工作。"孙东平讲完后，陈德铭接着往下说：

"这次会议是我们科室今年最重要的一次活动。我们是这次会议的东道主，东道主不仅是接待者，我们还是会议的主要发言人。借这次会议的机会，我们向全国人民和全世界的同行，展示我们在消化道疾病临床和科研方面所取得的成就。晓曼，国内专家参会的情况怎样？"

"到今天为止，所有省的消化道疾病委员会主任委员，都表示参会。全国医学院校附属医院的消化科主任都回信了，也要来参会。"

"这些人的接待工作，由他们自己省里的医药代表负责。最后一个需要落实的，也是最重要的，就是吃饭和住宿，黄主任落实得怎样了？"

"由于参加会议的人实在是太多。我先后和11家宾馆联系过，最后，确定6家宾馆。12月1日晚宴后，还安排了蓝弋江游轮夜游。"

"黄主任联系这么多的宾馆和饭店不容易啊。"孙东平帮黄主任说话。

"滨海滩上赫赫有名的黄主任，办这种事，不要太容易。"陈德铭调侃道，"我在这里强调两点：第一，孙院长是这次会议的总指挥。所有的人，必须听从孙院长的指挥和调动。第二，在会议前一天，把所有的设备检查一遍，确保实况转播万无一失。"

"黄主任，我们可以参加会议吗？"在科室，郭凯和罗丽华问黄旭辉。

"当然可以。你们就以我们科室医生的身份参加会议，不用交会务费。"黄旭辉心想这些从外地来的进修医生在这里干两年，难得遇到这样高水平的会议。

"谢谢黄主任。"

"正好，你们去问问赵老师，看看有什么事可以安排你们两个人做。还有，你们也可以邀请你们医院的医生来参加会议。"

"黄主任，我在一个星期前，就给我们科主任说了。他准备来，还想参观我们科室。我们主任要请你吃饭。"罗丽华说道。

"你们单位人来，我请他们。"

"黄主任，我们科主任，就是上次和你说的李主任，这次准备带两个医生一起过来参加会议。"郭凯说道，"他特别想和我们科搞合作。希望得到我们的帮助和指导。"

"指导谈不上，互相学习吧。他们来的时候，告诉我，我正好一起请客。"

"哪能让老师请客。"罗丽华说道。

"你们都是从外地远道而来，我作为东道主，理应我来请客。"

"黄主任。会议有什么小事或杂事，尽管吩咐。"郭凯说道。

"如果是在前些年开这种会，我一定会给你们安排任务。现在，会务上的事交给会议公司办了。"

"黄主任，我们和会议公司熟悉，他们来给我们帮忙？"

"哪有这样的好事。会议公司是一个新的行当，专门负责会议场地的联系、安排以及会场布置等，我们要给他们钱的。不过有他们做，我们倒是轻松很多。"

"我们小地方没有这种玩意儿。只有像滨海这样的大城市，才会有会议公司这种行业。"

"会议开幕那天，你们一定要到会场看看。这种专业人员做的，的确漂亮。"

正在这时，刘强生来到了办公室。黄主任对刘强生说道："小刘，我去 4S 店取车，你在病房好好地看着。我尽量早点回来。"

"好的，黄主任你去吧。"

黄主任走后，郭凯问刘强生："刘博士，黄主任开的车是帕萨特？"

"是的。黄主任开了有 9 年了。"

"看上去挺新的。"

"外观还好,但电子功能太少。最近几年,汽车的电子功能发展迅速。"

"黄主任准备去买一辆新的帕萨特?"

"不。开了这么多年的帕萨特。这次要上升一个档次,听说是奔驰 E。"

"帕萨特质量很好。"郭凯认为帕萨特已经够了,买奔驰花钱太多。

"以前买帕萨特的人,换成奔驰、宝马了。而以前买宝马、奔驰的人,现在换成保时捷了。时代在进步,消费能力提高了,消费水平上了一个档次。"

"我看到孙院长开别克君越。"

"孙院长的别克车,大概有 5 年了。孙院长虽然嘴上说别克车很好开,但在心里也想换辆高档车。"

"那就换吧。"

"孙院长是领导,要低调点。"

"哦,也是。不像我们老百姓,想买什么就买什么,没有那么多的顾虑。"

2012 年 10 月 16 日下午 1 点,在学校的小会议室内,陈德铭主持复评审领导小组会议。

"明天,教育部领导就要对我们学校的工作进行全面的考察和评估,按照国家 985 高校的要求进行复评审。学校早就把复评审的要求发给所有的教研室。我们还提出以评促改、以评促建、评建结合,做好学校内涵建设的口号。明天就要复评审了,为了万无一失,今天,我们把要复评审的内容再过一遍。"

"所有的教研室都达到了国家对 985 高校的要求。每个教研室都专门准备了一个房间，摆放复评审的材料。"教务处李葆华处长第一个汇报。

"我记得 8 月开会的时候，有人说生理教研室的电生理工作开展得不够。"

"学校已经给他们配备了一台最新式的心电图记录仪。现在，没有问题了。"

"教研室的水平决定一所大学的水平，即使没有这次复评审，我们自己也要对教研室做一次检查。水平差的，要迎头赶上；水平高的，要百尺竿头更进一步。对有发展前途、发展势头好的教研室，我们要给予扶持，在政策上，适当给予倾斜。对水平差的教研室，我们还要进行调查研究，对个别自己不行，又压制其他教师发展的教研室主任，可以请他们退出主任位置。"陈德铭说完这些，见参会人员没有说话，就问道，"校史部分准备得怎样了？"

"陈校长，按照你的要求，我们拿出一间房间，用作校史展览。我们以展板的形式，贴在墙上，供人参观。"

"待这次复评审结束后，把这个校史展对外开放，欢迎全校师生，随时进来看看。让全校每一位老师和学生，知道我们学校的历史。"

"好。待这次复评审结束后，我们就把这间房间，对外开放。"

"学校的目标和愿景，每个老师都会背了吗？"陈德铭继续问道。

"每个教研室都准备了几个年轻老师来背诵学校的目标和愿景，个个背得滚瓜烂熟。"

"我们是国家重点大学，培养学生，不仅在接受医学知识方面，还有在精神面貌方面，与普通大学的学生，要有所不同。

在我们学校学习，学生不仅要掌握医学专业知识，还要让学生们知道，医生是一个能帮助人的伟大职业，是生命的守护神。"

"陈校长，讲得好极了。"古力民处长说道，"今年一开学，我们就加强了学生的人文教育，举办了人生意义的讲座，让学生对自己的人生目标和使命有了清楚的认识，使学生们对学医有了自豪感。"

"做得很好。因为我们是医生，就要对生命的意义比其他行业的人有更深刻的认识。我们还要帮助学生树立正确的人生观，积极向上的人生观。后勤保障也是这次检查的重点。"

"我已给食堂打好招呼，嘱咐食堂把这几天的菜做得丰富一些。我们所有的学生宿舍都安装了空调，都可以无线上网。每层楼都有公共洗澡的地方，在冬天，有热水供应。"后勤处刘处长汇报道。

"明天检查组的人，将从北京飞到滨海。接机工作安排好了吗？这也是一件大事。"

"钱校长早在一个星期前，就安排我和顾慧慧负责这次复评审专家的接送工作。我们定了两辆面包车，我和顾慧慧一人一辆，负责把他们从机场送到希尔顿宾馆。"校办主任夏立超说道。

"李处长，为了这次复评审，你们做了大量的准备工作。明后两天，就是见分晓的时刻。希望教务处全体工作人员，以饱满的工作热情，必胜的信心，完成复评审工作。"钱校长说。

"所有的工作，都准备就绪，而且有备选方案，确保万无一失。"李葆华处长充满信心地说道。

"因为这次检查特别重要，故在最后一天，我们把复评审的流程，又过了一遍。目的就是李处长所说的，确保万无一失。

总的来说，复评审领导小组，做了大量的工作，而且做得很好。最后，我想说，也是我刚才想到的，就是要防止个别对学校不满的人，借机向复评审的领导和专家反映他们个人的诉求。复评审领导和专家明天来滨海，后天来学校，还有一天的时间。明天我们一定要和这些人谈话，把他们稳住。"

"陈校长说得太对了。诊断教研室的杨晓辉，多次到教务处和校办反映情况。就在前天，还扬言要到市里反映。这个人很有可能会利用复评审，借机闹事。"夏立超说道。

"我们要特别注意这种人，明天上午我们要和这种人谈话，一定要把他们稳住。"

"陈校长，这种人都是无理取闹，提出一些极端的要求。"钱校长说道。

"一般情况下，这种人是比较难缠的，提出的要求也是难以满足的。但现在是特殊时期，一定要把他们稳住，一切等到复评审结束后再说。最后，夏主任，你建一个群，就叫复评审。这两天，大家注意一下自己的微信，收到信息后，及时回复。范校长，你带领复评审领导小组做了大量的工作，你最后讲几句。"

"教育部领导和专家来我校开展复评审工作，是我们学校的一件大事。学校成立了复评审领导小组，陈校长是领导小组组长，副组长是我和李处长。我们提出以评促建、评建结合，狠抓内涵建设，建设现代化医科大学的口号和目标。8月的复评审动员大会后，每个教研室，都严格地对照国家标准，做了一次全面的系统的自我检查。在自我检查过程中，我们发现了存在的问题，并及时地进行了整改。现在，我们所有的准备工作均已做好。"范校长说道。

范校长说完后，陈德铭宣布会议结束，各人忙各人的事。

由于检查专家的飞机是下午到滨海，因此，17日上午，陈德铭亲自给对学校有意见的人打电话，请他们来校长办公室。

"请坐。"陈德铭客气地请药理教研室的孙连浩教授坐下。

"谢谢陈校长。我知道你很忙，但有些事，我只能向你反映。"

"孙教授，你有什么尽管说。"

"陈校长，我今天来主要是反映钱校长的事。"孙连浩教授看陈德铭专注地听他说话，就继续说道，"钱校长以前和我是同事，他是从药理学教研室出来做行政的，做到副校长。他当副校长，对我们教研室是有帮助的。过去，我们申请购买仪器设备很困难。自从他当上副校长以后，我们教研室是全校购买设备最多的教研室。"

"我知道。"

"给教研室购买仪器设备是支持教研室的发展，但是，我们买的设备价格比别的单位高。同德医学院药理学教研室买了一台型号和我们一样的质谱仪，比我们买的要便宜20多万元。我们买的仪器和设备，没有一件是比别人便宜的。"

"孙教授，你有具体的数据吗？"

"陈校长，这是我们买的设备价格，这是外校买的设备价格。"孙连浩把他准备的材料递给陈德铭。

"买来的设备质量怎样？"陈德铭继续问道。

"买来的设备，都是国外大公司的产品，比如：赛默飞、西门子公司的产品，质量都没有问题，只是我们多花钱了。还有3个月前，钱校长让教研室申请购买一台全自动显微分析系统。设备处赵处长没有同意，因为学校买过一台，使用率非常低。

于是，钱校长就绕过赵处长，让设备处副处长签字。这件事，整个学校都知道，传得沸沸扬扬。"

"赵处长做得对，作为设备处的处长，就要对学校的资产负责。"

"我们教研室主任和钱校长沆瀣一气。我多次想向你反映这些情况，只是没有机会。"

"谢谢你，给我反映这些问题。以后，我要多花些时间听听大家对学校的意见。"陈德铭知道了孙连浩反映的问题，就想结束和他的谈话。

10分钟后，后勤处刘向勇处长来到陈德铭校长办公室。因为，刘处长有几次想和他说话，但欲言又止。陈德铭敏锐感到，刘处长一定有什么事想对他说，或有什么难言之隐。

"刘处长，今天上午正好有空，特地请你来，好好谈谈。"陈德铭直截了当地说道。

"谢谢陈校长。在学校，教学和科研是学校的重点，后勤是为教学和科研工作服务的。但后勤一出事，就是大事情，涉及的金额太大。"

"是的。"

"以前，学校办公用品的采购、维修都是我负责。有次钱校长让我买一家公司的设备，价格太高，我没有买。钱校长说我们学校只能从这家公司购买仪器和设备。还有科研大楼招标和建设的事。"

"什么事？"陈德铭鼓励刘处长说下去。

"前年年底，学校科研大楼招标，很多建筑公司都想参与科研大楼的建设，结果中标的是一家很不起眼的浙江宏远建筑公司。据说，招标过程不透明、不规范，没有中标的建筑公司敢怒不敢言。"

"建造科研大楼的事我知道，钱校长在校长办公会上说过。我看到过这家公司的证件，他们有资质承建我们的科研大楼。招标不规范，不能随便说，要有证据。"

"还是陈校长说话严谨。不规范只是大家私下传说，谁也没有证据。最近，我偶尔听说，建筑公司停工了几天，说是钱不够用，要求学校追加资金。"

"钱校长在会议上说过。现在的材料费和人工费，全都上涨了，以前的预算不够。"

"这是钱校长和施工方串通好的，演双簧。"

"刘处长，你说施工单位和钱校长串通一气，可要有证据。"

"这种人精明得要命，不会轻易让人抓到把柄，明眼人都看得清清楚楚。钱校长还在财务和采购部门，安插自己的亲信。"刘处长不甘心地又说了一句。

刘处长反映的问题和陈德铭听到的风言风语基本一致。这些问题，群众在私底下早就有议论，只是最近半年，大家议论得多了，言辞激烈了一些。

"刘处长，你反映的问题非常好。我作为一个校长，也应该知道这些情况。在学校，不管是什么人，做什么工作，都应该把学校的利益放在第一位。绝不能以权谋私，更不能触犯法律。在学校发展和建设方面，学校将会广泛听取和征求全体教职员工的意见，充分发扬民主，在重大事项的决策和行动上，增加透明度，接受大家的监督。"

"我今天来向陈校长反映情况，就是相信陈校长是个廉洁正直、有作为的好校长。昨天听了你的话，我很受鼓舞，我相信我们学校一定会在你的领导下，越来越好。"

"学校的建设和发展,需要大家一起努力。"说完,陈德铭看了看手表。

刘处长立即明白,自己该离开了。故刘处长对陈德铭说道:"陈校长你是个大忙人,今天耽误你不少时间,我一定努力做好后勤工作,绝不让后勤拖学校的后腿。"

教育部林副部长带队,原北京医科大学副校长赵教授担任专家组组长,一行6人于10月17日来到滨海瑞慈医科大学,进行复评审。晚上,在希尔顿宾馆,陈德铭设宴欢迎复评审的领导和专家。

学校这边参加欢迎晚宴的人员有:范强副校长、钱卫国副校长、李葆华处长、刘向勇处长、古力民处长、校办主任夏立超以及校办工作人员顾慧慧。

陈德铭和林部长坐在一起。陈德铭客气地对林部长说道:"林部长,从北京过来辛苦了。"

"今天,飞机难得正点。早就听说过你们学校发展得特别好,一直想过来看看。"

"我们学校是中国最早的医学院,有深厚的底蕴。但在复评审的准备过程中,我们还是发现了不少问题。"

"评审的目的就是为了发现问题,解决问题,促进我国大学水平的提高。"

"林部长说得极是。我们发现问题后,立即做了整改。"

"这就是复评审希望达到的目标。"

陈德铭说:"林部长,我是个医生,整天忙于治病救人,对教育研究不够。希望您能多给我指导。"

"指导谈不上,相互学习倒是可以的,国内像你这样有思想的大学校长很少。"

"林部长太谦虚了。今天能见到林部长真是三生有幸。"

"中国有句古话，叫作教书育人。乍一听说得很好，仔细一想，什么都没有讲。孝敬父母、关心他人、遵纪守法，这些是社会全体公民应该遵守或拥有的品质，在上大学之前就应该完成的。我们的现实是小学教育是为了考个好中学，中学努力学习是为了考个好大学，上大学是为了日后在社会上找个体面的工作，工作只是为了收入、生存。很少有人给学生讲，工作是人格独立的根本保障，工作是实现自己的人生价值、追求个人发展的必由之路。"林部长的话匣子打开来了，越说越兴奋，越说话越多，而陈德铭则越听越痴迷，很有相见恨晚的感觉，"大学是个充满活力、充满朝气、勇于探索创新的地方。作为一个优秀的校长要给全校师生创造一个良好的学习和讨论环境，确保各种讨论渠道通畅，让全校师生能畅所欲言，把他们的聪明才智全发挥出来。"

"林部长说得太好了。大学就是给师生们提供这么一个场所，激发他们的思想和创造力，培养他们的创新能力，推动教育和科学的发展，促进人的发展、价值的实现，同时，为国家的发展做出贡献。"

林部长和陈德铭两个人非常投机，相谈甚欢。时间过得很快，不知不觉到了9点，天下没有不散的筵席，明天上午都有重要的复评审活动，只能到此结束。

虽然说陈德铭是大学校长，说句良心话，陈德铭精力和心思主要放在他的消化专业。他之所以担任这个校长，是想利用校长这个平台，在业务上能获得更好的发展。

今天和林部长的谈话，对陈德铭来说那真是胜读十年书，极大地激发了陈德铭对教育事业的兴趣。第二天，检查组专家在教务处、学生处相关人员的陪同下，开展检查工作。夏立超在学校的小会议室给复评审领导和专家讲解学校的历史，以及改革开放后，特别是近 10 年所取得的成绩。到下午 4 点，检查结束。检查的意见反馈到专家组组长赵才亮教授那里。

复评审的专家给滨海瑞慈医科大学的评价很高，说滨海瑞慈医科大学可作为全国医学院校的标杆。准备半年的复评审活动，终于落下帷幕。学校复评审领导小组的人，如释重负，完成了一项重大的任务。

范强副校长下个月就要退休了，陈德铭想把孙东平从医院调到大学，接替范强副校长的工作。当陈德铭把他的想法告诉孙东平时，孙东平既兴奋又有些不舍。大学副校长是副厅级，在滨海市副厅级领导是高干，将来还有可能官升一级做大学校长。一旦担任副校长，有可能放弃自己的专业，这是孙东平不舍之处。

# 第 13 章  举办会议

匹兹堡是美国宾夕法尼亚州的第二大城市，在 20 世纪 40 年代匹兹堡是美国重要的工业基地，它生产出来的钢铁占美国一半以上。中国人十分熟悉的卡耐基就是这个公司的创始人。卡耐基还创立了卡耐基梅隆大学（Carnegie Mellon University），简称 CMU。卡耐基作为一个苏格兰漂泊到美国的人，通过自己的勤奋和才智，白手起家创立了当时世界上最大的钢铁企业。卡耐基被作为美国的英雄、美国人精神的象征。

由于钢铁企业造成环境污染，在 20 世纪 70 年代，匹兹堡关停世界第一的钢铁企业，当时造成数十万人失业，大量的人口外流，城市 GDP 急剧下降。好在匹兹堡很快从阵痛中挺过来，把握了时机，成功地从钢铁之城向教育、生物医药、计算机、金融方面转型，成为一个科技之城；从过去一个灰蒙蒙，到处流动着混浊的污水的城市，变成空气清新、蓝天白云、河水清澈见底的优美城市。因此，匹兹堡成为城市成功转型的一个典范。优美的自然环境和良好的社会治安，让匹兹堡成为全美国最适合人居住的城市。

最近20年，匹兹堡大学和我国很多大学、医院建立了良好的合作关系。我国清华大学、四川医科大学都和匹兹堡大学医学中心有合作，这些合作迅速提高了这些医院的水平。在匹兹堡大学医学中心的每个科室，都能见到中国学者的身影。汉语是匹兹堡的第二语言，除英语之外被人讲得最多的语言。

10月26日，应David Taylor教授的邀请，陈德铭来到匹兹堡参加消化道疾病内镜治疗大会。陈德铭住在Downtown（市中心）的一家酒店。由于是下午3点入住酒店，外面的天气又好，陈德铭叫了一辆出租车，来到华盛顿山下的缆车车站。缆车是木制的，木制的座位以及扶手被磨得铮亮，很有历史厚重感。缆车发出嘎吱嘎吱的声响，把陈德铭从山脚送到山顶。华盛顿山在匹兹堡很有名，并不是华盛顿山多么雄伟壮丽，而是因为站在这座山的山顶上，能看到匹兹堡市中心的全貌。

当陈德铭站在华盛顿山的山顶时，已是匹兹堡傍晚时分。老天似乎对陈德铭特别地厚爱，头顶的天空蓝得十分纯粹纯净，连一朵白云也没有。山上有各种各样的树，陈德铭能叫出名字的只有黄杏树和枫树。树叶都已变色了，青色和绿色的叶子已大部分变成红色、橙色、黄色，色彩很丰富。陈德铭记得孙东平曾跟他说匹兹堡的秋天最美，当地人把秋天称为Colorful Season——多彩的季节。望着多彩的树林和一望无际的蓝天，呼吸着清新的空气，对整天待在办公室的人来说，简直就是一种无法用言语来描绘的享受，太美了，太舒服了。

　　市中心高楼林立，金色的阳光照耀在不锈钢、玻璃和各色大理石的外墙面上，泛着不同颜色的光辉，夕阳给整个城市抹上一层温馨迷人的色彩。整个城市笼罩在一片金色的寂静之中。当红色的太阳缓慢西沉，大批大批的云彩穿着金色、红色、黄色、灰色的衣衫，给太阳送行。在城市最低处是三条河流，这三条河流远没有长江壮阔，最多和蓝弋江相仿。三条河流贯穿匹兹堡城市，就像三条美丽的彩带缠绕着匹兹堡，给这座钢铁之城添了一分柔情。在三条河的河面上架起了数不清的钢铁大桥，平静的河水倒映着高楼、大桥和五彩斑斓的灯光，整个景致真是美极了。怪不得孙东平和骆新民都推荐他到华盛顿山看匹兹堡。

　　"中国经济在最近几十年间取得了飞速的发展，中国医学也一样。中国同行在内镜治疗方面做了大量的工作，开展了一些独创的手术。下面我们有请来自中国滨海的陈德铭教授，大家欢迎。"Taylor教授对中国以及中国医生非常友好。

　　"各位代表上午好，我是来自中国滨海的陈德铭医生。感谢Taylor教授的邀请。首先，请允许我利用两分钟的时间介绍我的科室。这是我工作医院的全貌，有1400张病床，其中消化科有两个病区，100张床位。我们的内镜诊断治疗中心，有胃镜16台，肠镜10台，这是我们刚买的超声内镜。我们每天开展胃肠镜检查有150例，每个星期有两天做内镜下治疗，主要开展的工作有：内镜黏膜切除术、食管肌层肿瘤切除术、内镜和腹腔镜联合治疗肠癌……"

　　陈德铭讲完正好20分钟。陈德铭介绍的内镜治疗方法，囊括了在网上能搜索到的所有治疗方法，特别是食管肌层肿瘤剥离，更加显示出中国医生的心灵手巧。当场就有医生表示要到广仁医院参观学习。

在听完所有的代表发言后，陈德铭得出结论：目前滨海市广仁医院消化科内镜手术不比任何人差。和美国相比，欠缺的就是基础研究，基础研究缺乏一个长远目标。研究生做的实验研究，毕业就结束，扔到一边再无人问津，造成人力和物力浪费。国内其他的大学、医院都是这样。好在他自己意识到了这个问题，而且采取了措施。

胰腺癌是匹兹堡大学医学中心的一个重点科研项目，由消化科、普外科和病理科组成的多学科联合研究小组，每两个星期开一次研讨会。在匹兹堡大学医学中心，所有胰腺肿瘤病人都有病理诊断，最使陈德铭佩服的是超声内镜引导下细针穿刺活检，那么一点点组织，居然有基因检测诊断，比如 RAS 基因突变等。

在中午吃饭时间，David Taylor 教授邀请陈德铭到他的办公室。Taylor 教授的办公室很大，办公室墙的两面挂着历任消化科主任的油画或照片，在他座椅的后方墙上面，有一幅大照片和制作精美的座右铭：

"To cure sometimes, to relieve often, to comfort always." 翻译成中文就是：有时去治愈，常常去帮助，总是去安慰。陈德铭出神地看着这几个字，嘴巴里还念道："To cure sometimes, to relieve often, to comfort always." 简简单单几个字，把做医生的真谛讲得清清楚楚。陈德铭用相机把这句话拍下来。

Taylor 教授见陈德铭喜欢这句话，说道："我特别喜欢这句话，我把它作为我的座右铭。当然，医生誓言也很好，只是太长了。"

"是的,我看后也非常喜欢。我要在中国宣传这句话,用它来教育中国医生、医学生。"

两人有了共同语言,话就多了。

"这张照片是 6 年前,我利用在纽约开会的机会,抽了一个下午时间去撒拉纳克拍的。在撒拉纳克湖的旁边有一座非常普通的墓,就是特鲁多医生的墓。墓碑上刻着:有时去治愈,常常去帮助,总是去安慰。特鲁多医生的墓志铭跨过地域、超越时间,在世界各地广为流传,成为医生的座右铭。特鲁多医生过世已有 100 多年了,仍有医生从世界各地到他的墓地拜谒他。我在他的墓前照了这张相,作为纪念。"

陈德铭仔细观看这张珍贵的照片,一个很普通的墓,但它墓碑上刻的墓志铭"有时去治愈,常常去帮助,总是去安慰",却指引着世界各地医生前进的道路。11 月 1 日,陈德铭带着巨大的收获离开匹兹堡,离开了美国,可以说是高兴而来,满意而归。在回国的飞机上,陈德铭梳理这次访美的成果。

第一,世界的同行认识了他,知道了中国消化科的水平。第二,从明年起,陈德铭派医生过来做实验研究,主要是胰腺癌的基因研究,正好可以完成他的国家重大课题。第三,医院全面和匹兹堡大学医学中心合作,带动整个医院水平的提高。广仁医院的弱项是神经学科,然而匹兹堡大学医学中心的神经学全球第一。在 Taylor 教授的引荐下,陈德铭见到匹兹堡大学校长和医学中心的总裁,他们对和滨海合作有极大的兴趣。

挂在 Taylor 教授办公室的座右铭"有时去治愈,常常去帮助,总是去安慰",给予陈德铭很大的启发。医学不可能治愈一切疾病,医生不可能治愈每一位患者。因此,需要医生"常常去帮助,总是去安慰",这句话虽然很简单,却表达了医学对生命的敬畏和对人性的尊重。

陈德铭觉得这些思想太珍贵,他怕自己遗忘,就用笔把刚才心血来潮的思想记录在本子上。

"我们常说教书育人和治病救人,其实我们做的工作大多是在教书和治病上。"作为一个医科大学校长,陈德铭对此感受最深。老师按照教学大纲把课讲完就是好老师,如再幽默风趣一点,那就是优秀教师。医生则关注病变的部位在哪里,对着病变的部位进行治疗。以前,陈德铭一直想怎样才能做个好医生,怎样成为一个名扬全国的医学大家,想的都是他个人,如何成名成家。现在他是大学校长,他要把一批人或一代人培养成受病人欢迎的好医生,培养一批又一批真正关心病人、爱护病人的医生,远比他个人成为大医生,要有意义。

从匹兹堡回来后,陈德铭让赵晓曼找广告公司,把他在匹兹堡大学David Taylor教授办公室看到的医生座右铭"有时去治愈,常常去帮助,总是去安慰",做成展板的式样,放在自己办公室的显眼地方。

"晓曼,你看看这些字,有什么想法?"陈德铭问赵晓曼。

"嗯?"赵晓曼瞪大了眼睛看这些文字,猜想陈德铭为什么问她。既然陈德铭把它挂在办公室最显著的地方,一定是非常喜欢。于是,赵晓曼说道:"陈校长,从字面上我是这样理解的。有些疾病能被治疗,叫作有时去治愈,然而有些疾病,医生也没有办法,只能给予帮助和安慰。"

"嗯,我知道了。"陈德铭没有说对或是不对,因为赵晓曼的回答在他意料之中,"这是我这次去美国最大的收获。"

"为什么是最大的收获?"赵晓曼想知道原因。

"这是美国特鲁多医生的墓志铭,就是在特鲁多医生的墓碑上刻的这些字。这些话虽然是特鲁多医生对他一生工作的总结,却把医生工作的真谛说得清清楚楚,其中也有无奈。在目前的医疗水平下,只有部分疾病能被治愈,但医生要体察病人的痛苦,选择对病人最有利的治疗方案,始终把病人的利益放在第一位,尽可能给病人提供帮助。"

"陈校长,你就是和其他人不一样,一下子就能看到事情的本质,其他人只能流于对文字表面的理解。"

"医学不仅仅是科学,也是人学。虽然医生不能包治百病,但可以善待病人。"

在匹兹堡时,Taylor教授曾对陈德铭说过,美国医学生毕业时,要宣读医生誓言。医生誓言是在古希腊希波克拉底医生誓言基础上做了修改,作为全世界医生行医的一个共同准则。陈德铭隐约想起江仕翰教授说过,在1966年之前,医院的门诊大厅以及内科小会议室的墙上都写有医生誓言。就在陈德铭苦思冥想如何寻找医生誓言时,陈德铭想到百度,万能的百度立即把陈德铭要的医生誓言找到了。医生誓言如下:

值此就医生职业之际,我庄严宣誓为服务于人类而献身。我对施我以教的师友表示衷心感佩。我在行医中,一定要保持端庄和良心。我一定要把病人的健康和生命放在一切的首位,病人吐露的一切秘密,我一定严加信守,决不泄露。我一定要保持医生职业的荣誉和高尚的传统。我待同事如同弟兄。我决不让我对病人的义务受到种族、宗教、国籍、政党和政治或社会地位等方面的考虑干扰。对于病人的生命,自其孕育之始,就保持高度的尊重。即使在威胁之下,我也决不用我的知识做逆于人道法规的事情。我出自内心以荣誉保证履行以上诺言。

陈德铭仔细琢磨其中的每一句话。医生的服务对象是人，只要是人就是医生服务的对象。医生要把病人的利益和生命放在第一位，这点和我们平时强调的一切以病人为中心，全心全意为病人服务相一致。其核心是人、生命、人道主义，并规定了医生的行为准则，和特鲁多的医生座右铭形成互补。

2012年11月5日，星期一，在8点之前陈德铭来到了校长办公室，开始一天的工作。

"喂，冯处长，你到我办公室来一趟。把今明两年要退休人员的名单给我。"

没过两分钟，人事处冯慧明处长来到陈德铭的办公室："陈校长，这是今、明两年要退休人员的名单。第一页是处级以上干部要退休的人名单。"

"我知道了。这个月底，范校长要退休了。范校长退休安排好了吗？"

"安排范校长做继续教育办公室主任。"

"很好。孙东平的事办得怎么样了？"

"孙院长担任副校长一事，已经上报到市里了。"

"什么时候有消息？"

"在走程序，估计快了。"

"你关注一下，大家对孙东平担任副校长的反应。"

"好的，知道了。"

冯处长走后，陈德铭自己一个人来到后勤处。刘向勇处长看到陈德铭立即快步向前迎接："陈校长来怎么也不告诉我们一声？"

"几步就走到了，想来就来了。"

"陈校长，我们后勤处的工作人员特别希望能和陈校长说上几句话。陈校长，我们去会议室坐坐，怎么样？"刘向勇建议道。

"可以呀。"

说是会议室，其实就是一间稍微大一点的办公室。刘处长见后勤处的工作人员到齐了，就说道："我们以热烈的掌声欢迎陈校长。"

"后勤是学校的一个重要部门，学校的建设和发展离不开后勤。后勤向全校师生提供服务，同时又参加学校的管理工作。后勤工作有其特殊性，服务中有管理，管理中有服务。一个学校的管理工作做得好，这个学校的后勤工作一定是做得好的。相反，如果一个学校的管理工作混乱，它的后勤工作就是一塌糊涂的。"

"我在学校工作快30年来，见过很多的校领导。没有见过哪个校长像陈校长这样对我们的后勤工作，做出中肯的评价。"刘向勇处长激动地说道。

"后勤工作不是被动地为教学和科研提供服务，希望你们积极主动参与学校的管理和建设工作。国家投入大学建设的钱越来越多，后勤要替国家管好这些钱，做好学校的资产管理工作。我相信后勤处的全体工作人员，一定能在刘向勇处长的领导下，把后勤工作做好，不辜负学校对你们的期望。"

离开后勤处之后，陈德铭回到行政楼，到3楼的教务处。教务处是学校最重要的一个职能部门，分管全校的教学工作，是校领导的参谋和助手。

李葆华在教务处处长这个位置上有8年了，还有两年就到了退休的年龄。在担任教务处处长的8年期间，李葆华工作兢兢业业，按质按量完成教学任务，没有发生一起教学事故。这次教育部来学校进行复评审，评审团的专家对教务处的工作给予了充分的肯定。

自从和教育部林副部长谈话后，陈德铭发现在教育领域，他有很多的事可以做，也可以做得很精彩，或许意义更大。因此，陈德铭萌发了全身心投入大学教育、大学管理的想法。

"陈校长，请坐。"

"李处长，这次复评审，教务处做得很好，你立下了汗马功劳。"

"教务处就是吃这碗饭的，是我们的分内工作。"

"李处长，我是个医生。对教育来说我是个门外汉，需要你的帮助。"

"陈校长，你只管布置任务，我去做就行了。"

"最近10年国家对高校的投入越来越多，同时国家对大学要求也越来越高了。国内其他医学院校发展也很迅速，现在的形势如逆水行舟，不进则退。"

"陈校长说得太正确了，我们要有紧迫感。我们首先按教学大纲完成基本的教学任务。在这基础上，利用我们的学科特色开展特色教育，比如在常规的教学之外，我们让教研室给学生做专题讲座，组织学生参加科研兴趣小组。还有，我们正在酝酿如何开展人文教育。"

"你打算怎么开展人文教育？"陈德铭问李处长。

"每次召开教学研讨会，总会有人提出人文教育。国家教育部和卫生部也多次呼吁大学要重视人文教育，但没有具体的要求，比如教学大纲之类。"

"按照教学大纲完成教学任务，又开展了专题讲座、兴趣科研小组，非常好。这些工作我们不能削弱，只能是加强。医学是一个特殊的学科，是和人打交道的学科，必须要有人文的成分。到目前为止，国家还没有给学校制定具体的人文教学大纲或教材，正好我们可以按自己的想法做。我们可以组织一个讨论会，请一些教授、老师谈谈个人的观点，看看他们有什么好的建议。"

"对。我可以先开展起来，等于是给国家做试点。"

"我们可以做一些探索工作，找一些有兴趣的老师，以讲座的形式给学生上课。没有条条框框限制，上课的内容完全由上课的人自己定，想怎么讲就怎么讲。然后我们把讲义装订成册，坚持几年，把好的留下，成为一个好教材。"

"我们教务处可以发个通知，大意就是学校准备开始人文教育，希望有兴趣的老师积极报名参加，讲课的内容不限，可以自由发挥。"

"好。等到报名的人和讲的内容决定好后，给我看看。哲学教研室是我们学校唯一的文科教研室。这方面可以让哲学教研室的老师多发挥一些作用。"

"等我把这些事办得差不多时，我向你汇报。"

"你有任何事情都可以直接来找我。"

"太好了。"

"你有我的手机、微信吗？"

"有，我有。"

"随时联系。"

2012年11月12日，星期一下午，在大礼堂召开全校教职工大会。会议在两点开始，陈德铭最后发言。

"大家好。1975年，我从滨海德才中学毕业，到农村成为一名知青。1977年，我参加了高考，幸运地考上了我们学校，从此走上医学道路。

"我们学校是滨海地区历史最悠久的学校，它的前身是滨海圣约翰大学医学院。滨海圣约翰大学创始于1879年9月1日，1896年设立医科，就是滨海圣约翰大学医学院。我的老师江仕翰教授1947年从圣约翰医学院毕业后，到美国霍普金斯大学医学院做了5年的住院医生。

"我们是一所具有悠久历史的学校，我们学校为我们国家的医学发展做出了巨大的贡献。我们要为是这所学校的老师、员工而感到骄傲和自豪，同时又要感到自己身上的责任重大。历史总是向前发展的，时代把建设现代化医学院校的重任交在我们这代人身上，我们一定要给国家、给我们的前辈交出一份满意的答卷。

"教学是学校最基础的工作。在教务处和教研室老师共同努力下，我们出色完成了医学院校的教学工作。有些教研室，如药理学教研室还开展兴趣科研小组，20年如一日，对培养学生思考能力和科研兴趣起到了很大的帮助。仅有这些还不够，因为我们是全国重点大学。我们要启发学生去思考，思考这些医学知识背后的智慧和真理。让他们勇敢地提出问题，哪怕是愚蠢的问题。我们在传授知识的同时，更要交给学生一把打开未知世界的钥匙。我有一个设想，每个教研室都要办课外兴趣小组；教研室主任或教授要有计划，定期给学生办讲座。我们的教授做好科研工作是应该的，但也要做这些宣传和科普工作，激发学生探索未知的兴趣。

"给学生上课的老师一定要记住，你不仅仅是完成这几节课的教学。你是代表学校站在讲台上，你的一举一动都会影响学生对我们学校的评价。上课的老师要热爱教学，对教学要有激情。老师的一言一行会感染我们的学生，在给学生讲课时，可穿插讲一些我们学校的历史，让学生有自豪感。最近几年，教育部多次强调要加强对大学生的人文教育，我认为很有必要。

"现在各种信息思潮满天飞，学生容易受到外界的影响。我们要帮助学生树立正确的人生观和价值观，我们要教育学生对个人、家庭、社会、国家以及整个人类社会要有责任感。学生在大学时期，不仅要学到专业知识，还要有健全的人格，心智得到全面发展。当他们大学毕业时，有辨识是非的能力，有坚持真理、探索真理的决心和勇气。

"我们是医科大学，教育出来的学生是直接服务人的。所以，要求我们的学生，当然包括我们学校所有的教职员工，要知道生命来之不易，要敬畏生命、热爱生命。学生们更要珍惜在学校的大好时光，珍惜青春大好年华，努力地学习。

"在高校校长会议上，市政府提出在滨海市建立世界一流大学和建立亚洲医学中心的设想。我们国家处于历史发展的最好时期，为教育的发展、医学的进步提供了最好的条件。历史需要我们加强重点学科建设和高水平大学的建设。我希望在座的各位要有紧迫感，要有国际视野和前沿意识，以改革创新的精神推进大学向前发展。

"教研室是学校的重要组成部分，学校各项活动是由教研室来完成的。一个好的教研室不仅能出色地完成教学任务，还要对教研室的人才培养、科学研究、学术交流做出规划。

"教研室主任是学校中层干部中最为关键的职务。教研室主任的水平、理念直接决定他所在教研室的水平，教研室的水平又决定了学校的水平。所以，我衷心希望我们的教研室主任，要有事业心和使命感，要珍惜教研室主任的岗位，做出一番事业。

"学校会对各教研室主任进行监管考核，对他们的工作提出要求；学校还会对积极要求上进、有思想、有抱负的年轻人，给他们创造条件，给予扶持，使他们迅速成长。我们要把我们的学校建设成为国内最好、世界一流的医学院校。这就需要我们全体员工，鼓足干劲，朝着这个伟大的目标奋勇前进。"

2012年11月18日，是陈德铭终生难忘的一天。这天，中国工程学院通知陈德铭，他通过了工程院院士的评选。

2012年12月1日上午8点30分，在滨海国际会议中心，正在举行一个规模空前、场面奢华的消化道疾病学术会议。可以容纳2000人的会场座无虚席，走廊过道上都挤满了人。

孙东平副院长穿着一身黑色的西服，打着领带，站在大会主席台上，略显紧张地、庄重地说道："女士们，先生们，来自世界的各位同道，上午好。现在我隆重宣布2012年中国消化道疾病国际学术大会开幕了。本次大会是由中华医学会内科学分会主办，由滨海瑞慈医科大学附属广仁医院承办。大会得到了滨海市人民政府和卫生部高度重视，并给予了大力支持。滨海市赵尔际副市长、卫生部韩愈副部长、中华医学会王汝会长，他们在百忙之中来到会场。在此，我们表示衷心的感谢。"会场响起了热烈的掌声。

"世界消化道疾病协会主席美国霍普金斯医学院Carmelo Philips教授、世界消化道疾病协会副主席美国匹兹堡大学医学

第13章 举办会议 | 237

中心 David Taylor 教授，还有来自我们邻国日本……"孙东平首先对来自外国的著名专家表示欢迎，然后说道，"我们国家 32 个省、自治区、直辖市的消化道疾病学组的组长和副组长，消化道疾病的专家都相聚在美丽的蓝弋江畔，进行学术交流。这是一个高水平的学术会议，伟大的会议。"说着说着，孙东平逐渐放开，不紧张了，"下面我们请滨海市人民政府赵尔际副市长讲话，大家欢迎。"

在热烈的掌声中，赵副市长走上发言台：

"尊敬的卫生部韩部长，中华医学会王会长，还有来自世界各地的医学专家，大家好……"赵副市长发表了热情洋溢的讲话，时间不长，讲话完毕就匆忙离开。

在卫生部韩部长和中华医学会王会长象征性发言后，孙东平隆重向参会人员介绍陈德铭。

"下面将要给大家讲话的是陈德铭院士。陈德铭院士是滨海瑞慈医科大学校长、滨海消化道疾病研究所所长，陈德铭院士还是世界消化道疾病协会副主席。现在我们以热烈的掌声欢迎陈德铭院士给大家讲话。"

"各位同道，上午好。"陈德铭满脸的喜悦，"我代表大会组织委员会，对出席这次会议的代表们表示热烈的欢迎和衷心的感谢。这次大会报道注册的代表近一万人，今天上午有很多代表在分会场看主会场的实况转播。只有在经过了改革开放 30 多年的建设，我们国家综合实力发展到一个相当的高度，我们才有能力在滨海举行这么一次规模空前、声势浩大的会议。

"这次消化道疾病学术会议是我们国家消化科的最高学术会议。大家将在会议上进行学术交流，展示最新的治疗方法和科研成果。会议将进一步促进我国消化道疾病学科向前发展，使我们国家消化道疾病诊断和治疗水平，达到世界先进水平。

"我们从事消化科的医生最初都是内科医生，由于大家对消化科的热爱，在大内科中先是成立一个小组，一个治疗组。为了更好地促进医学发展，迅速缩短与欧美发达国家之间的差距，在一些大医院建立消化科，从此，消化科走上快速发展的道路。现在，我国几乎所有的县级或县级以上的医院都能开展胃肠镜的检查工作。在近10年，我们在内镜治疗上迅速赶上了欧美国家，中国医生开展黏膜下肿瘤剥离术、早期肠道肿瘤双镜切除术、经自然通道做胆囊切除等，在世界上均属领先水平。今年10月，我到美国开会，在会议上我报道了中国医生在内镜治疗方面的成绩，很多外国医生表示要来中国参观学习。目前，我们医院就接到了38名欧美医生来学习的申请。我们从一个好学的学生逐渐变成了一个老师，这个转变是靠在座的各位奋斗出来的。在取得巨大成绩的同时，我们也要看到不足。我们的不足主要是在基础研究方面，通过和美国医学中心的对比，我们找到差距的原因，我们正在采取措施。我们相信再经过5年到10年的努力，在基础研究方面我们也一定能赶上，甚至超过美国。

"我们国家地域辽阔，发展不平衡。北京、滨海等地的消化科具有世界一流的水平，然而在我们的中西部地区，特别是偏远的山区，消化科水平还比较差。我们这次大会特别邀请一些经济、医学落后地区的医生参加这次大会，给他们提供了一次学习的机会，以提高全国医生的水平。

"改革开放促进了我们国家医学快速发展。我们的大医院，特别是大学附属医院，每年都派出了医学骨干到国外进修，这些人学成回国后，把先进的医学带回了中国，迅速缩短了我国与发达国家之间的差距。

"今天，我们非常有幸地请到世界消化道疾病协会主席和副主席，还有另外 4 位世界著名的消化道疾病专家，参加我们这次会议。今天上午，他们将在这里给大家做专题演讲。

"'天高任鸟飞，海阔凭鱼跃。'我们生活在一个美好的时代，一个可以大有作为的年代。希望大家把握住历史机遇，为中国的医学事业贡献出自己的一份力量。由于时间的关系，就讲到这里。最后祝大家在滨海过得愉快。"

"刚才陈德铭院士作了热情洋溢的讲话，我听了深受鼓舞，同时又感责任重大。下面大会进入专题发言阶段，首先我们请来自美国霍普金斯大学医院世界消化道疾病协会主席 Carmelo Philips 教授给大家做学术报告，同时我们请今天上午的点评专家上台就坐。"

"Ladies and Gentlemen,

I am very proud to be invited. China is a great country with long history..."

6 位外国专家在讲课中，都对中国在经济建设中取得的伟大成就表示赞叹，惊叹滨海的美丽。在 6 位外宾讲完后，是 15 分钟茶歇。6 位外宾在离开主会场时，主动要求在主席台前拍照留念。先是单人拍照，然后是合影，记录下这珍贵的一刻。

"陈院士好。"一位 50 岁左右的代表似乎和陈德铭很熟悉，"陈院士，我是湖南省人民医院的范荣光，上次在南京的会议上，我们在一起照过相。"

"哦，是范教授，谢谢你来参加会议。"

"我要谢谢陈院士给我们提供这么好的学习机会。陈院士，我们合个影。"

"陈院士,我是四川川北医学院的梁永强。我们科室罗丽华医生在您的科室进修,这次我还带来了两位医生,让他们开开眼界。"

"梁医生这么远来辛苦了,昨晚睡得怎样?"陈德铭和他寒暄几句。

"谢谢陈院士的关心。宾馆条件很好。陈院士,我们合个影。"

"陈院士,我是哈尔滨医大一附院的王尔功。去年 12 月我们请您参加黑龙江的消化年会。"

"哦,我想起来了。刘校长和庄院长都好吧?"

"他们都很好。小胡,赶快给我和陈院士照个相。"

这天上午,陈德铭成了滨海国际会议中心最红的明星,人们争着要和他合影。因为要陪 Carmelo Philips 等外宾,陈德铭未能满足所有人合影的要求。

这次参加会议的医疗器械和药物单独放在一个大厅内,只要你能想到的国际大厂在这里都能找到。国内的华北制药、扬子江制药、白云山制药、恒瑞制药等大型药企,也设立展台。硕大的展览厅挤满了人,到处是攒动的人头。只要来到展柜,就有礼品,所以会议代表的资料袋不一会儿就被塞得满满的。来自瑞典的 Wood 教授连声对陈德铭说了不起、了不起,并说举办这种规模的会议,只有中国和美国能做到。

在大厅巨幅宣传画处,代表们忙着照相。有单独照,也有三三两两合影。刚和陈德铭照相的湖南范荣光教授,又在这里跟别人照了一张照片。

"谢谢,照得很好。"范荣光客气地对给他照相的人说道。

"哎哟,这不是顾教授吗?!来来来,照张相。"范荣光又遇见一位老朋友。

"你是哪天来的？"顾教授也客气地问范荣光。

"我是昨天下午到的。"

"你住哪个宾馆？"顾教授又问道。

"远东饭店。"

"那我们不在一起。晚上我们好好喝一杯。"

"那是必须的。我刚才在会场和陈院士照了一张相，你看就是这张。"范荣光很骄傲地把手机上的照片给顾教授看。见顾教授一脸的羡慕，范荣光说道："我和陈院士非常熟，晚上吃饭的时候，我给你介绍。"

"太谢谢了。"

正在这时，川北医学院附属医院的梁永强和北京协和医院的徐益民教授向会场走去。范荣光立即上前说道："徐教授，见到你真高兴。"

"你好，你好。"徐益民礼貌地回答一句。

"徐教授，见到你真不容易，我们合张影吧。"

"好的，就在这里。"

川北医学院梁永强给他们俩照相后，对范荣光说道："麻烦你也给我和徐教授照张相。"

"徐教授，明年3月底，我们准备开个四川省消化道疾病学术会议。徐教授，你一定要来参加啊。"

"好的。有空，我一定去参加。"

"徐教授，我加你微信。我把会议通知发给您。"

"好的，我们可以用微信保持联系。学术报告开始了，赶紧进会场。"徐益民教授劝他们进会场。

2012年12月2日下午5时，当骆新民宣布会议结束时，会场响起热烈的掌声。这次大会对我国消化道疾病的诊断和治疗水平进行了一次全面的检查和总结。经过几代人的努力，中国"消化人"终于赶上了世界先进水平，中国"消化人"从一个勤奋好学的学生变成博学多才的老师，引领世界消化道疾病学科向前发展。

# 第 14 章　为医之道

陈德铭现在是中华医学会滨海市内科学分会主任委员，消化道疾病学组组长，世界消化道疾病协会副主席，在学术地位上，陈德铭已经到顶了。陈德铭最初做校长的动机是想利用大学校长的头衔，利用大学这个平台，更好地发展消化科和他自己的事业。谁能想到陈德铭现在要认认真真地做一回校长，他要从一个医生转变为一个教育家。

通过这次复评审，以及市政府提出的建设世界一流大学的要求，陈德铭决定把他的工作重点，从消化道疾病的研究转向大学教育。他认为，目前学校比医院更需要他，把教育工作做好，可以帮助一批人或一代人。

大学不但要向学生传递知识，还要激发学生的学习兴趣和求知的热情，还要培养出一个有思想、有情操、有独立人格的人。在决定抓教育后，陈德铭发现自己的人文知识和教育知识不够，需要学习。在阅读了大量的人文和教育的书籍后，陈德铭对生命的意义有了更深刻的认识，对教育也有了更加全面的理解。

2012年12月17日下午，在学校大礼堂召开的全校教职工会议上，陈德铭做发言：

"大家好。首先，我宣布一项人事任命。任命广仁医院副院长孙东平教授，担任滨海瑞慈医科大学副校长，负责学校的教学和科研工作。钱卫国副校长继续负责后勤和人事工作。

"今天还有两个议题：一是高校腐败；二是学校发展。

"在教育系统发生的腐败有4种。一是工程腐败，工程腐败就是建楼房腐败。最近几年，国家加大了对高校的投入，几乎所有的大学都兴建了科研大楼或新的教学楼。工程腐败的特点是涉及的金额数量大。二是采购腐败，高校要买大量的办公用品和实验设备。三是人事腐败，就是买官卖官。花钱买官的人，就是为了日后能贪污更多的钱。四是高校和科研机构特有的腐败，就是科研腐败。科研腐败是把国家给我们做科学研究的钱，挪用到别的地方，或装入自己的口袋。每年国家投入了大量的科研经费，但真正有价值的科研成果却很少。这与滥用科研经费有很大的关系。

"从国家公布的几个典型案例上看，可以说是触目惊心，但同时又让人感到非常惋惜。一些全国的知名教授，因为贪污受贿，而锒铛入狱。科研腐败从科研经费的申请开始，就产生了。极个别的科研人员，不做实验，胡编数据，把几万甚至几十万的钱，装进自己的腰包。

"我和孙东平校长商量了关于监管科研经费使用的方法。以后，不但每个人的科研经费有多少，而且每笔钱是怎样用的，在网上都能查到。科研经费使用完全透明公开。

"在这里，我要给大家提个醒，腐败在任何单位，任何国家都是不容许的。大家都是硕士博士，在大学做老师当教授，多么不容易。千万不要一失足而成千古恨。

"我们是国家重点大学，衡量一个重点大学的重要指标，就是我们有多少科研项目，多少科研成果，获得多少奖项，这些都是硬指标。我们力争在3—5年的时间，再增加2—3个国家重点实验室，拿4项国家重点研究项目，申报国家科学技术进步二等奖。为了实现上述目标，学校将给每个教研室，下达具体的指标。同时，要加大和国外开展合作，快速提高我们学术研究水平。

"教研室是学校的基石，教研室的特色就是我们学校的特色。学校的发展和未来，完全寄希望于你们身上。希望大家要有历史使命感和紧迫感。从下个星期起，各个教研室，要汇报一年的工作和明年的打算，学校将对教研室的负责人进行打分。具体汇报的时间，校办将在明天告诉大家。请各个教研室，重视这件事，好好地准备汇报材料。"

在孙东平离开医院到大学担任副校长一周后，留下的副院长位置空缺，不出意外地由骆新民填补。


孙东平当上了大学副校长，他要把这好消息，让他的父亲知道。孙东平的父亲在大学任教时，是计算机系主任，曾经是副校长强有力的竞争者。如今，他的儿子替他实现了这一理想。

孙东平父亲的老年痴呆缓慢加重，人的特质在逐渐丧失，越来越不像"人"。孙东平深爱自己的父亲，虽然父亲已经不认识他了,孙东平还是决定去养老院把他当上大学副校长的消息,告诉自己的父亲。

孙东平来到他父亲住的316房间,亲切地叫道:"爸爸。"见老人没有反应,孙东平又说道,"爸,我是东平。"老人还是没有反应。只是呆呆地、一脸茫然地看着他,嘴巴含含糊糊说着一些他人无法理解的言语。

虽然让人很伤心,但也是意料之中的事。既然来了,那就为父亲做点事。孙东平用电动剃须刀把他父亲脸上的胡子刮得干干净净,又用梳子把他父亲的头发梳理得整整齐齐。孙东平父亲除了眼神有些呆滞之外,一个活脱脱的老知识分子又回来了。孙东平看了甚是满意,就用手机拍了几张照片,发给他姐姐。

"爸爸,我是东平。"孙东平再次提醒自己的父亲,希望他能想起自己的儿子。

"东平,你不是在医院吗?"老人的记忆似乎回来了。

"爸爸,"孙东平立即兴奋起来,"爸爸,我今天来是告诉……"

"嗯,哦……"孙东平父亲又是喃喃自语,不知说些什么。

孙东平只是激动了几秒钟,他父亲又糊涂痴呆了。孙东平心想,不管父亲能不能听懂,他要把自己担任副校长一事告诉父亲。

"爸爸,我今天来是要告诉你一个好消息。我当上了大学的副校长了。"孙东平又补充道,"我现在是大学副校长了。"

老人傻乎乎,一点反应也没有。孙东平不甘心,又对他父亲大声说一遍:"爸爸,我当上了大学校长了。"

告诉父亲自己当上了副校长,孙东平完成了一桩事情。孙东平在离开养老院之前,拜见了养老院院长,对养老院照顾他

第14章 为医之道 | 247

父亲表示感谢。

在回家的路上,孙东平想,人老了真是没有意思。特别是出现大脑衰老以后,人的特质在一点一点地丧失,那么人生的意义在何处。在当年的9月,孙东平就想过这些问题,到现在为止,也没有一个明确的答案。不管怎么说,但有一点是肯定的,那就是趁大脑清楚的时候,身体尚可的情况下,努力地工作,做一番事业。不要等到年老以后,才想起要做这、要做那,就晚了。

2012年12月24日,星期一下午,按预定的计划,药理教研室和免疫教研室,向学校做述职报告。述职有两个内容:一是对2012年的总结,二是2013年的计划。校方参加的人员有:正副校长,各职能部门的负责人。

"按照陈校长在全校教职工大会上的建议,我们今天在这里,召开教研室的述职会议。希望各位教授发言时,注意时间,把时间控制在30分钟内。首先,请药理教研室周华强教授述职。"

"尊敬的陈校长、各位领导,下午好。我代表药理教研室向各位领导汇报药理教研室在2012年做的工作,以及2013年的工作计划。我首先汇报药理教研室在2012年开展的工作……"周华强教授汇报做得非常好,首先是教研室有多少人,有什么高端的设备,完成了哪几项科研任务,目前在研的项目有哪些,条理很清楚。

"周教授的发言非常好。我希望后面发言的人,也要像周教授这样。药理教研室是我们学校的一块牌子,或者说是招牌。卫生部药理重点实验室和滨海市药理科研基地,就在我们的药理教研室，周教授是滨海市药理学学会的主任委员。我查了近4年学校资金使用情况，药理教研室拿到的经费、添置的设备最多。换句话说，学校给药理教研室投入最多。今天上午我和钱校长，还有和孙校长谈过，我们要把药理教研室建设成具有世界一流水平的药理学教研室。首先，周教授要有这个志向，经过3—5年的努力，把药理教研室建设成世界级重点学科，成为我们学校的一张名片。我们还要发挥中国人数学好的优势，在药物代谢动力学方面，走在世界的最前面。"陈德铭第一个发言。

"周教授，今年你们拿到3个国家自然科学基金，发表SCI论文8篇。明年计划申报滨海市科学技术进步二等奖和国家科学技术进步三等奖。我想知道，滨海市其他3家医学院药理教研室，他们今年拿到几项国家自然科学基金，发表多少篇SCI文章。我的意思是和兄弟院校的药理教研室进行对比，看看我们处在什么位置。"

"孙校长，据我所知，兄弟学校药理教研室拿到的国家自然科学研究基金以及发表的论文数，都不及我们。下次，我一定会给校领导具体的数字。"

"周教授，药理教研室是我们学校最强的教研室之一，你们硬件不仅在国内是最好的，就是放在国际上，也是响当当的。所以周教授应志存高远，要充分利用好现有的条件，发挥老师们的潜力，营造努力工作、积极向上的氛围。希望若干年后，有一批优秀的药理学家，从我们药理教研室走出来。周教授你自己是滨海市药理学会的主任委员、全国委员，这还不够。你的目标是全国药理委员会的常委或副主任委员。你就要有这个志向，如果遇到困难，你可以向我说，我会尽最大的努力帮助你。"陈德铭又说道。

"谢谢，陈校长。我们药理教研室全体老师，一定会记住你的教导，向着你给我们指引的方向，努力奋斗。"

"各位领导，下午好！我代表免疫教研室向学校领导汇报2012年的工作和对2013年的展望。

"免疫教研室是我们学校最大的教研室。为什么说免疫教研室是我们学校最大的教研室，这是因为免疫教研室人最多，办公室最多，实验室最多，每年发表的文章也最多……"免疫学教研室主任沈红玉教授述职。

"沈教授，刚才你说了，去年你们申请到4项国家自然科学基金项目，非常好。免疫教研室最近几年有没有拿到过国家重大科研项目？"孙东平问道。

"没有。但我们会向这个方向努力的。"

"沈教授，你们免疫教研室的实力，在滨海排第几？"陈德铭问道。

"第几？第三应该没有问题吧。"

"我给你一个目标，就是滨海第一，全国领先。我们学校需要一批国内顶级的教研室。这样才能确保我们学校作为中国顶级医学院校的位子。作为教研室主任，要有想法，要有理想。希望在若干年后，每当人们提到免疫学时，就能想到滨海瑞慈医科大学沈红玉教授。"

"谢谢，陈校长。我，我们免疫学教研室一定会努力，绝不辜负陈校长对我们的期望。"

"沈教授，你在汇报中说了，教研室开展了很多的研究，每个老师有自己的研究方向，如免疫变态反应、肿瘤免疫、T细胞信号的传递等，这些都是非常好的研究。目前，医学研究最热门的话题就是肿瘤免疫，肿瘤免疫又可派生出多个子研究。你们免疫教研室的人数和规模够了。现在，需要在内涵上下功夫，做文章。我有一个想法，还没有和其他校领导商量。现在，广仁医院几乎每个科室都带研究生，有的科室根本就没有实验室，没有做科研的任何条件。我想让这些科室的研究生，到免疫学教研室做实验。

"大家知道，医院研究生的科研没有连续性和长远计划，是个非常大的浪费，也是我们国家临床研究不如国外的主要原因之一。我想在学校建立两三个开放型实验室，让临床研究生来做实验，但是他们做实验必须是在你们指导、监控下开展的，或者你们给他们提供课题，让临床研究生做。最后一个办法，就是和临床合作，从招生就开始合作，医院的医生就和教研室讨论研究生的研究方向。研究生一入学，就和教研室老师联系，在学校的半年理论课期间，先把文献看起来，完成综述。理论课结束后，就可以立即进入实验室，大家觉得怎样？"

"这个主意非常好。"学生处古力民处长说道。

"陈校长，我们免疫教研室没有任何问题，欢迎研究生来我们实验室做课题。"沈红玉表态。

"陈校长的讲话，又为我们工作指明了一个方向。教研室要多发挥主观能动性，不能让校领导拨一下就动一下。"钱卫国副校长说道。

"既然这个想法得到大家的认可，那么我们就要落实下去。首先，沈教授，你要有个计划，最好能在3天内完成。到时，我们在校长办公会上讨论一下。"

"我一定会在3天内，把计划写好。"

这次述职活动，激发了大家的干劲，同时让教研室主任有了压力,以后混日子肯定是不行了,必须要好好干。由于组织学教研室基础较差,再加上教研室主任是个得过且过的人,他自己主动向学校提出不做教研室主任。

"陈校长,这几天,我跟在你后面学到了很多。"一天,孙东平对陈德铭说道。

"我们以前是做医生的,现在,做教育工作,会有一定的挑战。只要下定决心,努力工作,遇事多动脑筋,就能做好教育工作。我们要一边工作,一边学习,争取在最短的时间,成为教育行业的专家。"

"我一定要学习。"

"学习很重要,不学习就要落伍,跟不上时代的发展。教学和科研工作是学校最核心的两项任务,你身上的担子不轻。要努力工作,遇到困难和我说,我们一起来解决。我们一定要做好大学教育工作,做出特色,建立一所现代化的医科大学,培养现代化的医学人才。在此基础上,建立亚洲乃至世界的医学中心。这样我们就为中国的医学事业做出了巨大的贡献。"

2013年1月11日星期五下午,消化科借用医院小礼堂,召开2012年度总结大会。除了值班人员,所有的人都来到会场。陈德铭、孙东平和骆新民坐在主席台上。和往常一样,先从门诊开始汇报,然后是两个科室,再是内镜中心和实验室。最后,由骆新民做总结性发言。

"听了主任们的汇报,大家感觉怎样?"骆新民自问自答道,"我很兴奋,很激动。"骆新民说完向陈德铭看看,陈德铭微笑点点头。

"2012年对我们来说,是辉煌的一年,取得伟大成就的一年。

在2012年，门诊工作量增加了12%，病人投诉量只有1起，相比2011年又有了下降。我们两个病区虽然病人人数增加只有7%，但住院病人的质量，有了大幅度的提高。其中来接受内镜治疗的病人，占住院总病人的三分之一。说明我们内镜治疗工作开展得越来越好，越来越多。

"内镜治疗中心工作量增加26%，其中治疗增加39%。去年的下半年，我们在国内率先开展了内镜和腹腔镜联合治疗大肠癌，并且开展了经自然通道手术，起到了一个国家级重点科室应该起的作用。我们积极开展新技术，引领整个学科的发展，为全国医院提供经验。

"科研工作也是取得辉煌成就的一年。去年，我们共拿到国家自然科学基金6项，其中重大项目1项；滨海市科委基金3项；重点研究2项。做科研的人要热爱科研工作，要沉下心去，要有十年磨一剑的精神。这点我们要向我们的邻居日本人学习，他们在实验室，默默无闻地脚踏实地工作数十年，最终得到丰厚的回报。这些年，日本人几乎每年都有人拿到诺贝尔奖。

"12月我们成功地召开了我们国家有史以来，规模最大、参加人数最多、水平最高的消化道疾病学术会议。会议是对我们国家消化道疾病水平的一次全面检验和总结，会议有力地推动我国消化科水平向前发展，向全世界展示了中国'消化人'在消化道疾病方面所做出的成就。我国消化道疾病的治疗水平，进入了世界先进行列。

"俗话说：火车跑得快，全靠车头带。我们消化道疾病研究所能有今天的成果，全靠陈校长带领。去年5月，陈校长当选为世界消化道疾病协会副主席，去年下半年，陈校长还担任了中国工程院的院士。去年，我们科室还有另外两个好消息。也就是在一个多月前,孙东平教授担任大学的副校长,我担任了医院的副院长。这里不应该有掌声吗?"台下立即爆发出热烈的掌声,"现在,我们以热烈的掌声欢迎陈校长给我们讲话。"

"2012年的年终总结,骆院长讲得非常好,我就不再重复了。我今天利用这个机会和大家一起学习,如何做个医生。下面,我把对如何做个医生的思考和大家分享。

"晓曼,把幻灯片打开,好。这是一张极其普通的照片,这是美国纽约东北部撒拉纳克湖畔的一个极其普通的墓地。这个墓地的主人叫作:爱德华·利文斯顿·特鲁多(Edward Livingston Trudeau,1848—1915)。近百年来,世界各地一批又一批的医生重温镌刻在他墓碑上的墓志铭:To cure sometimes, to relieve often, to comfort always。译成中文,简洁而富有哲理:有时去治愈,常常去帮助,总是去安慰。刘强生,你把墓志铭的英文和中文朗读一遍。站起来,大声读。"

"To cure sometimes, to relieve often, to comfort always,有时去治愈,常常去帮助,总是去安慰。"刘强生扭扭捏捏地站起来,紧张得一头大汗,才把这么简单的一句话读完。

"读得不错。现在,请你把这句话给大家解释一下。你是怎样理解的,就怎么说出来。"

"嗯。我想是这样的,目前只有部分疾病能被治愈。对一些不能治疗的疾病,可以缓解症状。还有,就是要去安慰病人,减轻病人心理上的压力。"刘强生紧张地说道。

"好的,请坐下。作为医生,我们要用我们所掌握的医学知识,想法设法地挽救病人生命,减轻病人的痛苦。但是,能治愈的疾病也只有三分之一左右。有时去治愈,就是告诉我们无论医疗技术多么先进,医生技术是多么高超,医生也不可能治愈每一个病人。'治愈'是'有时'的，而不是经常的。

"医生的能力是有限的，但医生能为病人提供的帮助和安慰却是无限的。我们做医生就是为病人服务，给病人提供帮助和安慰。常常去帮助，总是去安慰，是医生的人性力量。医生最本质的作用就是为了解除病人的病痛，给病人予帮助。

"医术固然重要，但许多时候却很有限。在积极治疗的同时，与病人作心与心的沟通，给病人以帮助、鼓励和安慰，应该成为医生的日常行为，成为医学的重要组成部分。有时、常常、总是的核心是对生命价值的珍爱和对人格尊严的呵护。敬畏和关爱生命是医生工作的根本，是医学的一个重要的支柱。

"因此，我们每一位医务工作人员都要深刻理解这句话的含义，并践行于我们的医疗工作之中。明确'治愈'是我们应该追求的最终目标，但是对于病人的'安慰'和'帮助'更是一名优秀的医生所必须具备的素质。其墓志铭是一则令人深思的医学格言，体现了一种职业的操守和人性的悲悯。作为医生，我们应该时刻铭记闪耀着人性光辉的墓志铭，并成为我们职业生涯的指引。

"医学是一门以心灵温暖心灵的科学，医学是人学。医学的人文情怀集中体现在对病人的同情之心、怜悯之心和关爱之心。病人需要的不仅仅是药物与手术，还要有微笑和关爱。但是现代医学技术的迅猛发展，严重冲击和淡化了医学人文精神。在许多医生的眼中，只有疾病，没有病人，只有技术，没有安慰。

"去年10月，我去匹兹堡开会时，在Taylor教授的办公室内，看到特鲁多的座右铭，被其简单朴素的话吸引。由于时间的关系，我没有到他的墓地参观。下次去美国，我什么地方都不去，也要看看其墓志铭。

"今天会议结束后，大家好好地想想怎样让'有时去治愈，常常去帮助，总是去安慰'成为我们行医的座右铭。我的讲话就到这里。最后在这里，给大家拜个早年，祝大家在新年里家庭幸福，身体健康。"陈德铭结束了他的讲话，会场上响起热烈的掌声。

"谢谢陈校长的讲话。我们常说的人文情怀，人性关爱，但并不懂得其真正的道理。今天陈校长，给我们上了生动的一堂课，使我们懂得了，医学不仅仅是吃药和开刀，还有帮助和安慰。听了陈校长的讲课，我学到了很多，深受教育。"

# 第 15 章　生命的意义

大学复评审、学科建设以及教研室年终的述职，使陈德铭在学校的威望进一步升高。老师们把学校发展的希望寄托在陈德铭身上，希望陈德铭带领大家一起奋斗，把滨海瑞慈医科大学建设成为亚洲一流的医学院校。

2013年2月10日是农历新年，学校将于2月5日放假。2月4日，星期一，陈德铭来到学校处理电子邮件和堆积在他办公桌上的信件。

生物化学教研室有一位讲师给陈德铭写了一封信，内容如下：

尊敬的陈校长，

你好！

我是生化教研室的姜强，前年博士毕业来到我校生物化学教研室工作。生物化学教研室在我们学校是个普普通通的教研室。平日，大家按部就班地做好自己的工作，完成教学任务，没有远大的目标。现在时代发展了，国家对我们要求也高了。我们不能安于现状，要发愤图强，干一番事业。我们只有把教学和科研工作做好，走在全国的前列，才配得上滨海瑞慈医科大学老师的称号。

相比内陆，我们滨海有很多得天独厚的条件。只要我们自己稍微努力一把，我们一定能走在全国生物化学的前面。

我坚信，在你的带领下，我们生物化学教研室，我们的学校，一定会有大的发展，整个学校能再上个台阶，成为国内乃至亚洲最好的医学院。

最后，祝陈校长身体健康。

姜强

2013 年 2 月 2 日

另外一封有代表性的邮件是生理教研室主任于谦教授发给他的。于谦教授的全文如下：

尊敬的陈校长，

你好！

我们学校是个有很深底蕴的学校，曾经为我们国家培养出大批优秀的医学人才，为我们国家医学事业做出了巨大的贡献。进入 21 世纪后，医学飞速向前发展，学科建设如逆水行舟，不进则退，我们要有责任感和紧迫感。

自从上个月 24 日，我代表生理教研室参加述职会议，深受教育和感动。我们坚信在你的领导下，我们学校一定会成为全国最好的医学院校，再创我们学校的辉煌。

回到教研室，我向教研室全体工作人员传达了你对我们教研室的殷切希望。大家一致表示，决不能再平庸下去，要有所作为。非常高兴的是，我们教研室的老师，都有一颗要求上进的心。大家踊跃发言，为教研室的发展献计献策。我把这次会议总结如下：

1. 每个人对自己要有个规划，设定职业发展目标。我们教研室，也会参照学校的述职方法，每年搞一次述职。

2. 每位老师，都有申请课题、发表论文、拿奖的任务。以后，在生理学教研室混日子的时候，一去不复返了。

3. 加强和国外生理教研室合作，选派优秀中青年教师，去欧美国家进修、学习，同时，着手引进高水平的生理学专业人才。

4. 在教学上进行改革，与时俱进。将在生理学教学中引入生物化学、分子生物学，将多学科进行整合，更好地理解生命现象，研究生命的奥秘。

5. 通过生理学的学习，让学生了解细胞、器官、系统的形成，精妙的代谢反应和神经生物反射系统，感叹生命的精美。

陈校长，给我们生理教研室3年的时间，我们生理教研室一定会有翻天覆地的变化，成为国内最好的生理学科之一。

生理教研室　于谦
2013年2月1日

陈德铭看到这两封邮件非常高兴，都是他希望看到的结果。

还有两类信件：一是抱怨没有得到公平待遇；二是检举贪污腐败。检举信没有具体的证据，都是一些捕风捉影或道听途说的事。不管怎样，陈德铭一一给予回复，首先表示感谢，并称学校会进行调查。

大年初一上午，按往常的惯例，陈德铭到医院各个科室转一圈，慰问在临床一线工作的医生和护士。初五，就是2013年2月14日，陈德铭来到学校校长办公室。

当他来到学校时，他惊讶地发现，已经有人来到学校。在生物化学教研室，陈德铭看到一个年轻教师，在做实验，就上前打招呼。

"哟，是陈校长。陈校长你怎么今天来到学校？"

"我正想问你这个问题。"

"陈校长，我昨天就到教研室了。春节时间太长，待在家里也无聊。心里惦记着很多的事情，就来到学校了。"

"你叫什么名字？"

"姜强。"

"姜强？你给我写了一封邮件？"

"是的。陈校长，你还给我回复了。"

"你对生化教研室发展有何具体的想法？"陈德铭问道。

"陈校长，我们生物化学教研室和中科院生物化学研究所相比，有不少差距。但是，我们有我们的优势，我们可以和医院合作，以疾病为导向，开展研究工作。"

"你这个思路很好。你和主任说了吗？"

"说了。他支持我的想法。所以，昨天我就来到实验室了。"

"很好，很好。我们就是要根据每个教研室的实际情况开展工作。发挥我们的优势，坚持做下去，就会有成就。"

"谢谢陈校长的肯定。"

陈德铭非常高兴地走出生物化学教研室，顺着楼梯往下走，就来到了生理学教研室。在生理学教研室，教研室主任于谦教授正和大家一起讨论如何突破传统的教学模式，开展生理学教学。

"大家好，春节好。"陈德铭和生理学教研室老师打招呼。

"陈校长，好。"

"你们春节不休息，这么早就来上班了。"

"陈校长，你说要把我们学校办成国内最好的医学院校，虽然我们的基础不如免疫教研室和药理教研室，但我们生理教研室也不能拖学校的后腿啊。春节前，就怎样提高我们教研室在全国的学术地位，提高教学和科研水平，讨论了两次。我还把讨论的结果，通过邮件交给你。"

"我看了。想法很好。"

"现在的学科发展越来越细，但同时各学科之间的交叉也越来越多。我们就想把各个相关的学科糅合到一起，从不同角度认识生命，认识生命的规律。让学生看到生命的神奇和伟大，激发学生学习生命科学的热情。我们的目标是成为中国最好的生理教研室。"

"你们的想法和思路非常好，我双手赞成。虽然学科发展越来越细，但最近几年又强调多学科共同研究。"陈德铭首先肯定于谦教授的想法，然后说道，"大学教育，不仅是给学生传授知识，更重要的是交给学生一把钥匙，打开知识的大门。我们要逐步减少灌输式教育，增加启发式教育，激发学生的兴趣和创造力。医学教育还有一个特殊性，即我们研究的对象是人。因此,作为医学院校的老师,必须要有一定的人文修养,希望大家抽空看一些哲学和文学书籍,看这些书,对我们的工作会有一定的帮助。"

"我们一定要记住陈校长的话,努力学习,扩大知识面,把生理学教研室发展好。"

"在你们身上,我看到了我们学校的未来和希望。你们做教学和科研工作,我给你们做后勤工作。"陈德铭高兴地从生理教研室出来,他相信过不了几年,一大批滨海瑞慈医科大学教研室将成为中国实力最强的学科,更多的教研室将成为国家教育部或卫生部的教学示范培训基地,滨海瑞慈医科大学就能成为中国最好的医学院校,亚洲一流的医学院校。

3月18日下午,陈德铭从学校来到广仁医院,参加院长办公会议。会议2个议题:第一,宣布陈德铭辞去广仁医院院长职务;第二,任命骆新民为广仁医院常务副院长。

陈德铭把骆新民提到院领导岗位,是为了骆新民更好地施展自己的才华,实现自己的人生价值。陈德铭希望骆新民在领导岗位上能行稳致远,把广仁医院建设成亚洲最好的医院,并且要在这个过程中,能抵挡住各种诱惑和经得起各种考验。现在个别人当上领导后,迷失了人生的方向,忘记了自己的初心,做出违法乱纪的事,结局让人唏嘘不已。陈德铭突然觉得有很多话要对骆新民讲,要对骆新民交代。4月9日,陈德铭把骆新民叫到校长办公室。

"第一季度怎样?"陈德铭问骆新民。

"和去年同期相比,增加11%,和预期基本一样。"

"胸外科,怎样?"

"现在人心稳定了，大家安心工作，一切运作正常。"

"很好。骆新民，你现在是院长，这是你多年努力、奋斗的结果。"

"陈院长，这都是你一手培养的结果。"

"当上院长，你的平台大了，资源也多了，可以在更大的舞台上展示你的才华，发展自己的事业。但是……"陈德铭稍微停顿一会儿，说道，"做领导是把双刃剑。"

以往，陈德铭和骆新民谈话都是"学科建设和发展"，今天的内容有些超出骆新民的意外。

"我们所做的一切都是为了实现自己的理想和人生价值。人的价值有两种：一是个人价值；二是社会价值。个人的价值就是个人的全面发展，社会价值就是对社会的贡献。所以我们做任何事，都必须要对社会有贡献，而不能对社会产生危害。如果违背这条，迟早有一天，会遭到惩罚。"

"陈校长，你讲得太正确了。今天听了你的讲话，我受益匪浅。我一定要好好地反省，树立正确的价值观。"

"正确的价值观，对我们非常重要。哪些事能做，哪些事不能做，我们心中就有了一杆秤。当你做一件不该做的事时，你的内心就有一个声音提醒你。我这几天在写生命意义的讲稿。明白生命意义不仅对我们做医生非常重要，对我们做人也很重要，不要浪费时间，做那些对生命无意义的事。"

"陈校长。"骆新民崇拜地看着陈德铭。

"我们生活在一个美好的时代，正好赶上国家的大发展。我们一定要把握住这个大好机会，发展我们的事业，发展自己，把个人的发展融入国家的发展之中。我希望你能在院长这个位置上，大干一场，干出一番事业，使你的人生充满意义。"

把院长职务辞掉后，陈德铭就专心做教育工作。陈德铭决定亲自给学生做一次"生命的意义"的讲座。陈德铭是个做事认真严谨的人，为了这个讲座，陈德铭看了一些关于人生意义的书籍，并在电脑上查找一些资料。在这个过程中，陈德铭自己也学到很多知识，有很大的收获，正如古人所云"教学相长"。陈德铭还特地把讲座的内容写成文稿，斟酌修改后，打印出来。

**生命的意义**

生命是大自然最伟大的创造，生命是上天给我们的恩赐。我们来到这个世界，是偶然，更是幸运。地球形成距今大约有46亿年的时间，在地球形成10亿年后，才出现最简单的生命形式。大约在400万年前，地球上出现直立行走的早期人类；大约20万年前，人类才进化为早期智人；在大约10万年前，人类进化为晚期智人，即现代人。人类学家一般认为：直立行走，使用火烧食物以及使用工具将人类与动物分开。

生命是上天的恩赐，生命来之不易，每一个生命都有它与生俱来的价值，都值得尊重。人是万物之灵，人的生命更应该受到保护和尊重。所以，在世界的任何一个国家，不管它是什么社会制度，不管它是怎样的文化，杀人都是不容许的，被禁止的。

我们在座的每一个人，更是幸运中的幸运。大家知道，每一次射精，大约有7000万到1.5亿个精子。在这么多的精子中，只有其中的一个精子能和卵子结合，形成新的生命，我们就是那个幸运儿。所以，我们一定要珍惜这来之不易的机会，更要珍惜青春的大好时光，学知识，让生命每一天都有所成长，过好每一天。

人是万物之灵，人不同于动物，人具有人的特质。关于人的特质，哲学、人类学、心理学有不同的定义和解释。人可以利用工具生产出新的、更为复杂的工具。人类可以认识世界、改造世界，创造一个更加美好的世界。

人类在漫长的演变过程中，形成了丰富的情感、语言和智慧，并发展成为文化和宗教。因此，人不但有物质上的需求，还有精神上的追求。所以，在谈论到人和动物的区别时，古希腊哲学家柏拉图曾经说过：人类是一种需要不断寻求意义、不断追求实现自我价值的生灵。动物则不然，动物一切活动的目的就是为了吃饱和繁殖，现代语言就是"生存和遗传"，把它自己的DNA传递给下一代。人则不然，人在吃饱喝足后，要追求自己的生命价值、人生意义。又有哲学家说道：人是各种欲望的复合体，如果欲望得不到满足，他的人生将是痛苦的。

人出生后，家庭、教育、工作以及周围的环境的影响，逐步形成了他个人的世界观，进而形成人生观和价值观。世界观就是人对世界的根本看法，人与世界的关系。世界观决定人生观，人生观是在生活中形成，对人生的目的、意义，对人生道路、生活方式的总的看法和根本观点。价值观是一个人对周围客观事物重要性的总体评价和看法，人们通常去做自己认为有价值的事情。价值观是一种深藏在人们心中的准绳，在面临抉择时的一项依据。世界观、人生观和价值观，就是我们平时所说的三观。

从社会学和哲学角度来看，人总是存在于一定的社会关系中。人的一切活动，都是在他的社会关系中进行的，是社会活动，人的本质就是他的所有社会关系的总和。人具有自然属性和社会属性，自然属性是肉体的特征，是生物属性，是与生俱来的；社会属性是人在社会环境中和社会关系中获得，在社会中形成的。人类受自然属性和社会属性双重制约，但是人们总是力图获得更多的思想和行动的自由。人类就是在不断追求自由的过程中，不断地完善自己，实现发展。

人是社会中的人，人在社会中的价值或意义，就是人的社会价值。人的社会价值是个人对社会的需要做出的贡献。个人的价值是个人的活动对自身的意义，是个人通过自己的活动，来满足自己的需要。个人价值的最高表现形式，就是人的自我实现和个人的充分全面的发展。

每一个人的生命都是有意义、有价值的。生命的价值是与生俱来的，就像一张10元的钱，你把它扔在地上，踩上一只脚，虽然变脏了，但它依然是10元钱，它的价值没有变，依然可以购买10元价值的物品。所以，不管你的出身如何，长相如何，你有你自身的价值，你有自身的尊严，你依然是世界上独一无二的无价之宝。同学们，要爱惜生命，珍惜生命的每一分钟，使自己每一天都有所成长。你每天的成长就是给自己生命的最好的礼物。

我们的生命是有意义和有价值的，同样我们的人生也是有意义和有价值的，而且我们的人生是有绝对的意义和价值。只有和永恒联结在一起的东西，才有绝对的意义和价值。当我们的人生和国家、和人类的命运捆绑在一起，我们的人生就有了绝对的意义和价值。这样我们的人生就充满阳光，生命每天都在快乐地成长。知道了人生有绝对的意义和价值，我们绝不会做任何损害国家和他人的利益的事情，来获取自己的外部成功。

如果人生无价值、人生无意义，那么人的一生就是吃吃喝喝，为了达到一己私利可以采取任何手段，甚至伤害对方生命，来获取自己的外部成功。我们身边有些成功人士，一年到头在不停地忙碌，追求所谓的成功，最后触犯法律，失去人身自由，是令人十分惋惜的事。拥有一个正确的人生观和价值观，认认真真过好每一天，是一个非常严肃的问题。

　　青春是人生最美好的时光，是生命力最强盛、最活跃的时期。我们要珍惜青春时光，努力学习，争取每一天都有收获，让生命在每一天都有所成长，使我们的人生丰富多彩，充满意义。